U0948373

大周互娱
DA ZHOU HU YU

大周互娱
DA ZHOU HU YU

承蒙你出现，够我喜欢很多年

简小扇 著

陕西新华出版传媒集团
三 秦 出 版 社

图书在版编目（CIP）数据

承蒙你出现，够我喜欢很多年 / 简小扇著. 一西安：三秦出版社，2018.12
ISBN 978-7-5518-1938-1

Ⅰ. ①承…　Ⅱ. ①简…　Ⅲ. ①短篇小说一小说集一中国一当代　Ⅳ. ①I247.7

中国版本图书馆CIP数据核字（2018）第286757号

承蒙你出现，够我喜欢很多年

简小扇　著

出　　品　大周互娱
总 策 划　周　政
总 监 制　杨翔森　曾筱佳
责任编辑　王怡晨
特约策划　王珊玲
封面设计　小　乔
版式设计　李映龙
封面绘制　PALE HOWL

出版发行　陕西新华出版传媒集团　三秦出版社
社　　址　西安市雁塔区曲江新区登高路1388号
电　　话　（029）81205236
邮政编码　710061
印　　刷　长沙鸿安印刷有限公司
开　　本　880mm×1230mm　1/32
印　　张　10
字　　数　251千字
版　　次　2018年12月第1版
　　　　　2018年12月第1次印刷
标准书号　ISBN 978-7-5518-1938-1
定　　价　34.80元

网　　址　http://www.sqcbs.cn

CONTENTS

〔作者感言〕

这个故事是以我偶像为原型创作的。一直以来，我都觉得歌迷对偶像的付出最是无私，外人或许永远也无法理解，他在某些时候给了我们什么样的力量。希望我喜欢的那个大男孩，能遇到那个心里眼里都是他的姑娘。希望他平安康健，百岁无忧。

CHENGMENG
NICHUXIAN

GOUWOXIHUAN
HENDUO
NIAN

【01】

巴士的最后一站叫赛罗村，到这一站的时候，车上只剩下杭弈一个人了。司机用他听不懂的当地话说了句什么，杭弈将帽檐往下压了压，冲他笑了笑，提包下车。

空气燥热，风里夹着一丝海的咸腥味。

为了这次的国外休假，他专门腾了一个月的时间恶补英语，然而此刻还是看不懂手上的地图。挪威人对于挪威语的热爱简直超过了他们对生活本身，早知如此，他应该选个英语通用的城市。

沿碎石路往下走了两公里，出现一个小的海湾，十几艘渔船停在海面上，道路靠海的那一边打了木桩，专门用来系固定渔船的缆绳。

杭弈将帽檐拨高一点，看见其中一艘渔船上有人正弯腰收网。

一路走来终于遇到个人，不容易，希望老天保佑对方会说英语，杭弈朝那背影喊："Excuse me？"

那人似乎没听见，他又喊了一声。

渔网"哗啦"一声出水，带一网活蹦乱跳的鱼沉在甲板。船上的人取下渔帽，长发散下来，转过了身。

是个亚裔长相的女孩子，很瘦，灰色吊带外罩一件宽松白衬衣，配牛仔短裤和马丁靴，显得身段细长。看见杭弈的一刹那，她做了一个很奇怪的动作。

她用手捂住了自己的左边锁骨。

这是什么动作？当地的风俗？杭弈向来是很尊重别人的风俗习惯的，于是他也抬手象征性地摸了摸自己的锁骨，然后弯起一个友善的笑：“Can you speak English？”（你会说英语吗？）

女孩保持站姿没变，有点僵硬地点了点头。

看来也不是特别会，不过没关系，能听懂就行，杭弈看了眼手机上的地址，用英语问：“请问一下，贝梭路27号怎么走？”

女孩一动不动地望着他，像在思考，好半天，低声回道：“沿这条路往上走到尽头，山上第一间就是，门口有一棵枫树。”

她的英文发音很标准，尾音会微微上扬，伴着海风，听起来格外清爽。杭弈跟她道谢，继续朝前。走到拐弯处时，他回身去看，船上的女孩已经不见踪影。

越往山上走，海风越大，他索性取下帽子，拨了拨刘海儿，迎着海风往上。

山上风光潋滟。他很容易就找到了那棵枫树，在覆满低矮植被的山头，那棵挺拔的枫树实在显眼。房子是挪威特有的风格，木质，用白蓝漆刷色。杭弈在门口的花坛下面找到了房门钥匙。

房间打扫得很干净，一应俱全。他刚放下包就收到经纪人的电话：“到了吗？房子怎么样？外卖方不方便？”

“刚到，房子不错，暂时没有看到商店，周围就我一间房有人。”

“那怎么行？”经纪人顿时着急，“你会饿死的。”

“刚好可以试试辟谷。”

“别听你弘哥乱讲，辟谷不是一般人能试的。”经纪人絮叨个没完，“你说你休个假，跑那么远，助理也不带，你要是有个好歹，收个尸都不方便。”

杭弈一边把衣服拿出来，一边笑：“你就咒我吧。”

“赶紧去周围逛逛，找找商店餐厅，熟悉下环境。你那地儿太偏了，不用担心狗仔，有什么需要提前跟我说，房东住在奥斯陆市里，到你那好几个小时呢。”

“行。”

“说好了啊，杭弈。”经纪人语气严肃，“这可是百忙之中给你挤出的休假时间，就一个月，多一天都不行，九月三日北京的商演已经确定了，九月一日你必须回来。”

“好。”

挂电话之前，经纪人还在喊：“记得发微博给粉丝报个平安……”

屋内一下子静了下来。不止屋内，推开窗，连屋外都静得空旷。只有风声、海水声和海鸥掠过时偶尔的鸣叫声。

房屋位置拔高，窗外就是一望无际的大海，像骤然从一个空间跳入另一个空间，车水马龙仿佛是上个世纪的事。

真安静，真好啊。

他往床上一倒，接下来就是几个小时的昏睡。

杭弈是被冷醒的，窗户没关，夜晚的海风带着侵骨的寒意。他裹着被子爬起来，睡眼蒙眬地看了一圈。哦，自己休假来了。

天已经黑了。

没有高楼霓虹，月色星光却铺满大海，推门出去，万籁俱寂，右边有通往小镇的路，抬眼去看，几户灯光。

他掩上门朝那边走去，渐渐能听见人声，但没看见饭店。

他饿了。

来的时候带了几袋方便面，算了，就吃那个吧。正要往回走，旁边的木门突然打开，穿黑色卫衣的亚裔女孩端着水盆走出来，看见他时，愣了一下。

杭弈笑笑，抬手招呼："Hi。"

她看了他一会儿，轻声回："Hi。"

杭弈又问她："这附近有饭店吗？"

"前面右转那一条街有，但现在已经关门了。"她将水盆放下来，手指在衣角揩揩水，"你等一下。"

话落进屋去，出来的时候端着一个盘子，里面是叉烧饭和一根烤肠，盘上覆了一层保鲜膜，"剩下的晚餐，只有这个了。"

杭弈有点不好意思："多少钱？我付钱吧。"

"不用。"她硬邦邦地拒绝，又说，"反正也是要倒掉的。"

杭弈了然，接过盘子跟她道谢，又听她问："已经冷了，你那里有微波炉吗？记得热了再吃。"

他冲她笑笑："OK。"

女孩垂下眸，俯身端起水盆，倒在门口的花坛里。他端着餐盘往回走，回想女孩说话的声音，轻轻柔柔的，咬字尾音上扬，唱英文歌应该很好听。

微波炉"叮"一声响，叉烧和烤肠的香味蔓延出来，尝了几口，味道很棒。杭弈决定改天送女孩个什么礼物好好道谢一下。

吃完饭他准备洗澡，结果发现没水。不仅浴室没有，厨房也没有，外面花坛的喷水机也没有……

杭弈有点蒙。无奈，又转身出门，走到种满风铃草的木门前。敲门之后，很快打开。女孩看见又是他，又愣了一下。

杭弈自己都有点不好意思了："那个，请问是停水了吗？我房子里没水。"

"没有。"女孩摇头，朝山头看了一眼，"应该是很久没住人，水管破了，你等我一下。”

她回屋去翻找一会儿，提了个工具箱出来：“我去帮你看看。”

杭弈迟疑：“不会打扰你吧？”

她不看他，低头锁上门：“不会。”

女孩走在前面，清瘦的身影提着一看就很重的工具箱，杭弈快步追上去，从她手上接过：“我来提吧。”

女孩一惊，拽着把手不松手：“不……不用了，很重的，我提就行。”

是挺重的，杭弈也没松手，跟她一人拽着一半把手往前走，想了想，问她：“还不知道你叫什么。我叫杭弈，中国人。”

女孩脚步顿了一下，偏头看他。月色下，眼睫轻颤，那口好听的英文换成了中文：“我叫陆柒，我也是……我是华裔，十岁那年移民过来的。”

杭弈有点惊喜，终于不用说那磕磕绊绊的英文了：“这样啊，那太好了。”

她也抿唇轻轻笑了一下。

陆柒猜得没错，的确是主水管破裂。她将长发扎起来，挽起袖子拿着扳手胶布钻了进去，杭弈帮不上什么忙，只能站在一边举着电筒照明。

忙活了半小时，总算通水了。陆柒爬出来的时候头上脸上都沾满了蛛网灰尘，胳膊肘还蹭破了皮，杭弈抱歉得不行，找出药箱要帮她处理，她已经提着工具箱走到门口，轻声说：“我回去自己擦点药就行了，你早点休息吧。”

话落，掩上门走了。

杭弈透过窗户去看，月夜下，她的身影被月光拉得修长，摇摇晃晃地倒映在碎石路上。海风拂过她宽松的卫衣，飘飘荡荡。

【02】

翌日杭弈睡到中午才醒，在国内行程忙得连睡觉的时间都没有，微博上常常有他在飞机高铁上睡觉的丑照流传。实在没办法，他其实是个很喜欢睡懒觉的人。

洗漱的时候有人敲门，“咚咚咚”三声，不急不缓，甚至带着一丝迟疑。

他咬着牙刷去开门，门口站着陆柒。看见他满嘴牙膏不修边幅的样子，愣了一会儿，然后垂眸将手中的饭盒递过去。

“怕你吃不惯挪威的饭，这是我自己做的。”

杭弈一边道谢一边接过。得知她华裔的身份后，有种同胞不用跟同胞客气的亲切感，也不再像昨天那么疏离了。

她礼貌笑了一下：“那我先走了。”

杭弈洗漱完打开饭盒一看，香喷喷的米饭配麻婆豆腐和小炒肉，惊喜的是米饭里还捂了一根他最爱的鸡腿。

经纪人还担心他饿死，现在应该担心他长胖变形才是。他拍了张照片，给了鸡腿一个特写，然后发微博：不用担心我会饿死。

几分钟转发就破万了，留言全是交代他要照顾好自己。他一边啃鸡腿一边翻评论，吃完饭出门了。

休假正式开始。

挪威建筑带明显的北欧风，石墙小巷木屋花坛，像一幅缓缓铺成的风景画。这个镇子以捕鱼为业，陆柒说的那条街就有好几家三文鱼店。

杭弈一天走走停停，惬意得不行。不用戴帽子和墨镜，不用注意形象，不怕被偷拍，简直放飞自我。傍晚回去的路上经过一家养老院，他随意瞟了两眼，就看见陆柒蹲在花坛边锄草。

旁边有几个老人坐在轮椅上说说笑笑，陆柒时不时抬头回应。傍晚云霞层层叠叠，洒落的光芒也不过分寸，落在她弯弯眉眼上，像云裹的糖。

杭弈看了会儿，掏出手机对准她拍了张照片。

嗯，可以拿来给新歌找灵感。

他是吃了三文鱼才回家的，回去之后窝在沙发上打红白机，天快黑的时候有人敲门。听敲门声他就知道是陆柒，门外果然是她。

她又换上了那件卫衣，发间有锄草时沾上的细碎草叶，将饭盒递给他："回来得有点晚，你饿了吗？"

杭弈就笑："你这是要把我一日三餐都包了？"

陆柒脸一下红了。她皮肤不算白，带一丝健康的麦色，脸红的时候像极了今天的落霞，"我就是……怕你吃不惯这里的东西。我刚来的时候，也吃不惯。"

"我没那么挑。"他接过饭盒，笑得不以为意，"我今天在养老院看到你了，你在那里工作？"

她有点惊讶，随即点头。杭弈觉得就这么站在门口说话挺不礼貌的，于是侧侧身子："进来坐会儿吧？"

陆柒迟疑了一下，才抬步进屋。

杭弈边走边打开饭盒，里面是干拌面，面上撒了碎花生和芝麻，有几分热干面的意思。但大概因为作料不足，少了热干面的香味，面上卧了两个卤蛋，热气腾腾的。

他看着这碗面沉默一下，随即笑了笑。

连接了红白机的电视上是暂停的游戏画面，杭弈倒了杯水过来，见陆柒有些拘谨地站在屋子中间，朝她招手："随便坐啊，我没收拾，你别介意。"

她摇摇头。

他将水杯递过去，拿起游戏手柄朝她扬了扬："会玩吗？"

她点点头，又摇摇头，顿了顿才说："小时候在国内玩过，很多年没玩了。"

"我带你啊，来啊，一起。"

陆柒抿唇走过去，接过游戏手柄。杭弈重新调了界面，选成双人，是经典的红白机游戏《魂斗罗》。

"我给你调三十条命，放心玩。"

说到游戏秘诀，他笑得很骄傲，嘴里叼了根棒棒糖，指挥陆柒跟着他往前冲。

陆柒手心全是汗，心都提到嗓子眼了，一路磕磕绊绊，剩下最后一条命的时候总算跟着杭弈闯到了最后一关。

再看看他，还是第一条命，全程不带死的。

胜利通关的提示跳出来后，杭弈笑嘻嘻地拍了拍她的肩："不错嘛陆柒，再接再厉呀。"

陆柒像是被吓到，趔趄着身子站了起来，看了眼外面暗下来的天色，低声道："我回去了。"

"路上小心。"

杭弈又玩了几把魂斗罗，一个闭着眼都能通关的游戏他照样玩得津津有味，到了晚上把陆柒送来的干拌面当作夜宵热热吃了。她的厨艺真的很不错，异国他乡能吃到这样的饭菜，他很满足。

接下来的几天陆柒都准时十二点半给他送来午饭，有时候是中国菜，有时候是当地食物，她时间掐得很好，像是知道他睡懒觉的习惯，等他洗漱的时候就来敲门，送完饭就走，绝不说一句多余的话。

逛了几天，杭弈把周边环境都摸熟了，租了辆自行车大街小巷地串，还学了几句挪威语。这样轻松自在的日子，真是过一天少一天。

周六那天小镇有集会，那是每周最热闹的时候。杭弈也在里面，兴致盎然地东瞧西看，最后停在一个流浪歌手前。

唱的是民谣，吐着他听不懂的字，曲子却很别致。他是作曲的行家，蹲在流浪歌手面前一边打拍子一边跟着哼，流浪歌手见有人配合也很高兴，抱着吉他弹起双重奏，两人和声起来，吸引了不少人驻足。

流浪歌手叫大卫，美国人。天黑的时候，他邀请大卫去家里做客。

买了啤酒夜宵，聊了各自对于音乐的见解，大卫一副相见恨晚的表情，很快就跟他勾肩搭背，杭弈也乐得结识在音乐上志同道合的朋友，留他过夜。

两人坐在沙发上玩红白机，正玩得火热，大卫摸出一根烟卷朝他扬了扬，说："This is my musical inspiration。"（这是我的音乐灵感。）

杭弈还没反应过来，房门突然砰砰作响。敲门声很大很急，就差破门而入了。他赶紧去开门，门外居然是陆柒。

她还穿着第一次遇到时的那套衣服，身上有鱼腥味，长发也乱糟糟的，像是刚从渔船上下来，还未归家。只是一瞬，陆柒猛地将他推开，朝屋内冲进去。

大卫正坐在沙发上点烟，看见陆柒时咧着嘴笑："Hi，Seven。"

陆柒脸色漆黑，一把拽住他的领子拖着他就往外走。大卫身材高大，却被她拽得直不起身子，陆柒将他拖出去，然后反手将房门"砰"的一声关上。

把杭弈吓得一抖。

屋外传来激烈的争执声，他打开一条缝往外看，陆柒挺直着背脊站在台阶上，就像身后有她心尖上的珍宝，她拼着豁出去一切的姿态也要好好保护。

杭弈英文不算太好，吵架语速太快，隐隐约约只听到“瘾君子”“大麻”几个词。最后陆柒反手擒住大卫的胳膊将他朝外一推，冷声道：“滚，再也不准来这里，不准再和他说话！”

大卫骂了句脏话，悻悻地走了。

屋外再次安静下来，只剩下风声。

门外，陆柒背对着房门站了会儿，然后头也不回地抬步离开。杭弈猛地拉开门，叫住她：“陆柒。”

她脚步一顿，却没有回头。

他笑起来：“谢谢你。”

她低了低头，再不似方才激烈，声音又变得轻飘飘的：“国外不像国内，以后小心点。”话落，匆匆走了。

沙发上还遗落着大卫那根来不及点燃的大麻，杭弈用纸卷住，面无表情地丢进了垃圾桶。

【03】

连着几天陆柒没有再给他送饭，小镇上的饭店老板比他还随意，营业全看心情，杭弈吃方便面吃得要吐了。

他去敲陆柒的门。

敲了很久没人应，倒是隔壁打开门，走出来一位头发花白、戴金边眼镜的老奶奶，并用挪威语说了句什么。杭弈摊手，表示自己听不懂。

老奶奶顿了顿，又用英文说：“陆柒出海打鱼了。”

原来如此，他又问："她什么时候回来？"

"两三天吧，收网之后她还要等供货商来拿。"

杭弈点点头，跟老奶奶道别后转身要走，想起什么又转过身问："为什么一直没有见到陆柒的父母？"

她移民至此，也是跟父母一起吧？这些日子，怎么总是独来独往呢？

老奶奶摇头："她一直是一个人，四年前来的时候，就是一个人。"

杭弈没再多问。

街上的饭店总算开门了，他进去点了餐，吃的时候才发现果然如陆柒所说，他吃不惯。吃到一半外面起了风，一副要下雨的样子，他随意扒了两口就回家了。

傍晚果然落了雨，噼里啪啦打在房顶，像是要把屋顶砸破。窗外大海呈汹涌的黑色，海浪怒吼着冲上崖壁又狠狠摔落海里。

杭弈猛地关上了窗。

雷雨交加的夜，没多会儿连电都停了。整个世界都像陷入了黑洞，除了撕裂天幕的闪电，什么也看不见。

杭弈不记得自己在床上躺了多久，手机没电了，他看不了时间。雷鸣之中，传来急切的敲门声。

他以为自己听错了。这么晚了，又下这么大的雨，还打着雷呢，怎么会有人跑来山头敲他的门。但那声音一直不断，一下一下叩进他心底。

他摸黑去开门。

门拉开的瞬间，天际滚过一道闪电，照亮门口全身湿透的女孩。长发湿答答垂下来，她整个人都在发抖，嘴唇白得可怕，眉眼却满满都是担忧，嗓音颤抖地问他："杭弈，你没事吧？"

他能有什么事？他好生生在家呢，有事的明明是她自己。

头顶又是一阵惊雷，他抖了一下，不动声色地后退一步，她已经掩门进屋。去壁柜翻了蜡烛出来点上，又关好所有窗户拉上窗帘，烛光充满空间，暖黄色的光，柔柔弱弱又持久温暖。

“我刚回来，发现停电了，担心你有事，所以过来看看。”

杭弈没说话，转头去卫生间找了张干帕子给她。她道谢接过，擦擦头发：“这里每次打雷都会断电，明天就好了，你别怕啊。”

杭弈看了她半天，突然问：“陆柒，你怎么知道我怕打雷？”

她擦头发的手一顿，嘴角微微抿起，轻声说：“我只是担心你会因为停电出去查看电闸。”

他笑了一下：“我看上去有那么蠢？”

陆柒有点不好意思地低下头，屋外雷鸣还在继续，她轻声说：“杭弈，我今晚可不可以在你这儿睡啊？我就睡沙发，不会打扰到你的。”

杭弈没说话，转身进了卧室。陆柒垂下的手指紧紧掐在一起，正无措，见他又从卧室出来，手里拿着一套干衣服：“换上吧，别着凉，你去床上睡，我睡沙发。”

她一惊，连连摆手：“不用不用，我睡沙发，我喜欢睡沙发，我在家都是睡沙发的，我睡床睡不着，只有睡沙发才能睡着。”

杭弈都快被她这段绕口令逗笑了。

“那我就不跟你争了。”

她终于露出轻松的笑：“嗯，你快去睡吧，都快一点了。”都快一点了，你还冒着雷雨跑过来？杭弈没再说话，转身走向卧室。

身后传来她轻飘飘又坚决的声音：“我就在外面，你别怕啊，杭弈，晚安。”

第二天天气果然放晴，又是一个明媚天。杭弈起床的时候陆柒已经不在了，他那套干衣服叠得整整齐齐放在沙发上，他连她什么时候走的都不知道。

中午有人敲门，他一脸笑意地开门，门外站的却是个小男孩，用生硬的英文说："柒姐姐让我给你送饭。"

饭盒里是他爱吃的水煮肉片。

真稀奇，在这地方还能吃上水煮肉片。

他问小男孩："陆柒呢？"

"她的货，没处理好。昨晚突然走了，供货商很生气。"

杭弈突然有点没胃口。

他拍了张照发给经纪人，经纪人很快回消息：我怀疑你带了个厨子过去。

杭弈哈哈大笑，端饭上桌，吃的时候发现米饭下果然又有他最爱的鸡腿。他回头看了眼沙发旁的垃圾桶，里面全是方便面袋子。

她一定是看见了。

接下来两天有点无趣，他大多时候都窝在家打游戏看动漫，胡子拉碴的，微博上粉丝还天天喊他发自拍。这样子自拍得掉多少粉啊。

他让经纪人订了一架电子钢琴送来，开始写歌。

他喜欢在漆黑安静的环境下写歌，这样灵感才会出现，但这次怎么也静不下来，脑海里总浮现那个雷雨夜，清瘦的女孩湿漉漉地站在门口发抖的模样。

指尖琴音流走，传出孤独又凄冷的曲调，就像她给他的感觉。

杭弈掏出手机。相册里有一张陆柒的照片，身后是漫漫云霞，她就笼在黄昏那团光影里，温暖得不像话。

明明也可以很温暖啊。

他拉开窗帘，光线强烈地刺进来。他抬手挡了挡，换衣服出门。目的地是养老院，拐过路口，大门远远出现在视线中，还没走近，风声里突然传出他熟悉的曲子。

再没有谁比他更熟悉了。他的歌，他作的曲。

这首歌是有词的，作词人是常和他合作的前辈，但风里传来的歌声却没有词。他们在哼唱，婉转又缓慢的曲调就像这临海小镇，不急不缓地碾过时间齿轮。

是养老院的文艺活动，哼唱的是十名坐着轮椅的老人。

原来这首歌还能这么唱。

他跟着人群鼓掌，询问院长："是谁教他们唱的歌？"

"是陆柒呀。"院长笑眯眯的，"这是陆柒最喜欢的歌。"

他的歌。

【04】

杭弈敲开陆柒隔壁家老奶奶的门，询问陆柒去了哪里。

"那丫头，前两天不知道为什么突然半夜跑回来，导致第二天供货商没拿到新鲜的鱼货，亏损不少，最近在解决这件事情。"

没人比他更清楚她为什么半夜跑回来。

他问清了地址，在奥斯陆市的一个水产市场。快一个月没进过城了，再次身处城市喧嚣，听着周遭的车水马龙，竟隐隐有些排斥。

到的时候，陆柒正要在赔偿合约上签字。

供货商故意刁难，赔偿款加了三倍，她不争不闹，平静接受。所幸供货商说的是英语，杭弈躲在篷布后听到了事情的来龙去脉，在她落笔之前将合约夺了过去。

她平静的面容在看见他时骤然紧张，话都说不利索："杭……杭弈，你怎么来了啊？"

他恨铁不成钢："该赔的一分也不少给，不该赔的也一分都不能多给，你怎么能任由他们欺负？"

几个供货商面色不善地渐渐围近，陆柒眼眶都急红了，去抢他手里的合同："没关系的，也多不了多少钱，本来就是我不对，你快给我，签完了我们就走。"

他冷冷盯着她，手臂高举过头顶："签了这份合同以后他们会得寸进尺，清朝历史学过没？割地赔款有用吗？"

她急得不行，乞求地去扯他的袖口，轻声喊："杭弈，你别这样啊，真的没事的啊，我有很多钱的。"

杭弈都快被气笑了："你要是钱多没处用，买我个几千张专辑冲销量啊。"

陆柒神色一顿，其中一个供货商已经走近，劈手将合同抢了过去，一巴掌拍在杭弈脑袋上。他手上力气大，当即就把杭弈打蒙了，他脚步踉跄了两下，还没反应过来，余光瞟见旁边人影一闪，柔柔弱弱的陆柒拎起旁边的椅子劈头就砸了过去。

杭弈不知道陆柒学过格斗，也不知道她打起架来这么不要命。到最后反倒是他拖着陆柒不让她再打了。

桌子椅子掀了一地，几个男人抱头躺在地上，陆柒眼眶血红，扭住方才打杭弈那个人的手腕，嗓音都透着狠戾："你再打他一个试试？"

远处传来警笛声，杭弈拽住陆柒拔腿就跑。

一直到坐上回小镇的巴士，两个人才终于有时间喘气。对视一眼，她先笑出来，又变成那个清瘦温柔的陆柒。

"杭弈，你跑什么啊？"

"打人了能不跑吗？"

"他们先动手的。"

“他只是拍了一下我的头，你都把别人打出血了。”

她眉眼顿时紧张，俯身看他的脑袋：“要去医院检查一下吗？会不会脑震荡啊？”

“你当我的头是玻璃做的吗？”

她抿唇笑笑，又坐回去。车窗半开，丝缕阳光被风吹开，零零碎碎落在她五官上，像覆了一层朦胧的光。

她似乎很喜欢穿白衬衫，宽宽大大的，被风吹起时呼呼地响。杭弈盯着她看了一会儿，若无其事凑到她耳边。

“陆柒，你其实认识我吧。”

她眼睫颤了一下，轻轻地说：“怎么这么问？我当然认识你呀，我们是邻居。”

他笑了笑：“你知道我说的不是这个。”

她看着窗外，故作镇定：“我不知道。”

“你知道我最喜欢吃什么，你知道我害怕打雷。”

“是吗？原来我做的饭菜你很喜欢啊，那是我的拿手菜，也经常做给养老院的爷爷奶奶吃。”

说完这句话，谁都没再说话，巴士一路摇摇晃晃驶向海边，到最后一站停下。

陆柒走前面，杭弈跟在她身后下车，沿着碎石路一直走了两公里，走到停满渔船的海湾，杭弈突然“哎哟”一声。

陆柒慌张回头，身子才转了一半，胳膊突然被拽住，紧接着肩头的衬衣被朝下一扯，她扣到脖领位置的纽扣“啪嗒”一声崩开，露出半边锁骨。

杭弈盯着她笑得可怕：“你不知道，那你这文的是什么啊？”他凑近一些，咧了咧嘴角，“陆柒，你把我的名字文在你锁骨上做什么啊？”

精致的锁骨上，文着一个好看的字母——H。

她挣了两下没挣开，嘴唇都白了："这不是你！我随便文的，这个字母好看！"

他冷笑："你以为我蠢到连自己演唱会专属Logo都认不出来吗？"

陆柒顿时不说话了。

他眯了眯眼，像在遥想："我们第一次见面，就在这个位置吧？你当时捂什么啊？不敢让我看见？"

他俯身，凑到她耳边，咬牙切齿的："陆柒，你这个骗子。"

陆柒半仰着头，呆呆看着他。看着看着，眼泪突然就落下来了。杭弈一愣，下意识松开手。她哭得小声，一顿一顿地说："对不起，我不是故意骗你的。我只是怕你以为我是……"

"私生饭？"他哭笑不得，抬手摸了摸她的头，"你这个小傻子。"

她用胳膊挡开他的手："别摸我头，你的摸头杀不值钱。"

杭弈笑得不行："你还挺懂，看了不少八卦吧？"

她终于哭完了，怅然地叹口气："是啊，你贴吧我都十级了。"

杭弈快笑死了。

这个小姑娘，怎么这么可爱啊。

这么可爱的小姑娘，是他的粉丝，真是太好了。

【05】

杭弈躺在沙发上午睡，穿着他常爱穿的黑色背心，许久没打理的头发长长了，他用皮筋扎了个鬏鬏儿在头顶，是时下流行的苹果头。

陆柒在旁边轻手轻脚地拖地，边拖边看，边拖边看……不行，忍不住，太可爱了，想摸。她放下拖把，蹑手蹑脚走近，屏气凝神，缓缓伸手，手指就要触到他头顶那撮可爱的鬏鬏儿，杭弈唰的一下睁开眼。

陆柒吓得一抖，猛地缩回手转身想跑，杭弈一把握住她的手腕，笑嘻嘻道："陆柒，你怎么这么怂啊？想摸就摸啊，我又不会掉块肉。"

她转头一本正经："怂是你粉丝的特性，改不掉。"

杭弈笑着翻身起来，拍拍身边的位置："来，让你一次性摸个够，壮壮胆。"

陆柒瞬间脸红，憋了半天，憋出一句："我不……"

杭弈瞪眼："你竟然嫌弃你爱豆？"

她终于憋完整话："我不敢。"

杭弈笑得肚子疼。笑完了，把她拉到身边坐下，一板一眼地说："陆柒，你不能这么害怕你爱豆。你爱豆是个亲切的爱豆，很疼歌迷的，就算你对你爱豆做什么过分的事情，你爱豆也不会反抗的。"

她双手放在膝盖上，背脊挺得笔直，比幼儿园小朋友坐得还端正，认真道："你放心，我不会对你做什么过分的事，我是那种理智的粉丝。"

是，你超理智，你看见你爱豆出现在你面前，第一反应不是扑上去而是掩藏自己的歌迷身份，你真是太理智了。

杭弈被她气得晚饭都少吃了一碗。

前几日被暴雨冲刷过后的夜晚格外清亮，门前的枫树下有一条长椅，坐在那个位置，能看见大海倒映星辰，繁星万千。

杭弈和陆柒一人捧一杯奶茶坐在椅子上看星星。奶茶是陆柒做的，知道他喜欢喝，去市里采办时专程买了原料。

陆柒偷偷偏头看他，他咬着吸管，奶茶从嘴里流入喉咙，喉结处一阵翻动。陆柒脸又红了……

杭弈就笑："人都在你身边了，光明正大看啊，你是不是以前接送机偷看成习惯了啊？"

陆柒摇头："我没有给你接送过机。"

杭弈转头瞪她："你这个假粉！"

"但你的演唱会我每年都去。"她轻轻弯着唇角，"四年，不管我在哪个国家，我都去了。杭弈，你真的越来越好。"

原来她都喜欢他四年了啊，他出道明明才五年。

他看着杯子里的奶茶，低声问她："陆柒，你为什么会喜欢我啊？你……"他顿了顿，组织了一下措辞，"你不像是那种会追星的人。"

海水拍打着礁石，声声清脆，良久，耳边传来她轻飘飘的声音："杭弈，你还记不记得，四年前，你的北京站巡演结束，在酒店停车场，给过一个女孩一个汉堡？"

杭弈身子一颤，不可思议地看向她。

她抬头冲他笑笑，眼角却有泪："是啊，那就是我。"

他记得，四年前，巡演的最后一站，演出结束后累到极致，上车就睡，送行的粉丝塞了一个全家桶给助手，一并带上了车。

到停车场时，他是被助理的呵斥声吵醒的。不情不愿地睁眼去看，才看见停车位上坐了个人，头发乱糟糟的，瘦骨嶙峋，眼睛直愣愣地盯着前方。车灯照过去，比鬼还瘆人。

助理吓得够呛。那段时间私生饭频发，甚至有的跟踪他回家，半夜敲他的门，一度导致他神经衰弱。助理以为那女孩也是私生饭，下车驱赶。

他觉得不是。

因为那眼神太空洞，直勾勾地盯着前面，没有聚焦。他阻止了助手，从全家桶里拿了个汉堡出来，下车走到她身边，塞到她手里。

“快回家吧，太晚了，这个路上吃。”

他并不是心怀苍生的慈悲之人，他其实更喜欢和人保持距离，因他觉得人是独体，太亲密就会互相吞噬，所以总有粉丝说他若即若离。

但眼前这个，太像失去生机的濒死之人，他希望给她一些温暖，起码，肚子不会饿。

女孩一点点抬头，乱糟糟的脸上看不出什么表情，但他知道她是在看他。好半天，她抬手将汉堡塞进嘴里，大口大口地塞，眼泪却悄悄流下来。

他返回车上，对助手说：“停到别的地方去吧。”

他不知道，那天晚上，那个女孩其实打算在那里自杀。他塞给她汉堡的那只手里，其实就握着一把刀片。

杭弈开始觉得冷，后怕的冷意，凉飕飕爬满了背梁。

他紧紧捏住发抖的手，竭力维持镇定：“为什么啊？陆柒，为什么想不开啊？”

“杭弈，你知道无国界医生吗？我的父母都是无国界医生，十岁那年开始，我就跟着他们全世界东奔西走，那时候多幸福啊，我觉得我比其他人都幸福，那么小就去了那么多国家，见过那么多不同的风景。我就想啊，我以后也要当一个无国界医生，给这个世界带去善意和温暖。直到四年前，我的父母……”她闭上眼，牙齿咬得紧紧的，好半天，那四个字才从齿缝间挤出来，“被枪杀了。”

多绝望啊，剩她一个人，怎么活啊。

她吃完汉堡，摸出刀片，车库叽叽喳喳闯进来几个女生，谈论着一个明星。哦，原来刚才给她汉堡的那个人是明星啊。这个明星，蛮善良的嘛。

她掏出手机，想看看死前最后给过她温暖的这个人。

然后她听到了他的一首歌，一首无字歌，没有歌词只有哼唱，他百般蹂躏歇斯底里，将破碎的生命踩碎重组，然后茁壮生长。

真奇怪，联合国的荣誉，无国界医生组织的巨款补偿，世界各国人民的关心和鼓励，这些都没有给她活下去的力量，这首歌却给了她。

手机里唱歌的那个人叫杭弈。

长得真好看，是她的理想型呢。

【06】

杭弈一大早就被电话吵醒了，他一把按住手机抬头往屋内看，陆柒还在睡。他从沙发上爬起来走到门外，接起电话。

经纪人在那头嘶吼：“你休个假怎么也休出绯闻了啊？啊？”

微博热门是他那天在市里牵着陆柒的照片，娱记说他休假是假，暗会恋人才是真。粉丝吵得天翻地覆，有人去搜陆柒的资料，什么也没查到。像凭空冒出来的一个人。

“还有两天就一号了，你现在给我回国，马上回来！”

他“啪嗒”挂了电话，回身时，陆柒就站在门口，手里拿着手机，无措地看着他："对不起啊杭弈，给你带来麻烦了，你快点回去澄清吧。"

他看着她，冷不丁问："澄清什么？"

"澄清绯闻啊！"她比他还急，"演唱会还有一个多月了，不能受这件事影响……"

"我不觉得这是绯闻。"他淡淡地打断她，"陆柒，你怎么就这么怂啊？人都在你面前了，还往外推？"

她没回过神。

他牵过她的手握在手掌："你不是喜欢我吗？刚好，我也喜欢你。"

"不……不……"她吓了一跳，猛地甩开他，话都说不利索，"不行！我那是粉丝对偶像的崇拜，不是……不是……"

他歪着头笑："崇拜也是爱嘛，我不介意的，我对你是恋人的爱就行了呀。"

陆柒瞪了他一眼，顷刻眼眶就红了："杭弈！你别闹了！"她撞开他匆匆往外走，"你快回国吧。"

杭弈拉住她的手。

她没回头，轻声道："我要出海捕鱼了，今天天气好。"

"那我等你回来，然后我们一起回国。"

她没说好，也没说不好，头也不回地走了。杭弈美滋滋地给经纪人打电话："我要公布恋情了。"

经纪人差点崩溃了："杭弈你神经病啊！赶紧给我滚回来！"

挂了电话，他开始收拾行李，其实也没什么可收拾的，他一向随意。只是电子钢琴不好弄，他送给了养老院。

快到晚上时，陆柒还没回来。他去敲她的门，无人来应。杭弈突然觉得心慌，询问隔壁老奶奶，奶奶回他："上午她匆匆回来，换了身衣服背了个包出门了。"

他怎么就轻信了她？！

杭弈找锁匠撬开了陆柒的门，在屋内等了三天三夜，陆柒没有回来。

明天就是九月三日，北京的商演。经纪人已经不骂他了，改成哭："我求你了，求你了杭弈，你回来吧，啊？只要你回来，我什么都答应你，公布恋情我也答应你。"

公布个屁，恋人都跑了。

杭弈没有回去，三日那晚的商演，他缺席了，主办方和粉丝等了他一晚上。

快结束时，接到一个陌生电话，那头嗓音慌张又带着哭腔："杭弈你干什么啊？你怎么能不去参加商演呢？我等了一晚上直播。"

杭弈气得冷笑："我他妈还等了你几天几夜呢！"他索性耍赖了，"你不见我，我就不回去，什么商演什么演唱会，通通不唱了。"

"杭弈你！"她又好气又好笑，却又舍不得骂他，最后叹气道，"为什么要这样呢？"

杭弈委屈得不行："我好不容易看中的人转头就跑了，死活都找不到，我有什么办法？"

那头扑哧笑了。

半天，传来她轻柔的声音："好吧，我不跑了。可是我现在回来不了，我不是故意躲你的，比利亚这边爆发了武装冲突，伤民无数。杭弈，我是无国界医生呢，这里需要我。"

“那我来找你。”

“别闹。”她连指责他的语气都舍不得严厉，“你先回国处理这段时间闹出的麻烦，我很快就会回来找你的。”

“我不相信。”

“你要信我啊杭弈，你的演唱会我从来都不会缺席的。”

那声音就像裹挟阳光的海风，令他沉闷的心情霎时间晴朗。他相信她。因为再没有谁，会像这个傻姑娘，将满满的心意和真心全都给他。

“我写了首新歌，演唱会上唱给你听。”

“好呀。”她笑起来，“等我回来。”

【07】

杭弈终于回国了。

国内骂声一片，商演缺席这种缺德事，一般人还真干不出来。经纪人都不知道是骂还是哄，看他心情好像还不错的样子，叹着气去找人公关召开记者招待会了。

陆柒那边信号不好，偶尔才能打通电话。她总是很忙，讲电话的时候还在包扎病人，杭弈只说两句注意安全便不再打扰。

记者招待会那天，他按照提前写好的通告解释这次的失误，提问的时候，突然有记者问他：“杭弈，这次你爆出恋情，许多网友都觉得照片上那个女孩配不上你，请问你对这件事怎么看？”

他目光扫过去，盯着记者看了一会儿，突然笑了，反问道：“你们为什么会这么觉得？”台下记者都是一愣，他想了想，“因为我是歌星，她却默默无闻？歌星在我看来也只是一个职业，你们如果是用职业来评断她与我是否般配，”他顿了顿，扬起唇角，

“那是我配不上她才对。我不过是给人带去一些快乐，她带给世人的，却是希望与新生。”

底下一阵沉默，半晌，终于有记者反应过来：“这么说……你是承认恋情了？”

“是啊。”他笑得开心，“那是我女朋友，她是个无国界医生，也是我的歌迷。”

经纪人在台下惊得撕碎了草稿纸。什么时候的事？他怎么不知道？他到底还是不是经纪人了？！

演唱会逐渐逼近，杭弈开始没日没夜地排练，有时候会录下排练视频发给陆柒，她没有回复过，也不知道她能不能收到。

直到演唱会的前一晚，他终于收到陆柒发来的信息。

她说：杭弈，我还是做不到，各自安好吧，别再找我了。

手机猛地摔落在地，他慌忙去捡，手指哆嗦着拨电话过去，却无人接听。

那天之后，他再也没有打通过陆柒的电话。

他再也没有见过她。

很多很多年以后，杭弈结婚生子，淡出歌坛。他喜欢抱着咿呀学语的女儿打红白机，也喜欢带着已经上小学的儿子去打台球，他的妻子温柔乖巧，心里眼里都是他。

那一天，杭弈不知道为什么突然打开了电视。

电视里正播一条新闻，那是十几年前发生在比利亚的一场冲突，武装分子抓走了灾民医院的医生，暗地枪杀，这种残忍行径，至今才被人爆出来。

死亡名单上，有他熟悉的那个名字。

他永远记得那一天，演唱会的前一天，他收到她发来的诀别短信。那一天的日子，怎么和新闻上报道的医生被枪杀的日子一模一样啊。

那个时候，她是不是残留着最后一口气，流着泪发了那条短信给他啊？

杭弈看着看着，眼泪就掉了下来。他关了电视，将脑袋埋进沙发抱枕里。

他说："陆柒，你这个骗子。"

作者感言

我喜欢写一见钟情，因为我相信这世上很多感情不需要相处，你一眼就能分辨出那是不是值得你放在心上的人。尽管某些时候，一见钟情的环境并不是那么浪漫，但一旦那个人出现，你会肯定，就是他。

CHENGMENG
NICHUXIAN

GOUWOXIHUAN
HENDUO
NIAN

【01】

姜可到达乌斯怀亚是六月末，她裹了件绿色的军大衣，整张脸都用围巾护住。街道起了雾，天气越发阴冷，尽头是一间酒吧，名字叫“Why Nobody Fight”。

推开陈旧的木门，眼前是一条向下的楼梯，壁灯昏暗，隐有音乐飘出。姜可一边下楼一边脱下军大衣，露出里面的蓝底连帽衫。她将帽子捋顺戴好，只留一双眼睛在外面。

酒吧正放披头士的歌，零零散散坐了四五个人。老板是个满脸红胡子的法国人，正站在吧台擦杯子，看见姜可时，手上动作慢了下来。

姜可走近，扯下围巾，嘴角挑了个弯弯的笑，用法语说：“来杯威士忌。”

这笑也甜，声音也甜，用的还是家乡话，瞬间就打消了老板眼中的警惕，十分热络地给她倒了杯酒。姜可接过抿了一口，赞扬地点点头。

她前倾身子伏在吧台上，朝老板招手：“跟你打听个人。”

说着话，掏出一张照片递过去，老板看了两眼，浓密的红眉毛抖了抖，摇头回答：“没见过。”

“怎么会没见过？”她笑起来，左手勾住他的脖子往前带了带，嗓音更软，“你再好好看看啊。”

老板低头看了眼抵在自己胸口的手枪，再看看眼前笑得人畜无害的东方姑娘，艰难地吞了口口水。

姜可漫不经心地扭了扭脖子：“耐心有限，我只数三声。”

“一。”

“二。”

她笑了一下，扣动扳机，“三”还没喊出口，后颈一道冷风袭来。姜可猛地低头，身后人影已至，一掌劈向她的手腕，手指成爪扭转胳膊。姜可吃痛，下意识地松手，手枪便被夺了过去。她侧身格挡，抬腿就要踢中对方脑袋，枪口已经对准了她。

姜可抬到半空的腿缓缓放下，看着对面面无表情握枪的男人。他穿黑色夹克，高高瘦瘦的，眉峰很冷，五官却立体，一张少见的帅气的东方面孔。

她笑了一下：“有帮手啊？”

酒吧老板劫后余生，小跑到男人背后，痛心疾首道：“沈，你们中国人都会武功吗？怎么一个个都跟成龙似的。”

姜可挑眉，换回中文：“中国人啊？那就不用这么客气还用枪了吧，我不过是想打听个人。”

男人冷笑一声：“拿枪指着人打听？”

“这不是你朋友不配合吗？他要是老老实实告诉我，我也不用费这么大力气。”

她耸肩，笑得很无辜，男人目光瞟向吧台上那张照片。是一个外国人的入狱照，分不清哪国人，但看上去生得高大。她一个姑娘家，打听这种人做什么？

就这么一走神的工夫，胳膊猛地一沉，手腕被扭了个圈，枪已经被姜可夺了回去。这下换她拿枪指着他了，唇角勾着笑，漫不经心地说：“不用枪，你们怎么会说实话呢？”抬下巴点了点照片，“说吧，人呢？”

沈峰回头看布鲁诺，他红胡子一颤一颤的：“得文是我朋友，我不能做出卖朋友的事。”

姜可捋了捋头发：“你朋友上个月在密苏里州强奸并杀害了一名妇女，保释出狱后逃离了规定地区。”

布鲁诺顿时瞪大了眼：“他不是说是为了跟老婆离婚才逃出来的吗？！”

姜可不耐烦地打断：“他老婆早死了，快说，人去哪儿了？”

布鲁诺看了沈峰一眼，期期艾艾好半天才开口：“就在酒店背后那条街上的拳击旅馆。不过他好像联系了船队，今晚就要出港去南极了。”

姜可收枪，转身往外走。离开前，偏头看了沈峰一眼。挑着眼角，眼里有笑，意味不明，但令沈峰想起一个词。

蛇蝎美人。

布鲁诺凑过来：“这女孩什么来头啊？”

他望着她离开的背影：“赏金猎人听过吗？专门抓捕因保释出狱而逃脱的罪犯，美国现在很多州都合法化了。”他笑了笑，“这可是个肥差，赏金一般是保释金的百分之二十，按照美国的保释金法，抓一个逃犯，够你挥霍好几年了。”

只是女猎人，他还是第一次见。毕竟，这可是提着脑袋的卖命活儿。

【02】

乌斯怀亚是世界最南端的城市，素来有世界尽头的美称。因靠近南极，天黑得早，不过六七点的样子，夜色已经浓浓罩下来，天上星光和海港四周的灯光遥相辉映，照着远处矗立的清冷的雪山。

沈峰订的葡萄酒现在才到货，清点之后给布鲁诺打了个电话让他开车过来，然后一箱箱往岸上搬。搬到一半，船头沉了一下，伴随“啪嗒”一声轻响，有人跳到了船上。

沈峰站在货仓里，微微直起身子，借着船头一盏吊灯，看见投过来的一道高挑身影。

“国际刑警，征用货船。”

用的是英语，声音熟悉，沈峰弯腰走出去：“赏金猎人什么时候变成国际刑警了？”

姜可愣了一下，转而笑开：“熟人啊，那就好办了，开船吧。”

沈峰觉得这女人挺逗的，一副天下唯我独尊的语气，对着他发号施令，还真拿他当软柿子捏？

他转身抱了一箱酒上岸，不再看她：“麻烦让让。”

肩头一沉，是她伸手按住了他的臂膀。沈峰偏头看了看，手指纤细修长，指甲上还贴了闪闪发光的钻，力气却挺大。

“帅哥，帮个忙嘛。那杀人犯应该是听到风声先我一步跑了，刚才去南极洲的船已经开了，现在闭港，我租不到船。”

沈峰转头看着她的眼睛：“我要是不答应，你是不是又要拿枪指着我？”

她笑起来：“怎么会呢？”身子前倾，贴他更近一些，“大不了把你踹下去，我自己把船开走。”

沈峰皮笑肉不笑：“试试。”

对峙半天，姜可弯起唇角。她五官长得精致，不属于妖艳型，反而偏天真清纯，收起戾气弯嘴笑时，跟个人畜无害的小白兔似的，但凡是没见过她真面目的，免不了会被她迷惑。

“他乡遇同胞，干吗这么针锋相对呀。”按住他肩膀的手改为轻拍，“大不了，赏金分你一半咯。”

沈峰说：“不缺你那点钱。”

姜可叹了口气：“我看你长得这么正人君子，正义感应该也很强吧？就这么放任一个强奸犯加杀人犯到处乱窜，良心不会过不去吗？”

她后退两步，抄着手看他：“我知道你身手不错。你现在要走，我也拦不住，你要是不怕晚上睡觉做噩梦，你就走。”

真不容易，都快把沈峰说笑了。软硬兼施威逼利诱，现在还道德绑架，这姑娘还挺能屈能伸的啊。

沈峰看了眼货船里剩下的酒箱子：“搭把手，把箱子全部搬上岸，否则重量会影响行船速度。”

姜可二话没说，转身进了货仓。

从乌斯怀亚港口出发到南极，八百多公里，一向是南极探险或考察的后方基地和最近出发点。这逃犯一路被姜可追捕，都躲到南极来了，也挺不容易的。

夜晚的大海，安静沉默，像沉睡时的猛兽，不知何时会醒来。姜可穿得薄，坐在货仓缩成一团，一个人在那儿看地图研究逃犯可能逃跑的路线，时不时抖抖脚。

沈峰定好航线后出来，倚着船舱点了根烟，余光瞟到她瑟瑟发抖的模样，终究还是看不下去，找了件大衣扔到她怀里。

她抬头看了他一眼，拍拍身边的皮椅子：“过来坐啊。”

跟这是她的船似的。

沈峰掐了烟头走进去，在她对面坐下。她笑了一下，拿起大衣裹在身上，领子竖起来，半张脸都包在阴影里。

“你叫什么啊？”

“沈峰。”

“干什么的？”

“开酒吧。”

“酒吧老板，身手挺不错啊。”

沈峰看了她半天：“有没有人跟你说过，说话的语气温柔点才能讨人喜欢？”

姜可懒洋洋地撩头发：“我生下来又不是为了讨你喜欢的。”

得，这话沈峰没法接，转头就出了货仓。姜可冲着他的背影喊：“有没有液化气，煮点热汤来喝啊。”

沈峰没给她好脸色：“自己没手没脚？”

第二天一早醒来，船依旧行驶在风平浪静的海面，抬眼望去一片蔚蓝，看不到边。姜可蹲在船头，液化气上架了个小锅，正在煮海鲜汤。旁边放了瓶红酒，挺眼熟的。

沈峰看了半天：“那瓶酒？”

“哦，昨晚帮你搬箱子时我留了一瓶，你这酒味道不错。”

沈峰沉着气：“没人教过你没经过主人同意不能乱动别人的东西吗？”

姜可终于抬头，看了他半天：“还真没有，不过有一句话倒是听得多。”她眯起眼，“凡是自己想要的，不择手段也要得到。”

沈峰先前还疑惑，一个正当年华的女孩子，怎么会做赏金猎人这样的差事。现在算是明白了，能教给她这种话的人，又能带给她什么样的生活？

姜可提着瓶子朝他走过来，沈峰想，她要是把瓶子砸自己头上，他就把她丢到海里去。

姜可走到他面前，隔两步距离，两根手指拎着红酒瓶递给他：“不过既然惹你生气了，还是跟你道个歉。就喝了一口，还你咯。”

沈峰长这么大，还从没见过谁道歉能道得这么嚣张。

【03】

时近午后，海上起了雾，前方出现一座中转岛屿，姜可站在甲板上看了会儿，回头跟沈峰说：“靠岸。”

见沈峰看过来，指了指港口：“标旗还没撤，证明不久前有船靠过岸。只有去南极才会途经这个中转岛，而最近前往南极的船队只有昨晚那一支。”

调查得还挺详细。沈峰按照她的话，停泊靠岸。

这个中转岛不住人，没什么建筑，面积也不大，有十几个地下仓库用来存放物资，以备南极考察之需。

守岛人不见踪影，这么冷的天，估计待在仓库里喝咖啡。

沈峰将船停好，姜可跳下去，拔出手枪子弹上膛，走了两步想起什么，转身交代：“你别跟来，在船上等我。”

沈峰环胸抱臂倚着栏杆：“我也没打算跟。”

姜可冲他笑笑，转身走了。

雾越来越大，整座岛屿都像要被笼罩起来，沈峰抽完一根烟，盯着前方的未知领域，终究还是没忍住，胳膊撑住栏杆翻身跳了下去。

这岛说是不大，但要走完一圈，也得几个小时。岛上还保持着原生态的环境，地上长满了南极常见的苔藓类植被。

沈峰找了半个小时，遇到两座打开的仓库，看来姜可也猜到了对方的目的。逃亡南极只是借口，目的地是这个小岛，十几个仓库备用的物资够用好几年，何况这里终年也来不了几个人，是藏身的好去处。等风头过了，赏金猎人不可能把时间浪费在找一个失去踪迹的人身上，届时必然会转移目标。

只可惜姜可这位女猎人嗅觉实在灵敏，轻轻松松就摸上了岸。沈峰免不得同情那个罪犯三秒钟。

时间一分一秒过去，四周寂静无声，时而有海鸟掠过上空，发出一声暗鸣。快接近傍晚时，雾气突然散去，沈峰抬头看看天，海面之上一轮红日刺破了云层雾气，在西沉之前竭力绽放余晖。

天快黑了，到了夜晚，恐生意外。沈峰没带武器，也不敢大喊，只能加快步伐。直到太阳彻底没入海平面，天色暗下来，南区响起了枪声，惊起漫天的海鸟。

沈峰拔腿飞奔，夜色越来越浓，离得近了，看见一丝光亮从地面照出来，是一间地下仓库，他纵身跃下，入目是一条甬道，湿润的墙壁上只有一盏闪烁的矿灯，不远处的铁门后传出打斗的声音。

里面，姜可正被身材威猛的逃犯拽住头发撞向了墙壁，她趁势用脚蹬住墙面，猛抬身子，身体在空中翻了个圈，双腿一跨坐在了逃犯肩上，两条腿交旋在一起狠狠一扭，逃犯猛地摔倒在地，手上却没松，依旧死死拽着她的头发。

这次回去了就剪短发！姜可狠狠地想。

逃犯力气够大，拖着她的头发朝旁边一甩，姜可疼得一阵头晕目眩，感觉头皮都快被拽下来了，正要想办法脱身，一道黑影飞奔而至，她下意识地抬手格挡，耳边却传来逃犯的惨叫声，头上一松，她终于脱离桎梏。

爬起来一看，逃犯的手腕被一把小刀钉在地上，另一只手被沈峰箍在脖颈处，勒得无法动弹。

姜可有点意外，先喘了口气，然后捋了捋头发："不是说不跟上来吗？"

沈峰面色淡淡："我只是不习惯站在女人身后。"

姜可撇嘴，走近逃犯，一脚踢到他脸上，骂道："你妈没告诉你打架扯头发是女人才会做的事吗？"

她穿马丁靴，鞋帮还镶了几颗铆钉，这一脚带着气，当即就把逃犯踢晕过去。

沈峰气得不行："踢晕了你背他走啊？"

姜可反应过来："不好意思啊，没想起这茬。"她看着沈峰笑，"那就麻烦你了。"

走到墙角捡起手枪，吹吹灰，别在腰上。沈峰冷冷地看了她几眼，找绳子把逃犯捆了，然后背起来。还挺沉，重得他差点没站稳。

再看看姜可，大约一米七的个子，身段却纤细，腰间盈盈一握。就这身板，能把这满身肌肉的壮汉打成这样，这姑娘，身手还真令他意外。

回船返航，逃犯被捆得跟个粽子似的扔在货仓，沈峰点开液化气煮了点热汤，进去叫姜可时，她正褪了一半衣服在上药。

沈峰脚步一顿，转身就想出去，她头也没抬地叫住他："来都来了，帮我抹下药吧。"

他转过身来。

她穿一件衬衣，褪到胸口的位置，胸前缠了白布，长发散下来，仍可看到肩头累累伤痕。姜可换了个姿势，背对着他。

"看到了吗？就这儿，肩胛骨这里。"

是碎玻璃划出的一道伤口，血已经凝了，但伤口有些深，血肉翻出来，看上去触目惊心。沈峰先用酒精消毒，然后抹上药膏裹上纱布，做这些的时候，她将手指伸到吊灯底下左看右看。

他正奇怪呢，就听她说："又得重新做美甲了。"

沈峰："……"

包好伤口，她将衣服扯上来，仰头莞尔："谢了。"

她安安静静笑着的时候，天真又可人，是那种男人看了之后想把她捧在手里疼的类型。他最后瞟了眼她胸前的伤，压下心里突然冒出来的莫名的不是滋味。

"出来吃饭。"

姜可高高兴兴地应了一声。

夜晚，大海、星辰、月光，面前一锅海鲜汤，半瓶红酒，这该是电影里才有的场景。姜可剥了一只虾，在沈峰匪夷所思的目光下沾着红酒吃。

也不知道该心疼虾的鲜，还是红酒的醇。

姜可见他盯着自己手上的虾看，以为他想吃，麻溜地又剥了一个，照例裹上红酒，用筷子递到他嘴边。

沈峰后撤一点，张嘴说："我不……"

"要"字还没说出来，就被她把虾塞进了嘴里。

舌尖先触到的是被稀释后淡淡的红酒味，紧接着海鲜的鲜味冲入味蕾，说不出是什么味道，但不难吃。

沈峰勉强咽了。

她笑起来，又剥第二个："这次能这么轻松抓到人，得多谢你。你给我个银行卡号，我说到做到，回去领到赏金了分你一半。"

沈峰给自己倒了杯红酒，他一向不爱多管闲事，也无心别人的隐私，但面对姜可，他的原则似乎被一再打破："为什么做赏金猎人？"

姜可低头剥虾，动作很细致，去壳剔线，虾肉整个弹出来，跟她手指一样白："为了生存呗。"

"这世上有那么多生存方式，为什么选择最危险的一种？"

她把剥好的虾放到他碗里，抬头冲他笑笑："我以前说过，将来有一天如果我提起我的过去，那一定是对着我的恋人，怎么，你有兴趣成为我的恋人？"

沈峰不说话了，似乎表明自己没兴趣。

她朝他一笑："什么时候你愿意了，再来找我啊。"

返航时天气良好，沈峰加快了速度，清晨回到了乌斯怀亚港口。下船时逃犯已经醒过来，沈峰总算不用背他走了。

姜可扭送他下船，踏上甲板时，他回头看着姜可，咧嘴一笑："我认识你，玛雅身边那个小女孩。"

姜可脚步滞了一下，没说话，牵着捆他的绳子往前走。

"玛雅死了对吗？被人杀死了，一刀毙命，死在她自己家，听说当时她儿子也在，亲眼看着……"

姜可猛地抬手打了他一巴掌。逃犯用舌头舔了舔嘴角的血腥，低低笑起来："你也会是这个下场。"

姜可转头看着沈峰："我带他去警局联系美国警方办理移交手续，再见。"

沈峰点点头，目送她离开，叫了辆出租车回酒吧。

早上没什么生意，布鲁诺趴在吧台上玩电脑，看见沈峰回来差点跳起来："还以为你被那女孩杀了。"

"你也太看不起我了。"沈峰抬手把电脑扯过来，打开网页输入"玛雅"二字，搜索栏没什么有用信息，他想了想，又加上"入室杀人、赏金猎人"的关键词，新闻果然跳出来。

是两个月前发生在美国纽约的一起入室杀人案，一名四十二岁的妇女在家中被人杀害，凶器是一把匕首，直穿心肺。新闻报道，当时玛雅正在家里给七岁的儿子做晚餐。

新闻上说，玛雅曾是纽约著名的赏金猎人，只是这几年逐渐隐退，这一次被杀害，警方初步估计是曾经被她抓获的罪犯出狱后的计划性报复，凶手身份目前存疑。

“和那女孩过夜了吗？怎么样？”布鲁诺八卦地凑近，沈峰一只手把他推开，他无趣地耸肩，“昨晚有电话找你，听上去挺急的。”

沈峰应了一声，转身上楼。

【04】

姜可再次来到酒吧是第二天晚上，她一进门布鲁诺就看见了她，惊恐地往吧台下躲。姜可笑眯眯地走近，手指敲了敲桌面：“来杯威士忌。”

递上酒杯时，布鲁诺手都在抖。

姜可喝了一口，慢悠悠打量四周：“沈峰呢？”

“走了。”

“去哪里了？”

“去工作。”

姜可眯起眼睛：“他是做什么的？”

布鲁诺有些警惕：“你打听他做什么？”

她撩了撩头发，手背枕着下颌，看上去天真无邪，唇角却勾着幽幽的笑：“一个女人，打听一个男人，你说做什么？”

布鲁诺现在已经不吃她小白兔这套了，躲得远远的：“他早上就走了，不在乌斯怀亚了。我也不知道他去了哪里，他总是很神秘。”

姜可喝光杯子里的酒，转身出了酒吧。后面又接连来了四天，都没见到沈峰，第五天美国警方派人过来接手逃犯，姜可随他们一起离开。

走之前，去酒吧留下了自己的电话号码。

“我还欠他钱。”她这么跟布鲁诺说。

回到密苏里州，天气总算有点夏天的样子了。姜可脱下军大衣换上衬衣短裤，感觉整个人都活了过来。她其实挺怕冷的。

在家睡了两天，收到一个包裹，她叼了块黄油面包在嘴里，一边拆开看一边煮咖啡。吃完早饭，收拾东西，整装出发。

出门时接到一个电话，那头声音很沉：“收到了？”

“嗯。”

“姜，警方还没给他定罪，你这样做是违法的。”

“没有监控，没有指纹，没有目击证人，怎么定罪？他策划了两年，为的就是这一天。有时候法律并不是万能的，还得靠自己解决。”

“那你打算怎么做？一枪崩了他？”

姜可锁上门：“他杀了玛雅，我绝对不会让他好过。”

目标在威斯康星州的一个小镇上，照片上他坐在临窗的面包店喝咖啡。姜可揣着照片，登上飞机。

到达的时候是傍晚，姜可在目标对面的旅馆住下，蹲在窗口架起了望远镜。等了一天一夜，没有见人出现过。她散着头发去对面旅馆问老板：“我男朋友和我吵架了，他还住这里吗？我想找他道歉。”

老板看了看照片：“昨天下午就走了。”

姜可骂了一句，刚回自己房间就收到电话：“姜，我们似乎小瞧了对方。他身边有个高手在帮忙，已经转移了，暂时失去踪迹。”

姜可一脚踹翻凳子：“跟我玩猫捉老鼠游戏是吧。”冷笑一声，“那就好好玩，别让我太快抓到。”

从威斯康星到怀俄明，姜可追着目标跨了几个州，始终慢人一步。而且越接近后面，对方行踪越隐秘，好几次差点失去线索。到这种地步，她反倒冷静下来。

不着急跟着当前线索去堵人，而是摊开地图，猜测对方的转移路线。两天时间下来，结合友人给的信息，姜可在密索公路上圈了个红点。

“不管怎么走，他们的车一定会经过这里。”

炎炎夏日，姜可趴在公路不远处的土坡上，荒草掩盖了她的身子。她在这里趴了快两天了。公路上埋了炸弹，她端着望远镜默默等待。

傍晚时分，一辆越野驶入视线，从这个位置看过去，刚好能看见副驾驶坐着的少年。有说有笑，轻松自在。是啊，耍得她团团转，很开心吧。

车子逐渐接近埋雷点，她缓缓握住引线，快要进入引爆区时，车子突然停住。她一愣，就看见车子转了个弯开向旁边的草地。公路旁是绵延几里的荒草地，视野极其开阔。

“Shit！”姜可骂了一声，猛地引燃炸弹，轰鸣声起，车子被震得一个摇晃，歪歪倒倒朝着前方冲过去。她一把扶起藏在身后的摩托车，飞跃而出追了上去。

一场荒野追逐，直至天黑，前方出现一个废弃的镇子，车鸣声消失，他们似乎不打算再开车逃离了。毕竟要甩掉她，没什么把握。

姜可下车，将子弹上膛，步入小镇。

没有灯光，只有月色，敌在暗她在明。她巡视一周，很快找到制高点，压了压头上的棒球帽，沿墙体飞速移动。

对方却似乎比她更明白制高点的作用，她帽檐刚露了一半，脚下就炸起几声枪声。她后退躲开，转身上了对面的小二楼。

这次追击没有带狙，只能靠望远镜和经验判断对方所在。双方僵持不下，时不时开一枪吸引火力，但没什么实质进展。

姜可心想，大不了跟你在这儿耗，我有的是时间。她低头换弹夹，下一刻，对危险的敏感令她猛地侧身滚地，就在这毫秒间，她原先卧倒的位置被子弹打出几个孔。

对方不知什么时候，摸到了她藏身的地方。怎么忘了，他们是两个人。

姜可气得不行，滚地之后躲到一根柱子后面，开枪吸引火力，身体却猛地从一侧飞出，双腿急扫对方下盘，来人没想到她这么生猛，但很快反应过来，倒地之时借惯性后滑，抬手开枪以掩护。

子弹擦着肩膀而过，带起一道血丝，姜可就地翻滚，一脚踢中对方手腕将枪踢了出去。对方抬手就要来夺她的枪，她猛地侧身，那手打到她的帽檐，将帽子打了出去。

还要再攻，耳旁突然响起熟悉的嗓音，带着一丝震惊："姜可？"

她一愣，就要开枪的手指慢下来，就这一愣神，手枪被夺了过去。沈峰站在她对面，屈肘箍住她的手臂，两人离得近，身子都紧贴着。

对峙片刻，她突然笑了："竟然是你。"

把她耍得团团转的高手，竟然是他。她心底突然生出巨大的委屈。为什么偏偏是他？跟她对着干，拿枪打她的人，为什么会是他？

沈峰松开手："你为什么要追杀他？他不是逃犯。"

她反问："为什么要保护他？你是他什么人？"

沈峰眉色淡淡："他是我的雇主。"

前不久还在一条船上的人，突然就被推到了对立面。一个要杀，一个要保，上帝还真是跟她开了一个玩笑。

她眯眼看着眼前的男人。他们相识不久，甚至算不上感情深厚，可有的人，就该是一眼就被放在心上的人。她想过他们下次见面，或许他依旧态度冷漠，她会出言调侃，无论如何，没想过是在这样的境地。

姜可笑了一下，转身捡起地上的枪，吹吹灰，别在腰上。然后收拾好其他的装备，做完这一切，看着他："你救了我一次，我还你一次恩情。这次我会离开，但是沈峰，我一定会杀了他。"顿了顿，低低笑起来，"你千万，把他给看好了。"

转身要走，他伸手拽住她的手腕，嗓音沉沉的："姜可，我不想和你动手。"

她猛地回头，死死盯住他："你已经动手了！你朝我开枪了！"

向来令人捉摸不透犹戴面具的蛇蝎美人，这一刻突然有点像受了委屈后隐忍不发的小姑娘，仔细去看时，眼眶都红了。

他嗓音晦涩："我不知道是你，对不起。"

"对不起有什么用？"她冷笑一声，"你会把他交出来吗？"

沈峰沉默。

"下一次，你还是会朝我开枪，要么是我打死他，要么是你打死我。"她狠狠甩开他的手，抬着下巴，"下一次，谁都别手下留情！"

转身走出门口，已经快要下楼，身后终于传来他的声音："因为他杀了玛雅是不是？"

姜可脚步一顿，沈峰已经走上前来："千辛万苦地追杀他，因为你不相信警察？你要靠自己报仇？"

姜可没说话，沈峰皱起眉："可你有没有想过，如果人不是他杀的怎么办？"

"就是他！"

"那就等警方亲自来抓他，而不是你！姜可，你希望我们下次见面在监狱吗？"他声音冷冽起来，"既然知道要杀他的人是你，我更不会让你得手。"

她转过身来，就像那一次在船上，皮笑肉不笑地对他说："试试。"

【05】

沈峰回到制高点，少年还躲在角落，时不时地朝窗外放两枪吸引注意力。见沈峰回来，有些兴奋："你杀了那个女孩吗？"

"女孩？"沈峰笑起来，"你怎么知道是女孩？"

少年一抿唇，不说话了。沈峰勾勾唇角，劈手夺过手枪，子弹上膛对准他的脑袋，"玛雅是你杀的吗？"

少年瞪大了眼睛："你不能这样对我！我雇了你！"

"那你应该很清楚，我从来不接杀人犯的单。"他手扣扳机，一字一顿，"我再问一次，玛雅是你杀的吗？"

字字如刀，带着锋利，逼得人无处遁形。

终究只是个二十岁的少年，很快就屈服在这气势之下："是我！那又怎么样？她毁了我的一生，她该死！"

警察认为这是一场报复性谋杀，的确没错。三年前，玛雅亲手将保释之后逃脱的少年抓捕入狱。那个时候他才十七岁，因故意伤人罪被送上法庭。审判期间他被保释出来，为了参加伯克利大学的面试，潜逃出国。

只差一点点，他就可以面试成功，拿到入学通知，他为了考上这个梦寐以求的学校，不知付出了多少艰辛。可就在学校门口，玛雅出现了。她带着她的枪，还有法律文书，丝毫不理会他的求情，几近残酷地将他抓了回去。

明明只需要再给他一个小时，他就能完成梦想。

“是她毁了我！她毁了我的一生！”

一年之后出狱，带着歇斯底里的仇恨，谋划两年，等自己不再有嫌疑，趁着其他被玛雅抓捕的罪犯出狱期间，亲手将她杀死。

打开门的瞬间，她都没有认出他来。他入狱时才十七岁，是个清瘦干净的少年。三年过去，他胡子拉碴，眼眶血红，像刚从地狱里爬出来的魔鬼。

两年细心谋划，精确到扔掉凶器的步骤，他没有留下任何证据，哪怕查到他头上，也无法定罪。唯一需要注意的，是玛雅一直带在身边的那个女孩。听说她也成了赏金猎人，于是花重金聘请保镖，故意放出风声引她前来，借保镖之手将其杀死。

沈峰看着眼前的少年，他被仇恨吞噬了心智，像一只魔鬼。他不知道，毁掉他人生的，从来都是他自己。

沈峰嗓音平静：“自首吧。”

“凭什么？警察什么证据也没有，他们抓不了我！”

沈峰点头：“是，他们抓不了你，但对面楼里的女孩会杀了你。”他将手枪扔下了楼，“我不会保护你了。”

少年目眦欲裂：“你不能这么做！我们签了合同，你这是在自砸招牌！”

“反正你也是我接的最后一单。”沈峰不在乎地笑。

少年狠狠地瞪着他，目光瞟向角落的手枪，拔腿就要冲过去，被沈峰伸腿绊倒在地。他箍住少年双手，在他耳边一字一顿：“你才二十岁，一切都还来得及。三年前你已经错了，现在还要继续错下去吗？再完美的凶杀案也会留下证据，警方终有一天会找到你，你逃不了的。”

少年愤怒地扭着身体大吼，可眼泪却一滴滴掉下来，到最后，变成撕心裂肺的哭声。

他才二十岁，却仿佛已经煎熬了一百年。

楼下传来摩托车发动机的轰鸣声，沈峰走到窗口，小镇的道路尽头，骑在车上的女孩背影笔直，风吹起来时，长发在身后飞扬。

他想起前不久来到美国，跟熟人打听的故事。

“你说那个叫姜可的女孩啊？老玛雅带出来的徒弟嘛，挺厉害的。”

“她啊，听说十几岁杀了人跑了，是玛雅把她抓回去的。出狱之后就一直跟在玛雅身边了。”

“为什么杀人啊？好像是她继父性侵，她属于过失杀人，所以没关几年就放出来了。怎么也没想到，最后会成为赏金猎人啊。”

那个时候，她才多大呢？还没成年吧，年纪那么小，又杀过人坐过牢，出狱之后，该怎么活下去？

那天在船上，他问她：“为什么做赏金猎人？”

因为，别无选择啊。

【06】

沈峰回到Why Nobody Fight，布鲁诺还是老样子，坐在吧台擦杯子，看见他时兴奋得红胡子都在抖。

“那个女孩给你留了电话，你小子，还说跟她没什么。”

沈峰低头看蓝色便签纸上那一串数字，顿了顿，摸出手机。打了两次那头才接起，带笑的嗓音，听上去人畜无害：“Hello，it’s COLA。”

“姜可，想去南极吗？”

电话那头沉默半天，恢复冷冰冰的嗓音：“沈峰，你躲哪里去了？我放你一次，不是让你带着他躲到山洞里，一点消息都找不到！”

他看看手表：“大约再过三个小时，你就会收到他投案自首的消息。”

姜可呼吸一凝，随后咬牙切齿：“谁要你多管闲事！我要亲手杀了他！”

“那你去吧，我就跟别的姑娘去南极看企鹅了。”

“沈峰。”

“嗯？”

“你死定了。”

他笑起来：“试试。”

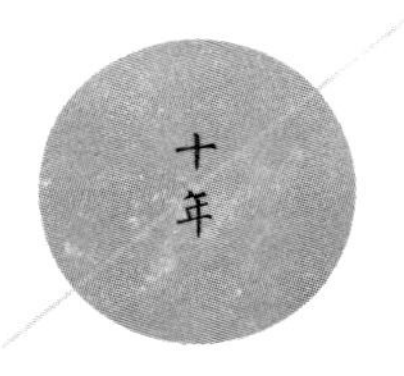

作者感言

我有时候遗憾自己生得太晚，没能感受百家争鸣的时代；有时候又遗憾自己生得太早，没能享受现在这些小朋友物质丰裕的童年。不管怎么遗憾，最后也只能接受现实。因为这世上最不能跨越的鸿沟，就是时间。

CHENGMENG
NICHUXIAN

GOUWOXIHUAN
HENDUO
NIAN

【01】

大二那年暑假实习，我遇到了大我十岁的陈琛。见多了校园里青涩的少年，乍遇成熟男子，我很快便沦陷在他举手投足的魅力中。

那一年我十九岁，陈琛二十九岁，我风华正茂，他而立之年，自然遭到父母的反对。为了杜绝我和他见面，父母将我送到了千里之外的乡下奶奶家。

我已经很多年没有回过乡下，这些年隔着一根电话线对那头银发苍苍的老人问好，却已经忘了院外的藤蔓是爬在左墙还是右墙。

到达村子那天，奶奶站在村口接我，年逾古稀的老人，白发梳成圆润的髻，穿着合身的藏青旗袍，脚下一双青花软鞋，和路旁水田里弯腰插秧的村民差异分明。

这个模样的奶奶，就该生活在繁华都市优雅地老去，却不知为何这么多年都偏安乡下，独自生活。

我向奶奶哭诉父母的蛮横，说着我和陈琛有多适合相爱，她沉默地听着，直到走进屋子才开口："囡囡，感情里任何坎只要努力都可以跨过去，无论是家世还是背景，唯独年龄，倾尽一生你也追不上。"

我甩开她的手大吼："我只比他小了十岁而已啊，一辈子这么长，迟到十年又怎么了？”

天边掠过一双云雁，奶奶望着泛起霞光的天幕，过了很久突然笑了一下：“你以为你只是迟到了十年，其实你已经迟到了一辈子。”

半夜起床上厕所，发现奶奶房间的灯还亮着。我轻手轻脚地走过去，看见奶奶坐在书桌前，桌上摆了一幅照片。黑白的老式照片，照片上一男一女双手紧扣，男的温雅，女的明艳。

我问奶奶：“这是你和爷爷吗？”

奶奶沉默良久，摇了摇头：“不是。”

我没有见过爷爷，听奶奶说在妈妈刚出生不久他就去世了。这些年，奶奶也从未提起。而在这个深夜，她却看着一张老照片独自流泪。

我在她身边坐下来：“奶奶，你跟我讲讲爷爷的故事吧。”

奶奶没有说话，屋外传来风声，我渐渐泛起困意，她才终于开口。

“已经很多年没有跟人提过他了，囡囡，我是半截身子埋在土里的人，说不定哪天突然就去了。你既然问起，这桩旧事，或许也该让你们知道。”

那是我此生听的最后一个睡前故事，故事里的奶奶，唤作关夏苓。

【02】

锣音转了调，是青衣退场，接了一出刀马旦。堂下看客鼓掌叫好，于不过七岁的关夏苓来说，听不懂咿咿呀呀的曲词，欣赏不来长袖挥舞的风姿，甚是无聊。

趁着上茶点的工夫，她从雅间偷溜出来，绕着回廊不知怎的跑去了后台。不大的房间挂满了戏服，带妆的戏子穿梭其间，一片忙碌。

房间灯光晦暗，入目皆是浓墨重彩，偏偏左方一角坐了个眉目清俊的少年，捧着一本书看得专心，全然不被充斥耳间的嘈杂打扰。

七岁的孩子识字不多，却认得他捧着的那本《文心雕龙》。梳妆镜反射出朦胧的光，从他的发丝流向青衣长衫，他就像从古诗词里走出的少年，字字都婉约。

唱丑角的男子瞧见她，起了捉弄的心思，顶着花脸突然凑过去，果然将她吓得大哭。哭声惊动了角落里看书的少年，他的目光穿过粉衣青袖落在她布满眼泪的稚嫩脸上，片刻，突然笑了。

他走到她面前，从袖口里掏出一袋糖，声音放得又轻又柔："这是松子糖，给你吃，不要哭了哦。"

关夏苓出身书香门第，家教甚严，平日里从吃不上这些零食。松子糖又脆又香，轻轻咬下去，糖渣在嘴里四下散开又迅速融化。她果然不哭了，认认真真地吃完一整袋糖，才抬头看眼前笑容温柔的少年。

"哥哥，还有吗？"

他揉了揉她的头，笑吟吟的："糖吃多了不好，等下次你来再给你。"

她颇为乖巧地点头，听见外面母亲正焦急地喊她名字，冲少年挥挥手转身就跑，跑到门口又停住，回头认真地道："哥哥，我叫关夏苓，春夏的夏，茯苓的苓。"

少年扬起了唇角："我叫周瑾之。"

那日之后，关夏苓常央求母亲带她去看戏。这个时候的大上海虽然歌舞厅遍地，但关家文人做派从不涉足，倒是戏园子成了常去之处。

每一次关夏苓都会去后台找周瑾之，捧着一袋松子糖安静地站在他身边陪他看书。书是旧书，大约经手过许多人，破旧的书页上写满了不同的字迹，但周瑾之依旧视若珍宝。他会一边看一边读给她听，那些繁冗的文字从他嘴里读出来，像有了鲜活的生命。

周瑾之的母亲是戏园子里的名角儿，擅唱青衣，关夏苓在后台见过她几次，也听过几次他们母子因学费而争吵。

她躲在宽大的戏袍里，听见女人嗓音尖锐："读书读书，你知不知道那些学费就够我交一年房租的？"

"哗啦"一声，是她甩袖将雪白的松子糖掀落一地，周瑾之弯腰去捡，小心翼翼地吹吹糖上的灰，放进袋子里。

"还成天浪费钱买这些！我怎么养了你这么个不听话的东西！"

争吵之后，是漫长的安静。关夏苓轻手轻脚走出来时，周瑾之正将刚才被母亲撕碎的书一页页粘好。

看见她过来，好看的眉眼露出笑意，"夏夏来啦，给，你的松子糖。"

她抿住唇，闷闷地摇头："哥哥，以后我不想吃松子糖了，会坏牙。"

再一次见周瑾之，关夏苓带来了几本精装的珍藏书。小小的身体抱着那几本厚重的书籍一路小跑进来，说话都在喘气："哥哥，生日快乐，这是我送你的礼物。"

那么小的孩子，仰着头，鼻尖溢出汗珠，眼睛却比天上的星星还要亮，满满都是想要给他的真挚心意。

他在她面前蹲下来，揉了揉她的头，说："夏夏，谢谢你。"

关夏苓骗他说那书是她用零花钱买的，其实那是她从父亲的书柜偷拿的，为此还挨了顿打。

那一年，关夏苓七岁，周瑾之十七岁。

她情窦都未开，心房却已被少年占满。

【03】

夏末雷雨，关夏苓迎来八岁的生日。周瑾之说会送她一个特别的生日礼物，她踩着雨花跑进后台时，梳妆镜前只有一个盒子。

班主对她解释："他娘带着他离开上海了，说是要回老家，以后都不回来了。那盒子里，是他留给你的东西。"

那是周瑾之送她的礼物，他去找做松子糖的老师傅学习，亲手做了一大袋糖装在刻了她名字的盒子里。

那之后，关夏苓再也没吃过松子糖。

从七岁的小女孩长成十七岁的大姑娘，十年如流沙，将时间的沟壑填平铺满，唯有当年那个少年的音容笑貌，在沙海里愈发清晰。

但她明白，再见他的可能性微乎其微。是以当父亲给她定下和冯家公子的亲事时，她并未拒绝，也无权拒绝。书香门第里养出来的大家闺秀，知书达理，言听计从。关家老套的做派，哪怕上海已掀起了新文化的风潮，仍旧奉行清末男尊女卑的德行。十七岁的关夏苓，实在是个人微言轻的存在。

定亲的聘礼送上门那一日，微风小雨。她站在屏风后听他们谈论那位未见过面的未婚夫，心里堵得发慌。

不该是这样的。她喜欢的人，像山涧的溪流，似天上的清月，那是只能用诗词描绘的少年，而不是现在这个满身红尘俗气的男人。

关夏苓从后门偷溜了出去。五月的长街，木棉清冷，她走得踟蹰又彷徨，直到细雨微风中传来咿咿呀呀的曲调。

曲子是从爬满蔷薇的院墙内飘出来的，正唱到《祭江》那一幕：曾记得当年来此郡，浪打鸳鸯两离分。从今不照菱花镜，清风一去未亡人。

唱曲的声音，很熟悉。她疾步走向门口，透过门缝望过去，院子里坐着个青衣布衫的妇人，一边做着绣工，一边哼着曲调。

她认得她，那是周瑾之的母亲。

不知是慌忙还是激动，关夏苓推开了门。妇人望过来，带了几分疑惑："你是？"

她声音微微颤抖："我……我小时候在戏园听过您的戏，我很喜欢您的青衣。"

妇人诧异地笑了笑："想不到如今还有人记得我，还是个小姑娘，你进来呀。"

关夏苓踟蹰走近，同妇人寒暄几句，终于迫不及待："我记得您还有一个儿子？"

"你说瑾之呀，他前不久刚从法国留学回来，现在在明德学府做助教。"

法国留学，学府助教，原来他一直过着她从未想过的人生。和妇人告别后，关夏苓迫不及待奔向明德学府。

她在学府的教习楼下看见了周瑾之。他就站在檐下躲雨，穿贴身的西装，怀里抱着一摞书籍。隔着半寸雨幕，十年时光，二十七岁的周瑾之退去了青涩，却仍保留当年遗世独立的目光。

那是他。是她十年不曾忘怀的少年，是只能用诗词描摹的少年，是她喜欢的少年。

许是无意，周瑾之朝她的方位望过来。而她只是一愣，转身就跑。不能是这样的重逢，她这样狼狈，不愿让他看见。

那个时候她一定不曾想过，她认出了周瑾之，而他未必记得她。

回家之后，关夏苓提出退婚，这是她第一次忤逆父母，不出意外被重罚。可她心意坚决，哪怕跪到昏迷也绝不松口，父母将她关在卧房闭门思过。

订婚宴很快到来。前一夜，关夏苓在卧室窗户外看见了陈轻晏。她像只猫挂在窗边，笑嘻嘻朝她挥手。

她急忙打开窗子将她拉进来，又惊又喜："晏姐姐，你什么时候回来的？"

陈家和关家是世交，对街而居，关家从文，陈家从商。窗外有棵枝繁叶茂的大树，小时候陈轻晏常爬上树枝来敲她的窗，曾经活泼调皮的少女长大了，性子却一点都没变。

她梳着时下流行的发髻，纱纺的长裙挽在膝旁，脚下穿了双锃亮的女式皮鞋，像青春洋溢的风，吹散她心底的阴霾。

"我刚回国就听说你被关禁闭的消息，难得我们乖乖女也会惹事啊！"她拿了块点心咬了几口，笑眯眯的，"所以我就来救你啦。"

关夏苓隐去周瑾之的部分，将缘由说了一遍，陈轻晏很赞同："做得对！这都什么时代了，还包办婚姻？"

留学国外的少女有着开放的思想，当即决定带着关夏苓逃家，无论如何，先躲过明天的订婚宴。

留下一封书信后，两人顺着窗外的大树爬下去，陈轻晏说要带她去朋友家躲几天。顺着长街一路奔跑，关夏苓从未如此离经叛道，这些年她言听计从惯了，头一次照着自己的心意去活，半分紧张，半分期待。

但没有害怕，想到周瑾之，想到他将松子糖递到她手上时温暖的笑，她就什么也不怕了。

庭院近在眼前，陈轻晏停了脚步：“喏，就是这儿，你爸妈肯定找不到。”

关夏苓抬头，蔷薇在月光下摇晃，那是周瑾之的家。来不及避让，院门被打开，周瑾之就站在门口，穿一身淡色单衣，门檐的光柔柔洒下来，落满他的发间。

他看见关夏苓，目光定了一下，只是一瞬，突然笑开：“夏夏，长这么大了呀！”

他还记得她。那一刻，心似海啸。

【04】

陈轻晏和周瑾之留学国外同一所大学，两人同学情谊深厚，再加关夏苓和他还是旧识，将她留在这里再合适不过。

周瑾之收拾了客房给她，站在门口温声安慰：“夏夏，早点睡，别想太多，事情会解决好的。”

她半分拘束，心里翻江倒海，终于开口时，嘴里也只微微一句：“哥哥，这些年，你过得好吗？”

他弯着唇角：“我过得很好，夏夏呢？”

不，我过得一点都不好。我无时无刻不在想你，在街上看见卖松子糖的都会远远避开，每次经过戏园都想落泪，开始惧怕雷雨天……

她笑了笑：“我也很好。哥哥，再见到你，我很高兴。”

可是那些比起再见到你，一点都不重要了。

他掩上了门，笑语温柔：“我也是。”

无论明天会乱成什么模样，今夜注定会有好梦。这几日多雨，周瑾之一大早就去学府了，回来的时候发间微湿，笑吟吟地将纸包递到关夏苓面前："以前那家不做了，这是我在西郊买的，快尝尝。"

一大袋松子糖，时隔十年的味道。眼前这个人，她真是喜欢得不得了。

中午时分陈轻晏过来，将关家的情况说了一遍。能将关夏苓从窗户顺走的，只能是刚回国的陈轻晏。关父提着拐杖去陈家要人，里里外外翻了一遍没找到，陈父责骂陈轻晏不知轻重，抢过拐杖就是一顿揍。

"夏夏你安心在瑾之这儿住几天，等老人家气消了，我们再想办法。"

周瑾之去客房找药箱，关夏苓看着她肩上红肿一片愧疚不已："对不起啊，晏姐姐，害你挨了打。"

陈轻晏笑嘻嘻地摆手："多大点事儿，为了你下半生幸福，值了。"

周瑾之调笑的声音传来："你不知道她，在学校的时候跟法国人打架，个头比我还高，她挂在人家肩上，耳朵都给人家咬下来了。"

陈轻晏瞪了他一眼："他骂我们中国猪，要不是你拦着我，嘴我都得给他撕烂。"

两人笑作一团，关夏苓低着头给她上药，唇角微扬。那些被称作回忆的笑声，像夏日灼热的风，一下一下拂过她耳边，却全然与她无关。

担心行踪暴露，陈轻晏很少再过来，周母又是喜静的性子，剩余时光便只留他二人。曾经嗜书如命的少年如今收藏了满屋子的书，关夏苓看见了十年前自己送他的珍藏书，就放在书柜最上面，蒙了薄薄一层灰，想必很多年未曾翻过了。

书架上大多是她不认识的外国名著，用英文或法文书写，周瑾之常坐在窗边看书，而她就如以往看着他。只是那些从他嘴里读出来的句子，无论多么优美，她再也听不懂了。

担心关夏苓在家闷得无聊，去学府上课时周瑾之会带上她。资助他出国留学的教授如今正是他的恩师，他做着教授的助教，在学府里名声很盛。

关夏苓亦步亦趋跟在他身边，像没见过世面的乡下丫头，听他们讨论那些她半点不懂的学术问题，每一次，周瑾之总会笑吟吟介绍：“这是我妹妹。”

尽管她已长大，已具豆蔻风华，在他眼中，她不过仍是那个向他讨糖吃的小妹妹罢了。

当周瑾之再一次将松子糖递到她面前时，她像被突然引燃的炸弹，将那包糖摔到了地上：“我已经长大了！我不喜欢吃松子糖了！”

周瑾之愣了片刻，看着有些声嘶力竭的关夏苓，眉头轻皱，却只是一瞬，又被温柔笑意覆盖：“那夏夏现在喜欢吃什么？”

真是令人无可奈何的绝望。

关夏苓被关父发现并带回家那一日，周瑾之刚做完课题研究，下楼时总是等在树下的小姑娘却不见人影，地面上躺着两本英语词典。关夏苓最近在学英文，那是他送给她的词典。

他拉住一旁的女学生，嗓音急迫：“你可有看见刚才站在这里穿青色裙子的少女？”

女学生回忆一番，恍然：“好像是和她父亲发生了争执，被她父亲带走了。”

周瑾之步履匆匆赶往关家。他一向重礼数，此刻却擅自推开关家大门，一路赶往内堂，隔着很远，就听见关父震怒的吼声。

关夏苓就跪在祠堂前，小小的身子缩成一团，低着头，一声不吭。关父手中的鞭子就要落下，刚踏进门槛的周瑾之扑过去，将她护在了身下。

那一鞭子力道不小，他疼得一个激灵，乍见这个闯进来的陌生人，堂内一时寂静。还是关夏苓先反应过来，猛地回头，待看见紧紧将她护在怀里的周瑾之时，瞪得极大的眼睛突然就掉下泪来。

她哭得厉害，话都说不利索："哥哥，你有没有事啊？疼不疼啊？"

他笑了笑，揉揉她的头："不疼，别怕啊，有我在。"

关父看着这个闯进来的陌生男子，又见他和关夏苓举止亲昵，心下已经明白几分，又惊又怒，指着关夏苓大吼："你给我过来！"

周瑾之将她往自己身后推了推，笑吟吟地看着关父："关伯父，夏夏还小，让她先回房，有些话，我想同您单独聊聊。"

关母心疼女儿，出言附和，带着关夏苓离开。踏出房门时，她回头看了一眼，他就站在那里，背脊挺得笔直，像一座玉山，替她挡住一切艰难。

将她送回卧房后，母亲轻声询问："夏夏，你从小都听话，这次如此倔强，可是因为方才那位少年？"

她抿起唇，半晌，轻轻笑出声："是啊。"

母亲也忍不住笑意："倒是一表人才，还为你挡了你父亲那一鞭，想来也是真心待你。等你父亲气消了，我会和他好生商量。若对方与我们门当户对，我想你父亲也不会阻拦。"

她愣了一愣，没有说话。

门当户对？在父母眼中，周瑾之哪怕学有所成，也不过是个戏子的儿子吧，届时，必然又会强烈反对。靠近他的这条路，怎么就走得这么艰难呢？她用被子蒙上眼，轻轻擦掉眼角的泪。

哪怕千难万阻，山海之隔，只要他愿意接受她的心意，倾尽一生，她也会走到他面前，任山海不可阻挡。

【05】

几日之后，周瑾之再次拜访了关家，递的是明德学府教授的帖子，关家自诩书香门第，关父只能接见。

关夏苓听送饭的丫鬟转述了几句，说关父脸色很难看，周瑾之学识渊博，又接受了西式教育和新文化，跟关父讨论了一番旧时传统包办婚姻的弊端。关父思想老旧，全然没有理由反驳他的观点，只在他走后摔了茶杯。

半夜时分，卧房的窗户突然被敲响，一下一下，不急不缓。她以为又是陈轻晏，赶紧跑过去。担心她再次跃窗逃跑，关父将那扇窗户用木条钉死。透过交错的木板，她看见外面笑意盈盈的周瑾之。

身后树影婆娑，月色似霜，他就站在窗台前，神色比月光温柔。她猛地捂住嘴，眼泪几乎流下来。

“夏夏，这几日我找你父亲谈过了。他受老式思想影响太深，性格又固执，怕是很难说服。不过我和轻晏已经找到别的办法，你不用担心。”

他笑了笑，将一袋纸包从缝隙递进来：“这是龙须酥，老字号很有名的。快尝尝，你若是喜欢，以后我再给你买。”

就像十年前，他将那包松子糖递到她面前一样。眼前这个人，她真是没有办法不喜欢。她捧着那包龙须酥，声音近乎呢喃：“哥哥，你为什么对我这么好啊？”

夜风拂过树梢，树叶沙沙，他并没有听见她的声音，所以也不曾回答。

第二天一大早，陈轻晏就风风火火来叫门，将一沓照片扔在关父面前。照片上全是定亲对象出入各大歌舞厅和舞女搂搂抱抱的画面，一张张看过来，关父脸色漆黑。

“关伯伯，你确定要把夏夏嫁给这样一个品行低劣的人？”

关母立即开口：“自然不行。嫁过去夏夏不得被他气死？何况夏夏也不同意这门亲事，我看还是退了的好。”

事已至此，关父也不可能把女儿往火坑里推，退亲信下午时分就着人送了过去，一并还有那些照片。

母亲拿着钥匙打开关夏苓上锁的房门，询问周瑾之的家世：“你既心仪于他，这件事也该早早定下来，若是合适，你父亲那里我自然会打点。”

我虽心仪于他，却不知他的心意是否与我一般。他已二十有七，身边不乏出色的姑娘，或许已收到过用英文法文书写的情信，而我却连自己的心意都不敢说出口。

关夏苓一直徘徊到深夜，终于下定决心。不管他是否喜欢她，她于他的心意，一定要让他知道。

从来墨守成规的姑娘，每每面对周瑾之时，总是大胆又倔强。

深夜长街清冷，她真是一刻也等不了，提着裙角飞奔，到周家时，院门由内打开。她顿了一下，躲在树后。周瑾之从院内走出来，左右观察一番，步履匆匆离开。

这么晚，他会去哪儿？半分紧张半分担忧，她小心翼翼地跟上了他。

周瑾之最后进了一家中药铺，出来的时候手上多了两个箱子。十年，他有了多少秘密，她一个也窥探不到。

在周瑾之的书房发现那两箱西药，已是七日之后。她翻找书籍时无意中发现了书架后的暗格，一眼就认出那是那天晚上的箱子。

她本不该动它，可鬼使神差的，她打开了箱子。那些药品她其实并不能区分珍贵，但最近市面上流传一批西药，各方人马都在争夺的消息她早已听闻。这样一批数量不小的西药将会流向何方，对战局的影响都至关重要。

她不过是闺房里长大的姑娘，最令她忧愁的也不过情爱一事。可原来周瑾之一直在做这么危险的事，他不止是一个文人教授，还是国家的战士。

她无法理解周瑾之，就像她无法理解他用法文朗诵的那些句子。

那是她第一次和周瑾之爆发争吵，当他看见箱子被她打开时，沉下了脸："夏夏，你不应该乱翻我的东西。"

她手指捏得紧紧的，声音却很轻："瑾之哥哥，不去做那些危险的事不行吗？好好当你的教授不行吗？上海现在是什么局面，风声鹤唳，你知不知道你可能会因此丢掉性命？"

他皱着眉头，一字一顿："国运当前，我个人的生死算得了什么？"

关家只教她三从四德相夫教子，从未教她国家兴亡匹夫有责。

陈轻晏从门口走进来，脸上也有责备："夏夏，我们生在这个时代，便绝不可能只为自己而活。"

他们并肩站在一起，挡住门口暗倾的光，连指责她的神情都一模一样。而她，缩在阴影里，像个做错事的小丑。

曾经，她总觉得她和周瑾之之间差了点什么，如今她终于明白，他和她，差了那十年。她是旧社会里长大的姑娘，保守乖巧，此生最大的离经叛道就是为了他逃婚。而他，早已站在巨人的肩上。

那是她倾尽一生，也追不上的十年。

【06】

半月之后，关夏苓听闻那批西药被送到了前线，军统震怒，下令彻查特务。再去找周瑾之，他总是很忙。不会再走三条街专程去给她买爱吃的松子糖，也不会再给她朗诵那些听不懂的书籍。

他和陈轻晏出双入对，步履匆匆，他们在为了民族大义奔波，而她只能在黑暗里被小丑吞噬。

军统收到一封揭发信，是在深夜。信中言明，那批西药的流转，和陈轻晏有关。

很快就有人上门拿人，陈轻晏被抓走时，她就站在二楼的窗边。窗外树叶重叠，遮住日光，在她脸上落满阴影。

陈家拿着钱买通人脉四处求情，关夏苓将自己关在房间，整日不见人。但有个人，容不得她不见。

周瑾之上门时，她正坐在书桌前翻看那本英文词典。为了跟上他的步伐，为了听懂他读的那些句子，她逼着自己去学习这些难懂的单词，厚重的词典里满满都是他的注释，她总是看着这些熟悉的笔迹走神。

房门被推开，她回过头时，看见周瑾之面容阴郁地站在门口。这么多年，他从未用这种眼神看过她。

他将那封信甩到她面前，嗓音冰冷又难以置信："这是你的笔迹是不是？”

就像她熟悉他的笔迹一样，他又如何认不出来，那封交给军统揭发陈轻晏的信，是她一笔一画写出来的。

她没有说话，甚至不敢看他的眼睛，只是深深低着头，嘴唇抿得极紧。

“夏夏，你为什么要这么做？轻晏视你如同亲妹，你知不知道你这样做会害死她？”

从来不生气的人发怒之时如同狂风骤雨，她哪怕藏进地缝也躲不开。她张了张嘴，一个字都说不出来。

是她干的，嫉妒使她发狂，令人心生阴暗。

周瑾之的语气是那样失望：“夏夏，我以为我们只是家国观不同，原来连是非观也不一样。”

她不懂，她不知道什么叫世界观价值观，她没有留过学，她理解不了他口中的那些新型词汇。她拼尽全力去追赶他，为了他反抗父母摒弃门户之见，她几乎将她一生的努力都用在他身上，可她依旧离他那么远。

那十年，早已将他们分隔两岸。中间流淌的那条河，名为时间。

室内一时沉默，良久，他叹了口气：“这件事我不会告诉轻晏，夏夏，不要再这么糊涂了。”

他转身走了两步，在门口又顿住，从袖口掏出一包龙须酥放在桌上：“这是早上路过店铺买的，快吃吧。”

窗外传来啾啾蝉鸣，直到他的脚步声消失在蝉鸣中，她才终于敢抬头，牵线木偶一般走到桌边。

他们一个像风轻狂，一个像阳炽烈，而她，不过一朵乌云，由里到外都被黑暗裹挟。

她捧着那包龙须酥，突然就流下泪来。

陈轻晏在军统被关了一月，放出来时消瘦得令人心疼。她一个字也没说，更没有将周瑾之供出来。他们都有铮铮铁骨，愿意为了这个国家和民族付出一切。

周瑾之没有将她揭发陈轻晏的事说出来，可她却良心不安。好几次陈轻晏上门，她都闭门不见。直到那个深夜，陈轻晏和周瑾之一同前来，他们提着皮箱，一副出远门的打扮。

“夏夏，我和轻晏决定离开上海。军统已经怀疑，今后恐怕不会轻易放过她，今夜，我们来向你道别。”

她愣愣的，像是没反应过来。陈轻晏笑着抱了她一下，笑声依旧明艳：“夏夏，以后要好好照顾自己，不要只知道听你爹的话，要为自己而活，知道吗？”

她木讷地点头，嗓音像不是自己的：“那你们，多保重。”

外面下了雨，有电闪雷鸣，周瑾之将一大包龙须酥交给她后，终于带着陈轻晏转身离开。而她就一直站在原地，望着漆黑的夜幕，连眼泪流下来都不知道。

哥哥，过了今夜，就是我十八岁的生辰。

十年前，就是这样一个雷雨天，你离开了我。十年后，仍如这般。我们之间，始终隔了一个十年。

再收到周瑾之的消息，已是两年之后。信是送到陈家的，但两年时间内，陈家生意失败，早已树倒人散搬离此处。关夏苓收了信，拆开了信封。

信上，是周瑾之和陈轻晏的死讯。

他们是在香港中弹身亡的，组织希望亲人前来将他们的尸骨带回故乡安葬。信上说，他们还留下了一个不足半岁的孩子。

关夏苓收拾行李，当日便孤身前往香港。

她还记得两年前那个深夜，他们携手而来，像一对璧人，笑容明艳。如今再见，隔着一方木盒，只余骨灰。

接头人将他们的遗物交给了关夏苓，只有一张照片。男的温雅，女的明艳，他们坐在相机前，手指紧紧扣在一起。

很奇怪，她没有哭。她沉默地收好他们的骨灰盒，抱着那个咿咿呀呀咬着手指的孩子，坐上了回上海的飞机。

那个时候，她才十九岁，也不过是个孩子。

此后，关夏苓终身未嫁，将那个孩子抚养长大，取名周予晏。

那是我的妈妈。

【尾声】

每个人的青春都有一场无疾而终的暗恋，而奶奶的这场暗恋，却伴随了她整整一生。

时至今日，都没有人知道，当初的她是如何顶着家人和外界的压力执意不嫁，养着那个和她没有半分血缘关系的孩子，孤独地度过一生。

故事讲完，天已将明，奶奶仍然端坐在书桌前，我泪眼蒙眬地握她的手，想要给她一些安慰。那双手冰冷得刺骨，她反将我握住，笑了笑："囡囡，我死后，就把我葬在这院子后面，不要把我葬回故土。那里埋着你爷爷和你奶奶，我不想死后还去打扰他们。"

我哭出声："奶奶，你才是我奶奶，你怎么这么傻啊奶奶？"

她望着我，轻轻笑了笑。

天亮之时，院外突然传来车鸣。透过窗户，我看见陈琛从车上走下来。他高大温柔，伴着晨起的雾色，一步一步走向我。

如果当年，周瑾之也能这样走向关夏苓，是不是他们就会有另一个结局?

奶奶揉了揉我的脑袋："去吧，去抱抱他，告诉他你很想他。"

我飞奔出门，扑向陈琛的怀抱。而奶奶就站在门口，满眼温柔地将我们望着。那个时候，奶奶在想什么呢?

没有人知道，就像没有人知道，那些年，周瑾之有没有爱过关夏苓一样。

〔作者感言〕

以前听过一句话，清除痕迹最好的办法不是删除，而是代替。我不太喜欢那种失恋后哭哭啼啼、自甘堕落的人。你可以花时间去纪念你逝去的爱情，但千万不要把自己的青春和爱情一同埋葬，因为前面一定有更好的人在等着你。

CHENGMENG
NICHUXIAN

GOUWOXIHUAN
HENDUO
NIAN

【01】

凌山的婚礼在英国霍华德城堡举行，就是周杰伦结婚的那个地方，因为陈初雨的偶像就是周杰伦，但讽刺的是，新娘并不是陈初雨。

递上辞呈时，经理询问原因，她的目光视死如归："我要去参加前男友的婚礼。"

那神色和语气，搞得像是要在婚礼上和他同归于尽一般。

飞机上，陈初雨噙着眼泪问陪她一同前往的闺密："凌山在我喜欢的地方办婚礼，是不是说明他其实心里还是爱我的啊？"

闺密看她的眼神简直无语到极致。

婚礼当天，城堡内外被粉色玫瑰围绕，当娇俏可人的新娘挽着新郎走上红毯时，宛如一场王子与公主的盛宴，陈初雨就坐在最后一排，"哇"的一声哭了出来。

闺密赶紧捂她的嘴，新人交换戒指时，她靠在闺密肩上哭得直打嗝，边哭边问："新娘和我长得很像啊，身材脸型都差不多。凌山找了个跟我很像的人结婚，说明他还是爱我的，对吗？"

钢琴声悠扬，在一场玫瑰花雨中，新人深情拥吻。闺密拍了拍她的头："不要再自欺欺人了，如果他爱你，现在站在上面的那个人就应该是你。"

陈初雨咬紧牙，埋在闺密肩窝泣不成声。

他找一个很像她的女生，在她喜欢的地方结婚，却仍旧不爱她。这件事，真是无可奈何。

回国之后，陈初雨决定进行一场沙漠旅行，闺密匆匆赶来阻止时，前往甘肃的机票她都买好了，提着个比她还大的箱子，神色坚决。

“我曾经和凌山约好，蜜月旅行要去沙漠。”

闺密恨不得一棒子敲晕她：“你图什么啊？”

“图个念想，这是我做的和他有关的最后一件事，回来之后，我会把他从我生活里彻底清除。”

话说到这个份儿上，闺密也无力阻拦了。但陈初雨这个人，说好听了是天真无邪不谙世事，不好听了，就是个有胸无脑还浑身公主病的傻白甜。就凭周围所有人都知道凌山劈腿了，她还美滋滋地沉浸在爱情中任凭朋友如何提示都无动于衷就可以看出来。

穿越沙漠这种事，放在她身上，就跟一朵温室里的玫瑰跑去沙漠找死一样。但事已至此，闺密只能托朋友联系了一个常年带线很有经验的向导，一番交代后将她送上了飞机。

到达甘肃是下午，阳光正烈，晃得人睁不开眼。陈初雨这种人，缺乏基本的生活常识，来之前都没有了解一下当地的风情地貌天气情况，踩着个小高跟，拖着笨重的行李箱，从机场走到停车场时脚后跟都磨破了。

好在酒店派了车来接，但到底不比沿海城市，说是酒店，也就比当地的小宾馆条件好上一些，但起码有热水。下车后司机接了个电话就急匆匆就走了，她拖着箱子吭哧吭哧上台阶，脚后跟痛得钻心。

蓦然，手上一轻，前面戴墨镜的高大男人将行李箱提了上去，镜片反射出她大汗淋漓要哭不哭的丑态，他薄唇微微勾起。

“你以为是去香港旅游呢？穿成这样。”

她一肚子气正没处发，大吼：“要你管！”

气势汹汹地拖着箱子一瘸一拐地进去了。

计划是休息一天，第二天早上联系好的向导会开车来接她，钱早就交过了，但进入沙漠的装备需要自己准备。

休息好了，她去超市买了大包零食和防蚊虫喷雾，此时已近傍晚，太阳依旧炽热，温度却降下不少，天际金黄一片，时而被风带起一片细沙，像金色的丝绸飘扬。

在这里的第一个夜晚，陈初雨睡得并不好，身体并不适应干燥的环境，半夜嘴唇起了皮，连鼻腔都火辣辣地疼。她懒得开灯，摸索着起来倒了杯水喝，窗外风声呜咽，路灯忽明忽暗，她抱着膝盖蹲在床边，竟这样睡了一夜。

翌日五点，房门被敲响，传来礼貌的男声：“陈小姐你好，我是你的向导。”

她半梦半醒地爬起来，浑身都疼，打开门一看，走廊灯光照着门前高大的身影，看见她时，薄唇突然勾出一个意味深长的笑。

她本来没认出他，对这个笑却记忆犹新，是昨天帮她提箱子的戴着墨镜的男人。眼眸很深，看人时，像要将人吸进去。面容却有几分沧桑，大约常年出入沙漠，被风沙雕刻出了棱角，但沧桑掩盖不了俊朗。这种大叔型的帅哥，还是很有市场的。

“陈小姐你好，我是岑深，这次你的沙漠之行，由我负责。”

他伸出手，手指少见的修长，指缝间却有很深的被烟熏的痕迹。陈初雨不喜欢烟味，她轻轻碰了碰他的指腹。

岑深左右环视一番，看见墙角那个硕大的行李箱：“装备都准备好了吗？我检查一下。”

她点点头，趁着岑深检查期间，跑到一边偷偷给闺密打电话：“我要换向导，钱不退也没关系。”

大早上被吵醒的闺密明显不耐烦，斥责：“陈初雨你不是小孩子了，二十三岁的人了，成熟点行吗？那个向导是穿越罗布泊这条线上最有经验的人，你知道我托了多少关系人家才答应接手吗？缺你那点钱？”

委屈巴巴地挂了电话，岑深已经检查完毕，抄着手站在箱子旁边：“你是打算去走红毯还是小学生春游？”

她装好的各式裙子被翻出来，大包零食也被扔在地上，岑深并不掩饰自己的嫌弃：“没一样有用的。”

她气不打一处来：“怎么没用了？难道不吃不喝不穿吗？”

岑深好整以暇地看了她一会儿，像在打量个傻子：“沙漠昼夜温差极大，你要是想半夜冻死在帐篷里，我绝不拦你。还有，这种膨化食品，除了占地方，请问还有别的作用吗？”

陈初雨那个气呀，最后只能跺脚：“好！一会儿你带我重新去买装备，现在，出去，我要换衣服！”

他挑唇：“给你十分钟。”

陈初雨大吼：“十分钟怎么够？化妆都要半小时！”

他转身就走：“陈小姐，你去的是沙漠，不是香港。”

陈初雨快气哭了。

【02】

下楼时，岑深坐在门口的越野车上，左手搭着车窗，指尖夹了根烟。车是四驱越野，买回来之后他自己又进行了改装，做了车体升高，装了防滚杆，换了耐磨的轮胎，适合跑沙漠。

陈初雨站在一旁中肯地评价：“真丑。”

岑深懒得和她计较，等她上车就打火，她喊："我还没吃早饭呢！"

他从坐垫下掏了块压缩饼干扔给她，车开起来，烟味被风一吹，飘得满车都是。陈初雨捂着嘴咳了两声，默默地啃饼干，他偏头看她一眼，掐了烟头。

起得太早，车驶入高速后她就偏着头睡过去了，醒来时太阳已经爬了半边天，能清晰看见空中被光线照耀的细小沙砾。车内开着空调，她身上不知何时盖了个小毯子，嘴唇又起了皮，嗓音都沙哑了："去哪儿啊？"

"敦煌，那里是进沙漠的前站，装备齐全。"

她"哦"了一声，动了动身子："好无聊，放首歌听呗。"

岑深依言点开车载音频，沙沙声后，传出她没听过的旧式调子。她听了一会儿，皱起眉："不好听，换一首。"

接连换了几首，都是她没听过的，岑深问她："你喜欢听什么？"

"周杰伦！"

他笑了笑："不是我这个年代的，想听的话，连蓝牙放你手机里的吧。"

她顿时兴奋，埋着头鼓捣了半天，车内终于响起熟悉的调子，周氏情歌蔓延开，一词一句都戳心，车内瞬间低气压。

"从前从前，有个人爱你很久，但偏偏风渐渐把距离吹得好远……"

她跟着节奏轻轻地哼，沙哑的嗓音几乎要把岑深唱哭了……跟送葬似的。

几首之后，音乐停了几秒，车内突然响起一个男声："陈初雨，我爱你，我要娶你！"

她猛地睁眼，手忙脚乱地去关手机，但越慌手指越不听指挥，岑深叹了口气，伸手关掉了车载音频。

一时寂静，半晌，她捂着嘴偷偷哭起来。

那啜泣的声音，像老鼠偷米，窸窸窣窣，岑深想无视都不行。他放慢车速，扯了张纸给她，她接过之后转瞬又扔在地上。

“这纸没有香味，我不要。”

岑深简直匪夷所思。

到了敦煌，两人先去吃饭，陈初雨嫌羊肉膻味大，死活不吃，找了很久才找到一家川菜馆，她又嫌辣。岑深面无表情地指着对面的红旗超市：“不然就吃泡面，你自己选。”

她噘着嘴不情不愿地进了川菜馆，吃饭时专心致志地把菜里的辣椒全部拣出来，看得岑深耐心全无。

岑深带队十几年，敦煌这块儿熟得跟他家一样，吃完饭领着陈初雨去熟人店选装备。他当然挑实用的，她一会儿嫌样式丑，一会儿嫌颜色丑，要不是秉着自己负责的态度不想砸了这十几年来的招牌，他真想一脚把她踹出去。

结账的时候，老板朝陈初雨挤眉弄眼：“小姑娘第一次来敦煌吧？”

她点点头，老板又看看货架尽头的岑深：“请的岑哥？”

她继续点头，老板笑了笑：“小姑娘，看你面善，给你句忠告，始于沙漠，止于沙漠，可千万别在这人身上下心思，否则到头来，伤心的是自己。”

陈初雨听不明白，这很正常，她一直都蠢。

于是老板耐心解释：“这些年跟过岑哥这条线的姑娘海了去了，没几个不喜欢他的，有的姑娘甚至愿意为了他留在这风沙肆意的地方，那细胳膊嫩腿的，看着都心疼。但那位呢，看都不看一眼，这片土地哟，不知洒了多少姑娘的泪水。”

陈初雨有点不明白，穿越沙漠才几天时间？这么短时间，就能爱上一个人？她咋舌：“这么厉害啊？那他结婚了吗？”

“恋爱都不谈，结什么婚啊，三十好几的人了，看他那样子，应该是打算一辈子单下去了。”

离开的时候，陈初雨若有所思。直到岑深再次发动车子，她才猛然醒悟，这个人，怕是喜欢男的吧？

车子驶出敦煌，出阳关，向西北。陈初雨扒着坐垫看着身后远去的黄土关塞，摇头晃脑地背诵：“劝君更尽一杯酒，西出阳关无故人。”

方才岑深善心大发，还让她下去和阳关合了张照。现在捧着照片美滋滋地发给闺密，闺密很快回复：不错，保持这个状态，向导如何？

陈初雨偷偷看了他一眼，跟闺密八卦从老板那里听来的故事，闺密笑：倒希望你能被他迷住，忘记凌山那个渣男。

提到凌山，她顿时萎靡，瘫在座位上发了会儿呆，又扒着车窗看着渐有沙丘的地势，回头问岑深：“你为什么不结婚呀？”

他手指扣了扣方向盘，摸出一根烟来，像是想到她不喜欢烟味，又放下，顿了顿才开口：“你看过有关沙漠的纪录片吗？”

陈初雨摇头。

“在沙漠里，无论是动物植物还是人，生存都极为不易。我刚进沙漠那会儿，线路不像现在这样发达，大片区域还未被开发，人进去了，很容易死在里面。找水的时候，我们遇到一个人，他死在距离水塘五十米的地方。手臂大腿上全是自己割的伤，他需要喝自己的血来维持水分，只要再爬五十米，他就可以活下来，可惜。

“后来我们把他的尸体带回去，联系了家人，他的妻子赶过来，还怀着身孕。

“我有两个同伴，以前是一起跑沙漠的，后来遇到风沙失联了，找到他们的时候，一个活着，一个死了，活着的那个，是因为喝了死去那个人的血，生吃了他的肉，才坚持到救援。”

陈初雨被他说得开始恶心，他转头看她，笑了笑：“小姑娘，当你看过这些之后，你会发现，结婚，在人生里真算不上什么大事。”

【03】

车子开了一天，每到一个景点岑深都会停车让陈初雨下去拍照。车子渐渐驶离戈壁，傍晚时，到达沙漠腹地，岑深找地方停车扎营。

没有偏离公路很远，深入沙漠这种事他做过不少，但此时带着一个连用纸都要有香味的小公主，还是不要冒险。

国家政策发达，早就修筑了穿越罗布泊的公路，沿着这条路开，基本不会出事。

岑深刚把帐篷骨架打好，裹了红绸的天际突然一声惊雷，乌云将夕阳吞噬，霎时阴云密布。他看过天气预报，明明说不会下雨。

岑深赶紧收拾东西上车，向公路固定的扎营地开去。大雨很快砸下来，在沙地上打下豆大的坑，他打开雨刷：“这是今年沙漠里的第一场雨。”

“因为我来了嘛。”陈初雨的语气理所当然，“第一场雨，初雨。可不就是因为我来了吗。”

岑深：“……”

公路营地已经有队伍扎营了，雨势小了下来，他将车开到空地，正要下去，陈初雨拽住他的胳膊：“我们能就在车上睡吗？打着雷呢，我不敢睡帐篷。”

差不多摸透了她的脾性，这个姑娘吃软不吃硬，于是他很和善地回答：“可以啊，不过是你，不是我们，我要睡帐篷，你自己睡车吧。”

陈初雨噘着嘴，也没反对。

半夜，岑深的帐篷突然被拉响，他翻身坐起，陈初雨带着哭腔的声音传进来：“岑深岑深，我流了好多鼻血。”

他打开营帐灯，陈初雨仰着头捂着鼻子，指缝间全是血，一滴一滴落在他的气垫床上。他将她拉进来，先用湿巾把她手上的血擦干净，拍了拍她的后颈，等不流血了才让她平躺下来，用棉签沾了水轻轻擦鼻腔的血，她瞪着水汪汪的眼睛，像被秋雨洗刷过后夜空的星星。

岑深有点好笑，等帮她清理干净了，将棉签盒塞到她手里：“觉得鼻腔干的时候就用棉签沾水抹一下。”

陈初雨点点头，他已经弯腰出了帐篷：“你就在这儿睡吧，我去车上，不会打雷了，这里睡着舒服些。”

他替她拉好帘帐，将夜色隔绝，陈初雨偷偷爬到口子处，拉开一道小小的缝隙。月光下，他就倚在车旁，点了支烟，在夜色里闪烁着一点光芒。

不知为何，这一夜陈初雨睡得很好。

只是早上起来嗓子疼得厉害，她学着岑深教她的方法先给鼻腔抹了水，才钻出帐篷准备喝水润嗓子。岑深已经在车旁架了个小锅，煮了早餐。

粥里加了香菇、红萝卜、碎肉丁，香得扑鼻，陈初雨连吃了两碗，赞叹：“我还以为这段时间都要啃饼干呢。”

他扯了张纸巾给她擦嘴，心心相印的，有香味：“在无人区能吃上肉，是人生一大幸事。”

陈初雨捧着碗摇头：“真搞不懂你这个人，结婚不算什么，吃肉反而成了大事。”

吃完喝完，继续上路，方向是朝龙城，这条线景点颇多，靠近楼兰，经余纯顺墓，是近年来大热的一条穿越罗布泊的线路，就适合陈初雨这种人走。

但她不干，拿着地图瞎比画：“我要去雅丹魔鬼城。”

岑深解释：“雅丹不是一个景点，而是一种地貌，凡是风蚀性地貌都被称作雅丹……”

“我不管，我就要去魔鬼城。”

得，顾客就是上帝，岑深偏离既定路线，打算带她去边缘看看就返回。下岔路时，另一辆霸气十足的越野车冲到他们前面，歪歪倒倒地朝着右边那条少有车辙的路冲了过去。

岑深皱了皱眉，依旧走左边。

陈初雨扒着窗户问：“为什么我们不跟着他们？”

“那边是典型的流沙地貌，很容易陷车，不安全。”

专业方面她倒听话，“哦”了一声就坐回来，自己跟那儿玩着头发，岑深看了几眼，觉得还挺乖的。

开了三个小时，终于看到她想看的魔鬼城，风声吹过，打着旋儿地响，真跟魔鬼嘶吼一样。她反倒害怕，缩在车里不肯出去，岑深觉得好笑，拖着她出来拍了几张照，开车原路返回。

下午起了风沙，漫天迷茫，经过岔路时，茫茫黄沙中突然冲出一个挥着手臂的人影，岑深暗骂一句踩了急刹，车子在沙砾地上滑出去几米远，陈初雨脑袋磕在车窗上，脸都吓白了。

始作俑者跑了过来。岑深摇下车窗，一边检查陈初雨有没有伤到，一边听见来人说：“兄弟，帮个忙，车陷流沙里了。”

陈初雨正被他捧着脑袋检查，突然瞪大了眼睛，下一刻猛地推开他看过去。

车外是凌山，穿一身冲锋衣，眉眼依旧。看见陈初雨，他也愣住，岑深在这对视的目光中来回转了一圈，了然，打开车门。

凌山上车，几乎不敢看陈初雨，只是不停地对岑深说谢谢。到达陷车的地方，发现情况很不乐观，车体前半截已经全部陷下去，像根倒栽的萝卜，车屁股朝上。旁边站了个穿情侣款冲锋衣的姑娘，再看陈初雨，脸色更白了。

岑深下车检查一番，道：“你瞎开一通吧？刚陷下去我还能开出来，这样只能找拖车公司了。”

凌山认命了，只好打电话联系拖车。这期间陈初雨一直坐在副驾驶，不说话，也没动。他对打完电话的凌山道：“先坐我车回去吧。”顿了顿，回身看向车内，请示，“可以吗？”

陈初雨不自在地动了一下，点点头。

两人上车，秦霜看见陈初雨时也很惊讶，谁都没说话。岑深掉转车头，嘴上叼了根刚才还没抽完的烟：“我们今晚要在公路营地露营，要能遇到车，你们就搭车走，遇不到就只能在营地待一晚。”

后面凌山应了一声，车子驶上路，烟味一飘，陈初雨已经捂着嘴开始咳嗽，他只手掐掉烟头，朝她笑笑：“忘了你闻不惯，下次不抽了。”

后头凌山脸色古怪，好半天，还是秦霜先开口：“没想到会在这儿遇到，好巧啊，你说是不是，初雨？”

含笑的嗓音，岑深听着有点刺耳。偏头看陈初雨，放在膝盖上的手紧紧握成拳，嘴唇开合好几次才挤出一个笑：“是啊。”

秦霜嗔笑一声：“人家蜜月旅行都去什么巴厘岛马尔代夫，结果凌山倒好，非拖我来沙漠自驾，说是更有意义，真不知道他怎么想的。”

岑深又忍不住看陈初雨，果然，湿漉漉的眼睛已经包了一眶泪，嘴皮都咬出血了。他听不下去，正想说话，她却突然开口。

“是啊，我也不知道他怎么想的，明明曾经是我说想要一个有意义的沙漠蜜月，现在陪在他身边的是你，他却还是带你来了。”

她回头，眨了眨水汪汪的眼睛，笑得人畜无害：“对了，你知道周杰伦吗？我最喜欢的明星，他也在你们那个古堡结的婚呢。”

这回轮到秦霜脸色发白了。岑深在心底笑，小丫头，还以为是只任人宰割的小白兔，没想到咬人还挺疼。

扳回一局，以为她会得意，他偏头去看时，却看见眼泪从她眼角无声无息地滑下来。

【04】

凌山运气不好，一直到入夜都没遇到车，只能和他们一起在营地扎营。岑深给了他们备用帐篷，两个人在那儿比画着搭。

陈初雨抬了个小板凳坐在车边，面前架着锅在烧水，她双手托着下巴眼睛眨也不眨地等着水开，旁边岑深在扎营，时而回头看她一眼，觉得这模样乖巧得过分。

凌山不比岑深经验丰富，晚饭当然只有提前买好的零食，这边却煮着面条，热气蒸腾，香味扑鼻，馋得人流口水。

陈初雨端着小碗一边吃一边瞄那边的情况，偷偷跟岑深说：

“要不分他们一点吧？”

岑深笑：“只给男的，不给女的。”

她目瞪口呆：“这样……不好吧？”

和她待得久了，会越来越觉得她的可爱之处，他失笑，揉揉她的头站起身来：“要不过来煮点面？我们存货还多。”

凌山还没答话，秦霜已经开口回绝：“不用，零食挺好吃的。”

岑深三十老几的人了，对这些年轻人的小九九实在看不上眼，笑着摇了摇头便也不再强求。吃完饭凌山他们的帐篷还没搭好，再看这边，已经弄完一切，陈初雨正在不远处的沙丘上摘草玩，岑深洗着锅碗，看上去体贴又稳重。

不多时，凌山走过来，先递上一根烟，点燃，烟圈在黄昏中荡开，他才开口：“跟初雨认识多久了？”

岑深算了算，笑：“不久。”

他叹了口气：“是我对不起她，不过现在看见有你在她身边，我也放心。”

岑深偏头看眼前的年轻男人，觉得有点好笑：“我不是你用来减轻负罪感的工具，劳烦把你的愧疚收回去。”

凌山被他说得脸色发红，那边陈初雨突然一声尖叫：“啊！岑深救命！”

他吓得烟都掉了，赶紧去看，才发现是她没站稳从沙丘上滚下来，抱成一团，跟个熊猫似的，骨碌碌一溜烟儿滚到了底，带起一路的黄沙。

他憋着笑跑过去扶起她，她满身满头都是沙，眼睛都睁不开，边走边号。岑深牵着她走到车边，打了水洗脸，又用棉签一点点沾干净她耳朵鼻子里的沙，做这些的时候，她就端正地坐在小板凳上，像幼儿园等发糖的小朋友。

他半跪在她身边，趁着清理的空当凑近她耳朵，低笑：“今天乖得有点过分啊，做给谁看呢？”

她轻轻哼了一声：“他以前嫌我太吵太烦，我专门做给他看，气死他。”

岑深失笑，说她是小朋友，还真是小朋友行径啊。

今晚夜色不错，天边挂着细细的一轮明月，他坐在帐篷里翻杂志，陈初雨早跑到沙丘顶上去看星星了。

片刻，随着风声传来争吵。他探出身去，旁边凌山的帐篷不知道什么时候空了，沙丘那头的争吵声愈烈。他叹了口气，起身走了过去。

离得近了，终于听见凌山的声音：“小霜是我的妻子，轮不到你来指责她，我们是对不起你，可我们已经结婚了，你还想怎么样？”

月色下，她总是湿漉漉的眼睛肿得通红，却一句话都说不出来。

“初雨你知不知道，曾经和你在一起有多累？你什么都不懂，天真地以为全世界都是好人，我什么都要护着你，我也会累的啊。”

她后退两步，像害怕地退缩，嘴里小声地辩解：“我什么都没做啊，刚才是她先来找我的……”

秦霜冷笑：“不是你骂我不知廉耻吗？”

“差不多行了。”岑深终于走近，语气淡淡的，将还在后退的陈初雨拉到自己身后，目光从秦霜身上扫过，最后才落在凌山身上，讥讽地笑了一声，“你追她的时候，不就是爱她那份天真？最后反过来，天真倒成了你不爱的理由？”

凌山被他堵得没话说，秦霜仍盛气凌人：“岑先生，你帮了我们，很感激，但这是我们之间的事……”

“什么你们之间的事？”他淡淡打断，“我的女孩儿，是拿来给你们欺负的？”

话落，拉着陈初雨走了。

直到回到帐篷，她才压抑地哭出来，岑深找来棉签蘸了药，擦拭她嘴上流血的伤口：“一紧张就咬嘴皮这个毛病，得改。”

她哭得打嗝：“岑深，我不想再看见他们了。”

他点头：“那我现在就把帐篷收回来，赶他们走。”

她抬起一双泪汪汪的眼，一抽一抽的：“这……这样不好吧？”

他笑了笑，替她铺好睡袋，才转身离开帐篷，隔着拉链道：“别想了，快睡吧，明天起来就看不到他们了。”

陈初雨红着眼点头。

第二天早上五点，天还没亮，凌山的帐篷就被人拉开，岑深面无表情站在外面：“帮你们叫了辆车，起来走吧。”

凌山讶然：“这么早？”

他侧身让他能看见不远处打开的车灯：“十分钟搞定。”转身要走，顿了顿又转过身来，“声音小点，不要吵醒初雨。”

里面秦霜脸色漆黑。

陈初雨起来时，营地果然已经不见凌山的影子，她有点失落，但转瞬又抛诸脑后。岑深坐在车顶抽烟，看见她时，朝她挥挥手。

嘴里还叼了根烟，玩世不恭得像个小痞子，哪有三十多岁人稳重的模样。

她突然有点明白，为何装备店老板会说，跟他走过沙漠的姑娘，鲜有不被他迷住的。

【05】

后面的景致开始变得有点意兴阑珊，岑深带她去看了楼兰古迹，还逼着她比出剪刀手拍了游客照。又带她去余纯顺墓拜祭，恭敬地递上几瓶矿泉水。

墓前堆满矿泉水，他边开车边跟她解释："余老前辈当初留下一张'我向东去找水'的纸条后便失踪，所以大家来拜祭时都会带上水。"

她点点头，由衷地赞叹："你懂得可真多，你是什么时候开始跑沙漠的？"

他突然不说话，陈初雨以为自己说错话了，抿了抿唇坐直身子，他才开口："很早以前，高中辍学之后就过来了。"

"为什么辍学？"

"交不起学费。"

她"哦"了一声，自小生在优渥的环境，自然不懂穷苦人的艰辛。岑深笑了笑："不问为什么交不起学费？"

她咬咬唇："这属于隐私了吧？可以问吗？"

他便真的没有再回答。

到补给小镇时，岑深去补给装备，陈初雨也跑了几趟超市，吭哧吭哧搬了不少东西，岑深回来一看，后座都堆满了。

全是矿泉水，车子都压得下塌了几分，他补充的补给没地方放，让她把水退一半回去，死活不干，护着那堆水跟护命一样。

“你跟我讲了那么多渴死在沙漠的故事，多准备点以防万一。”

岑深耐心解释：“我准备的水已经足够了，不会把你渴死在沙漠的。”

她脑袋摇得跟拨浪鼓一样：“不行，我跟别人不一样，我得多准备点。”

岑深就觉得奇怪，没见她多条胳膊多只腿啊：“哪不一样了？”

“我是水做的姑娘。”她说，“容易缺水。”

两人还在就水的问题争执，那头车队突然一阵骚动，陈初雨瞬间被吸引过去，屁颠儿屁颠儿就跑去看热闹了。岑深趁机把水退了一半，接下来要走的路不如国道，轮胎容易吃土。堆得重了，不方便也不安全。

陈初雨回来时，看见水被退了顿时不高兴，但脸上的小激动又藏不住，憋了半天还是被激动占了上风：“我听他们说，刚才在西区雅丹地发现一具风化的尸体。”

岑深握住方向盘的手顿了一下：“具体还有什么？”

“好像是个男的，他们说起码有三十年了。”

岑深沉默片刻，掉转方向盘：“我们也去看看。”

车子开了一个小时，终于到达发现尸体的地方，周围区域已经被黄线围了起来，专业的搜救人员正在检查附近沙域是否有其他遗体。

岑深看见好几个带线的熟人，下车攀谈。陈初雨跟只兔子一样左窜右跳，头一次见到这种事情，又激动又害怕。

那头，突然爆发出争吵，她回过头去，看见岑深正被工作人员围住，从来稳重淡漠的人，此刻血气上脸，额头青筋都暴起。

她拔腿冲到他身边，正听见他嘶吼的嗓音："那是我爸！"

尸体风化的衣服里有身份证，名字是岑建东。

一路跟着搜救队回到镇上，岑深一句话都没说，只是将脑袋埋在双臂间。他的身上，终于能看出点属于三十多岁的沧桑。

陈初雨陪在他身边，想说什么又不知从何说起，最后试探着问："要不要，先通知你母亲？"

好半天，他喑哑着开口："她早就过世了，我高中的时候。"顿了顿，"她过世之后，我就辍学了。"

在那间小小的待客间，等待认领尸体手续的过程中，岑深三言两语讲述了他的过去。算起来，他带线跑沙漠，算是子承父业。

父亲当年做的就是这个，那个时候不比现在，无论是条件还是设备都太过简陋，注定这条路上危险重重。母亲几次劝说，他都不听。他热爱沙漠，像逐日的夸父，至死都不曾停下。

后来果然出事，失踪之后尸体都没找到，母亲看着不过一岁大的他，总在夜里偷偷地哭。母亲过世后，他机缘巧合踏上父亲走过的路。他想，他是该给父亲收尸的。

只是这么多年过去，直至今日，才终于找到父亲。

他还有力气冲着陈初雨笑："看来你是我的吉祥物。"

她绞着手指，不知如何安慰，想了想，轻手轻脚走近，摸了摸他的头。

"有时候挺恨他的，既然没有做好成家照顾妻子的准备，那就把自己献给沙漠一辈子也不要结婚啊，这样一走了之，算什么男人。"

陈初雨想，原来这才是他不结婚的原因。

他叹了口气，顺着她的手靠近，脑袋刚好靠在她小腹上。她又小又瘦，小腹却暖烘烘的，像个小太阳。

没多时，工作人员叫他去办手续，他起身离开，走至门口回过身道："接下来的路，我就不陪你一起了，我要带父亲回家乡安葬。你如果想走完，我找人接替。"

她摇头："不去了，我想回家。"

神色却有几分落寞。

他看了她半天，朝她招招手："过来。"

她噘着嘴走近，被他按住脑袋揉了揉："你想和我一起去吗？那里没什么景点，但小吃还挺多的。"

她瞬间有了精神："好啊！"

本以为，找到父亲遗体的那一天，会令他如坠深渊般的绝望，但此刻，他却意外地平静，是因为有个小太阳在身边照着吗？他不知道，只是那条回家的路，突然变得不再那么冰冷了。

【06】

回程的路上，途经敦煌，岑深把坏掉的装备零件拿去修理，装备店老板把在货架边挑挑拣拣的陈初雨叫到一旁。

"小姑娘，沙漠之行好玩不？"

陈初雨点头："挺好玩的。"

"那你有没有被岑哥迷住？"

她思索一会儿，老实地点头："说实话吧，有点儿。"

老板一拍大腿："我说什么来着！这下完了吧，又是一个小姑娘在这儿栽了跟头，要泪洒敦煌了啊。"

她挠了挠头："但是我觉得，他被我迷得更严重点儿。"

老板的号叫卡在喉头，见鬼一样地看她。

岑深从门口跨进来，笑吟吟的："在聊什么？"走近，揉了揉陈初雨的头，"你纸条上写的我都买了，不过膨化食品这种，有一两包就够了，你要那么多做什么？"

"我喜欢。"

"行行行，那走吧，老周，走了啊。"

他跟老板挥手，拉着陈初雨就走，直到两人上车离开，老周才狠狠地拍了一下自己的脸。

离开敦煌时，陈初雨扒着坐垫看了很久。

于别人而言，始于敦煌，止于敦煌，于她而言，一切都才刚刚开始。

作者感言

生性洒脱之人，不轻易动情，一旦动情则至死方休。我很喜欢这种人，爱情在他们心里不掺任何杂质，纯粹得像雪。我希望我能这样去爱一个人，或者有这样一个人来爱我。但大千世界，动情不易，我不曾遇到，所以写下这个故事来体验从未得到的美好。

CHENGMENG
NICHUXIAN

GOUWOXIHUAN
HENDUO
NIAN

【01】

登山队出发的前一夜，高春的队伍被塞进来一个人。助理拽着想甩手走人的高春，声音像快要哭出来。

“真的没办法，这是资方的安排，春姐我知道你的规矩，队伍绝不加塞没接受过训练的新人，但是你想想前几天资方资助的那批进口的登山装备啊，那是金主啊春姐，得罪不起啊！”

高春看了眼自己脚下蹬着的AKU，又瞟了眼身上的始祖鸟，面无表情地开口：“让他签生死合同，出了事别找我麻烦。”

“哪能啊，春姐你带队怎么可能出事？”助理松了口气，觍着脸拍马屁。高春冷笑一声，大步跨出了帐篷。

营帐搭在雪山脚下，月光稀薄，夜幕下的麦金利犹如寒冰巨兽，一呼一吸都带着透骨的凉。这座位于阿拉斯加州的雪山被称作登山家的遇难地，高春两年前攀过一次，在海拔两千米时遭遇暴风雪，不得已撤回，从此就成为她心中一根刺，如今终于卷土重来，势要将其拿下。

半夜的时候，营地打起几束车灯，随着车鸣渐近，停在营帐外。高春知道，是那个加塞的新人到了。她翻了个身，并没有起身迎接的打算。

好在助理机灵，赶紧将人安排了，没多久，电话响起来，是带她出师的前辈。

电话那头笑意盈盈，语气却谆谆：“阿春啊，我知道你心里不痛快，但是近来除了你有登麦金利的计划，找不到其他队伍，你就当帮帮忙，孟教授有不得不去的原因。”

“教授？”高春脑海里浮现戴着金丝框眼镜，梳着偏分的孱弱中年人形象，眉头不由得皱得更深。

“孟教授是科研院的人才，你多照顾点。”前辈咳嗽两声，“还有呢，搞科研的人嘛，脾气都不怎么好，你说话呢，委婉点……”

高春冷笑一声：“就是不服管教嘛。前辈你放心，我这个人，别的本事没有，管教人是最拿手的。”

凌晨五点，高春起床开始做登山准备，拉开帐篷钻出去时，寂静的营地外站着一个人。修长的身影，陌生的面孔，是她没有见过的人，只能是那个孟教授。

和她想象的不大一样，他很年轻，五官立体，大约带着三分之一的欧洲血统，眼眶深邃，整个人比一般的教授看上去硬朗不少，只是皮肤很白，眸色清冷，像雪做的人。

他亦看见她，点点头算作招呼，转身进了营帐，空气中一团尚未散去的白气，氤氲着她的眼眸。

天光倾过雪山，流泻而下，陆陆续续有人起床，赶在高春规定的时间前准备完毕。孟教授站在队伍最后面，背着登山包，身姿微微前倾，像是不堪重负。

高春挑唇笑了一下。

队伍七个人，加上多出来的孟教授，助理声色俱厉地重申了一遍攀登过程的注意事项，收尾的时候，一向不开口的高春用中文加了一句：“总结下来就是，一切都要听我的。”

孟教授神情淡然："我听得懂英文，不用你重申。"

日头刚没过雪顶，一行人已经出发。今日天气不错，高春被影响到的心情也好了不少，问跟在身边的助理："那个孟教授，叫什么啊？"

"好像是叫孟今越。"

高春挑眉："超越今人？挺狂啊。"

助理紧张地回头看，发现孟今越没听见，压低嗓音："春姐你可别乱说话，昨晚送孟教授来的人可是千叮咛万嘱咐，孟教授脾气不好，要我们多担着点。"

高春抬头看了眼耸入云端的雪山，笑声凉凉的："我连雪山都能征服，还征服不了一个金娇玉贵的教授？"

阳光明媚，照在雪地反出万丈光芒，此时行进，最忌雪盲。一个小时后，高春找了背风处下令原地休整，检查眼睛是否有损。

正掏出水壶喝水，孟今越走过来，连声音都像雪："要多久才能上去？"

高春不慌不忙喝完水，才慢条斯理地反问："上去？上哪儿去？"

孟今越皱眉："当然是麦金利山。"

高春挑眉："我们现在不已经在山上了吗？"

一来一往，已经带了火药味。孟今越眉皱得紧，眉心沾了朵飘下来的雪花："我来你的队伍，可不是为了在半山腰赏雪。"

高春差点笑了，笑过之后，连眉峰都凌厉："你来我的队伍，没提前打听打听我的规矩？要么闭嘴一切听我的，要么现在就给我滚。"

声音说大了，周围休整的人都看过来，助理赶紧过来劝架。孟今越很生气，这是自然的，但他却没发火，只是薄唇抿得很紧，深深看了她一眼，才缓缓开口："抱歉。"

待孟今越走远了，助理才压着声音："春姐，你就听我一句劝吧……"

被高春打断，她像是笑了："这个人，涵养挺好的哈？真讨人喜欢。"

助理像见了鬼："春姐，你刚不还骂孟教授讨人厌吗？"

她面不改色："我有吗？"

助理："……"

【02】

孟今越并不像高春一开始想得那么孱弱，至少一天下来，他没有掉过队。只是比起接受过专业攀登训练的队员，他有些力不从心。

夜晚扎营，高春在营地周围溜达一圈，停在孟今越的帐篷前。帐帘拉了一半，透出温黄的光，剪影投在营帐上，伴着小雪摇摇晃晃。

孟今越正在翻阅笔迹，听见响声抬头望过来，看见高春时神情并没有什么变化，只是淡声问："有事？"

她微微弯腰，将头探进帐篷："把你包里重的东西拿出来点，分给其他人背。"

他愣了一下，礼貌地摇头："不必麻烦别人。"

高春二话不说钻进营帐，伸手去拿他的背包："不麻烦别人的首要原则就是不拖累别人。"

原本想要阻止的孟今越听见这句话时只能作罢，待她离开时才低声说了句："多谢。"

略微晦涩的嗓音，像一片凉凉的雪花般轻飘飘落在微烫的耳垂上。高春不由得笑了笑，心说我泱泱大国的语言文化就是不一样，一句“多谢”若是用“Thank you”代替，必定没有如此韵味。

孟今越看着高春突如其来的笑，眼有疑惑，却什么也没问。这大抵就是他们文化人的涵养，不多言多问，气度敛得刚刚好。

翌日出发，负重轻了一半，孟今越看上去终于不那么吃力。今日太阳收了光芒，云层绵延，伴着山顶飘落的雪花，天气显得阴沉。

高春想起两年前也是雄赳赳气昂昂登山，最后在暴风雪中败兴而归，祈祷这倒霉的事情千万别再发生。

不料下午时分助理捧着仪器哭丧着脸来找她：“春姐，仪器预计明天有暴风雪。”

高春骂了句脏话。

生气归生气，这山是不能再登了。高春能这么年轻就在登山界混出名声，靠的就是多别人一分的谨慎与细心。她带的队，从未出过事，安全系数是百分百的。

孟今越刚将笔记本摊开准备记录，就听见营帐外闹哄哄的声音。他将搁在一旁的大红色围巾围在脖子上，弯腰走了出去。

高春正在指挥队员拔营，器械背包都收得差不多了。她转头看见孟今越，先是看见他脖上鲜艳的围巾，心里嘲笑一个大男人欣赏水平这么艳俗，然后才看向他的眼睛。

他微微眯眼，皱着眉心，神色很是疑惑，说话时语速却依旧不急不缓：“这是在做什么？”

“拔营下山，明天可能有暴风雪，不能继续往上了。”

“不行！”两个字斩钉截铁脱口而出，倒是让高春愣了愣，他疾步走近，带起一股猎猎寒风，“之前说好至少会上到3000米海拔！”

高春难得耐着性子跟他解释：“那是计划，我们中国人有句俗话，计划赶不上变化。迎着暴风雪登山，你是嫌命长了？”

他捏着拳头，语气不容置疑：“我一定要上到原定计划点。”

好脾气被耗完，高春终于发火：“你神经病啊？拖着一队的人给你赔命？你以为你是科研院的教授命就比别人值钱些？”

还想再骂，孟今越冷声打断他：“不会连累你们，我自己留下来，把我的东西给我就行。”

高春像看怪物一样看了他半天，甩手走了。一个小时后，拔营完毕，只剩下孟今越那顶帐篷，孤零零地立在遍地白雪上。

高春深吸一口气，再深吸一口气，走到营帐前，一字一顿的：“孟今越，我最后再说一次，你一个人留在这里，下场只有死。没有我带队，就算明天没有暴风雪，你也绝无可能活着下山。”

等了好半天，他没有情绪的声音飘出来：“我自己的命，就不劳高小姐操心了。”

高春气得一脚踹起雪团：“什么玩意儿！”

拔营离开，助理一步三回头，急得要哭出来：“春姐！春姐你可不能就这么把孟教授一个人留在山上啊！”

高春头也不回：“他自己找死，关我屁事！”

队伍渐远，离去的脚印也被漫天飘飞的雪花覆盖，到下一个山口时，高春回头望了一眼。茫茫白雪中，那顶帐篷孤零零立着，好像下一刻就会被淹没。

临近后半夜，雪浓密起来，算算时间，高春一行人大约已临近山脚。孟今越熄了营帐灯，钻进睡袋，脖上还围着那条大红的围巾。

这一夜睡得不踏实，总梦见大雪倾斜将他淹没，忽而地动山摇将他震得摇晃，寒风都灌进脖子里。

耳边传来高春并不算善意的声音：“你醒醒！还活着吗？！”

他睁开眼，发现这并不是梦，高春蹲在他身边，正使劲摇他。帐帘拉了一半，寒风夹着雪花吹进来。他微微抬眼看眼前的高春，她的睫毛上还挂着几片雪花，氤氲着水珠。

“你怎么回来了？”

“山下天气情况不错，下山没有难度，我让助理带队了。孟今越，我不会让你死在这山上的。”

她弯腰去翻他的背包，将东西往里面塞。正从睡袋钻出来的孟今越听见这话愣了一愣，微微偏头看她，嗓音迟疑：“你这话，是什么意思？”

她顿了顿：“你要是死了，我这百分百安全系数的招牌也就砸了。”

他还想说什么，她打断他：“你如果不同意下山，我就把你打晕了背下去，你可以试试打不打得过我。我不知道你为什么一定要上山，但命就这一条，你若是死在山上，你想做的事也无法做成。不如留一条命，来日方长。”

帐外雪下得更密，天阴沉得可怕。他没有说话，好半天，爬起来帮她整理背包。

暴风雪来临前夕，下山的路并不好走，高春加快脚程，孟今越逐渐跟不上，到后半程几乎是被高春架着在走。身后寒风呼啸，他偏头看她，发丝都染了雪。

傍晚时分，两人赶在暴风雪来临之前下了山，等在山脚的人赶紧迎上去。科研院的助理来了三四个，都是听闻孟今越被困在山上不放心赶过来的。

一番拥簇问候下来，再转头去看，高春已经不见踪影。

离开前他看见高春的助理，两三步走过去：“高小姐去哪儿了？我想跟她说声谢谢。”

助理手里抱着怀炉，往路边的车走：“在车上睡觉呢。昨天她将队伍带下山后又连夜上山去找你，刚一上车就睡着了。”

孟今越脚步一滞，扭头看向窗户紧闭的越野车。车窗蒙上一层白雾，那是她浅眠的呼吸。

【03】

车子从荒凉的车道疾驰而过，大约一个小时后，荒芜平原被抛在身后，眼前高楼林立，极尽奢华。这座位于雪山脚下的赌城，像是造物主心血来潮的神迹。

孟今越按照手机发来的消息进了一栋酒店，满目璀璨，金碧辉煌。人来人往的赌城，世界各地的游客都在这里体验穷奢极欲。本以为会耗费一些时间来寻高春，不想进去一眼就看见她。

在金光璀璨礼服西装的人群中，她实在太显眼了。白衬衣牛仔裤，长发半绾，松垮垮搭在肩头，和这奢华艳丽的环境格格不入，又美得别致脱俗。

不少男人朝她举起红酒杯，她只是挑着唇笑，眉眼弯弯，眼角丝丝魅惑。

孟今越走过去，她恰好偏头，双目对视，他先她开口：“高小姐，好久不见。”

高春看向他身后：“我喜欢他的眼睛。”说的是刚刚向她邀约的欧洲男子。

孟今越并不喜欢眼下这个氛围，说话的速度都比平时快了些：“高小姐，这次我来找你，是想跟你商量再登麦金利山的事。几天前你应该接到过科研院的邀约，但不知为何你拒绝了。高小姐，我希望你能再考虑一下。”

高春终于收回眼神，从经过的酒保手中拿过一杯红酒，递到他面前：“陪我喝一杯？”

孟今越低头看着那杯酒，片刻，接过来一饮而尽：“高小姐，我们是否能换个地方说话？”

她挑了挑眉：“你不喜欢这里？”不等他回答，自顾自说道，“这里多好啊。像我们这种人，不知道什么时候就死在山上了。人生得意须尽欢，今朝有酒今朝醉啊！”

孟今越原本烦躁的心莫名其妙安静下来，问她：“我听说高小姐自小生活在国外，没想到对中国的诗词俗语如此了解。”

他说的是上一次在雪山，她用“计划赶不上变化”来说服他。

她耸肩笑了笑：“我爷爷是中文系教授，从小就教我不能忘根。小时候背李白背杜甫，背不上就挨板子。”

她身子朝后靠了靠，找了个舒服的姿势，一缕发丝从肩头滑落，垂在半掩的锁骨上，“其实李白杜甫挺好背的，谁叫我智商高呢？最痛苦的是后来背屈原，《离骚》《楚辞》，左一个兮又一个乎，背完之后我去上学连英文都说不利索了。”

孟今越想象她那时候窘迫的模样，不由得笑出声：“你爷爷是对的。你的中文说得很正宗，不像从小生活在国外的华人。”

她耸肩：“没办法，谁让我们一家都是根正苗红的爱国青年呢！”

话落，自己倒先笑了。

周围人来人往，喧嚣阵阵，他们之外却仿佛竖起一道透明的墙，半点不受影响。直到高春自己站得有些累了，才一边捶腰一边问他：“你这次专程来找我，就是为了让我再带你去一次麦金利？”

孟今越点头又摇头：“不光我，是科研院的一群老前辈。”

高春惊愕张嘴："老前辈？有多老？老胳膊老腿的不在家颐养天年，爬什么雪山啊？"

孟今越做出请的姿势，两人去了酒店顶楼的露天花园，耳边终于安静下来。孟今越告诉她，最新研究发现，在麦金利山上大约四千米海拔的地方，生长了一种几乎已经绝迹的药草，叫作灵犀草。这种草药对于他们近来的药理研究十分重要，那群老前辈听闻后无论如何也想去见识一番。

灵犀草生长保存都极其不易，只有他们这群一生都在研究药理学的专家亲手采摘才放心。但都是国宝级的元老人物，要是出点什么事谁担得起责任？于是就想到和孟今越有过合作的高春，让她带队，带着这群前辈去山脚虚晃一圈，届时以天气地质原因为借口不让他们登山，也算圆了他们的心愿。

高春站在楼边栅栏望着远处荒原，偶有汽车飞驰，像没有翅膀的白鸟。

"我并没有兴趣带着一群老顽固去雪山到此一游，这些我在邮件里已经说得很清楚了。"

孟今越走到她身后，正要开口，她却转过身来，唇角弯弯地看着他："但来请我的人是你，孟今越，既是你的请求，我不会拒绝。"

他愣了一下，像是不解："高小姐，我与你，并无什么渊源吧？你却次次迁就于我，上次在雪山也是，我能问一下原因吗？"

高春将他上下打量一遍，眉眼有笑："如果真要找原因，大概是因为你很特别吧。"她将杯中酒一饮而尽，朝出口走去，补充一句，"和我见过的人都不一样。"

孟今越抿着唇，直到她的背影将要消失在楼梯口，才提高声音喊了句："高小姐，上一次你在雪山救了我，还没跟你道谢。"

她没有回头，只是朝后挥了挥手。

【04】

虽是做戏，也要做全套。孟今越带着五位老教授来到雪山脚下时，高春已经将登山装备全部准备好。流程一应按照她的规矩来，让几位教授倍感激动和紧张。

高春的计划是登到一千米海拔，那里有专门开发出来供游客体验的雪道，住一晚之后以暴风雪为由下山，也了了他们的心愿。

孟今越和几位老教授开完会天色已黑，回营地的脚步在原地转了个向，走向高春的营帐。

帐内燃着白炽灯，她在门口搭了个小炉子，正蹲在地上煮泡面。开水腾起热气，迅速被冷空气凝注，她的面容都变得朦胧起来。

她看见他，在白烟后露出一个随意的笑："夜宵，吃不吃？"

孟今越并无吃夜宵的习惯，却还是点点头，走到她身边坐下。这才发现帐内摊了一地的配料，有火腿、午餐肉，还有在国外难得一见的海带丝。都是吃泡面的必备品。

"拖朋友从国内带来的。"她将海带丝和火腿肠倒进碗里，加了汤搅一搅，香气扑鼻。

孟今越接过她递来的碗，语气诚恳："高小姐，真的很谢谢你。"

高春吃了口面，口齿不清："您嘞，甭客气。"

孟今越被她新学来的北京口音逗笑，唇薄眼长的男人，不笑的时候像一把棱角分明的冰刀，笑起来时却像万丈阳光融化了冰，连水温都刚刚好。

她看着他："孟今越，你以后还是多笑笑，你笑起来挺好看的。”

他愣了一下，眼底突然涌上难以言说的情绪。那碗才吃了一口的面被他放在桌上，他站起身，嗓音压得很低：“高小姐，早些休息，晚安。”

他转身而走，背影萧萧。高春对着他的背影轻声开口：“Good night.”

说罢，摇了摇头。果然没有他用中文说的那句“晚安”好听。

翌日一早，整装出发，这群老教授活了这么大把年纪，第一次体验这种户外极限运动，都显出不符合这个年纪的精神来。

天气尚好，高春走走停停，充分考虑到老人的体能素质，一天下来都没出现什么问题。到了人工雪道后就地扎营，登过一次山的孟今越便成了她的得力助手。

扎营的时候老教授在旁边扎堆进行学术研讨，高春随意听了两句，说灵犀草对于脑坏死的病人有极大的治疗功效，后面的专业术语她便听不懂了。

她想起那一日孟今越执意登山，难不成就是为了灵犀草？她将帐篷杆穿过顶，偏头问孟今越：“你很想找到灵犀草？”

山间起了风，夹着雪，吹得人迷了眼。风声中，孟今越说了什么她并没有听见。

直到风过，他的声音才淡淡飘过来：“这顶搭好了，你检查一下。”

一夜无梦，高春照常是营地中起得最早的人，拉链划过，在寂静小雪中格外清响，孟今越后她三秒出帐，她尚睡眼惺忪，他却眼眸清澈。

这个样子的孟今越，不失平日的冷峻，又多了分大梦初醒的温柔，真是好看得紧。若每日醒来都有如此美色，真是不枉人间走一遭。

她一边洗漱一边心猿意马，片刻，身后哗然。

她嘴角还有牙膏，漫不经心朝后看去，孟今越大惊失色的面孔映入眼帘，她顺着他的目光看向营帐，看到那名陈老教授笔直僵硬地躺在地上。

她几乎是扑过去的，慌忙去探陈教授的脉搏，然而尸体已经僵了。

像被一盆雪水当头淋下，四肢都冰凉，她缓缓转头去看孟今越，眼底头一次有了无措。

联系的搜救队很快上来了，一同来的还有科研院的负责人，看见高春时，眼底的愤怒几乎要溢出来。

“这件事，高小姐必须负责！”

高春茫然抬头，还没说话，手腕突然被人握住。孟今越将她扯到身后，笔直的背影挡在她身前，仍是不紧不慢的声音：“死因尚未得知，让高小姐负责的话恐怕说得太早。何况当初是教授们执意登山，你们求着高小姐带队，现在出了事，倒是会推卸责任？”

负责人被他说得哑口无言，愤愤离开。他转过身看着高春，总是平淡的声音终于放得柔和：“别怕。”

她微微抬头看他，从这个角度，刚好可以看见他浓密的眼睫毛投下光影，他的眼睛，他的鼻子，他的嘴巴，弧度都美得刚刚好。

她笑了笑：“孟今越，谢谢你啊。”

他突然俯身，手指滑过她的嘴角。冰凉的手指，像一丝雪融化在唇边，他朝她眨眨眼，抬起手指：“牙膏。”

【05】

陈教授是死于心肌梗死，从他家人那里得知，他近年来一直服用心脏病药物，他的死亡跟高春无关，但总要有人为此担责。高春是再好不过的人选了。

她被接到加州分部的研究院时是一个雨天。极大的会议室，墙体是整面落地窗，雨水打在玻璃上，绽出朵朵雨花。

她拨通了律师的电话："是，我现在在加州，你立即申请人身保护令。想拿我开刀，门儿都没有。"

话落，看见雨幕中疾步而来的孟今越。他穿着白大褂，大抵是刚从实验室出来，连手上的无菌手套都没取下，雨滴打湿他的衣服，那张脸愈发棱角分明。

她莫名就挑起唇角，看他冲向会议室，门口传来动静，她像一只猫踮着脚走过去偷听，正听见他掷地有声的话语。

"你们将高小姐找来是什么意思？这次事件是个意外，跟高小姐毫无关系！"

另一个人压低声音回答："孟教授……总要有人负责的，不然我们怎么跟陈老的家属交代？我们也不是一定要高小姐负责，只是想问问她当天具体的情况。"

"当天我也在，有什么事问我。"隔着门，几乎可以想象他微抿的薄唇，"如果一定要有人为这件事负责，那找我好了。是我去拜托高小姐带队的，陈老也是从我这里得知灵犀草的消息。"

高春忍不住，轻手轻脚地推开一道门缝去看，门口一盏白炽灯，空中光线跳跃，氤氲着他的侧脸。几滴水珠从他脸颊滑下，一路水迹，滴答，落在地面。

高春的心突然跳得欢快，几乎要跳出喉咙。

孟今越缓缓将无菌手套取下，又褪下白大褂。里面穿了一套西装，衬得他整个人都气质凛然。

"做人不能如此没有底线。我愿意接受调查，责任我来担。"

负责人看着他递过来的工作证，急得手足无措。高春笑了笑，伸手将门推开，孟今越偏头看过来，发丝甩落一滴水珠。

“不用你帮我担责。”她走近他，从包里掏出纸巾递过去，看向负责人，“我的律师很快就到，你们去找他谈吧。”

事情最后如何解决，高春相信她的律师能处理好。

再一次见面是在咖啡馆，孟今越穿了一套烟灰色的休闲装，气质同样出众。高春在心底赞扬自己一句“眼光真好”，朝他微笑。

“孟今越，谢谢你帮我说话。”

他仍是礼貌地摇头：“高小姐，不用客气，这件事本就和你无关，算起来，还是我连累了你。”

这样的场合，他的态度又变得疏离客套。高春搅动咖啡，一圈圈深色的涟漪，仿若她此时的心境。她将两张音乐会门票推向他。

“这周末，小提琴演奏会，有没有兴趣？”

孟今越一愣，缓缓地摇头：“很抱歉高小姐，周末我已经有约了。”

高春笑了笑，并不收回：“孟今越，你很不适合撒谎。既然你觉得连累了我，那这场音乐会，就当赔罪如何？”

这句话，终是让他无法推托。

周末一早，高春起床梳妆，打电话叫醒还在睡梦中的朋友，语气冷静：“晚上我要和心爱的男人去听音乐会，穿什么合适？”

“晚上才看音乐会你这大早上的打电话干吗？”朋友抱怨不止，愣了一下，突然尖叫，“你说什么？心爱的男人？你活了二十八年终于喜欢上男人啦？”

高春想了想，轻轻地笑：“是活了二十八年，终于遇到喜欢的人了。”

今日的天气并不算暖和，但在朋友的指导下，她仍穿了一字肩的连衣裙。她觉得朋友说得很有道理：穿少了，对方才会主动脱下外套给她披上。

她的锁骨很漂亮，配上铂金的项链，精致迷人。高春向来喜欢提前赴约，她喜欢等人，等待的感觉让她觉得人生充满意义，何况是等她喜欢的人。

逐渐有人进场，夜色降临，风带着寒，高春有种光着身子登雪山的感觉。音乐会七点开始，从傍晚六点到晚上九点，她等了三个小时。

孟今越没有来。

散场的时候，全身血液几乎都要冻僵。陆续有人离开，肩头突然罩来一件外套，她惊喜回身，对方只是个陌生人。

“绅士不应该让一位漂亮的女士在寒风中等待这么久。”

高春说了句“Thanks”，抬步离开。

到家之后，高春拨通孟今越的电话，无人接听，她像是发泄似的连着打了十几个喷嚏，最后像被抽干力气般倒在沙发上。

电话响起已是半夜，她迷迷糊糊接起，大抵是今晚受凉感冒了，她嗓子很痛不想说话，只听对面含着歉意的声音。

“高小姐，很抱歉，今晚我有事耽搁了。”

她很生气：“孟今越，我给你一个解释的机会，若不能让我信服，你就死定了。”

电话那头沉默半晌，传来他低沉的声音：“我在医院。”

【06】

雪白的病房，唯一鲜艳的颜色是挂在床头的那条大红色围巾。孟今越也有这样一条围巾，高春还嘲笑过他品位骚包。

病床上躺着的女孩皮肤雪白，连血管都透明，满身的仪器，嘀嗒嘀嗒响着。

“是他未婚妻，六年前出车祸后一直昏迷，近来情况开始严重，如果再不醒来，随时都有死亡的可能。”

高春面无表情，转头问医生：“是脑坏死吗？”

“也可以这么说。”

原来这就是他不要命也想拿到灵犀草的原因。他有未婚妻，是他拼死也想守护的人。而她，只是一个过客而已。

昨夜突然状况危急，他在医院守了一夜，眼皮都没合一下，也忘记了，在夜风中，有个瑟瑟发抖等待他的姑娘。

自己不应该责怪什么，高春想，一切都是她心甘情愿的。

孟今越睡在休息室，高大的身子蜷缩在冰冷狭小的椅子上，灯盏投下孤零零的光。高春怕脚步声吵醒他，脱下鞋子轻轻走近，蹲在他面前。

他的呼吸很浅，哪怕睡觉时，眉心都皱成一团，是在忧心未婚妻的生死吗？

高春靠他近一些，其实只是想仔仔细细看他一遍。脸颊能感受到他温热的呼吸，拂开她脸上细小的茸毛，酥酥痒痒。

她低头，轻轻吻上他的唇角。

他动了动眉眼，并没有醒来。高春无声地笑了笑，呢喃道：“孟今越，我长这么大，没有喜欢过谁。我以前想，若是今后我有了心爱的人，我要把全世界都给他。是我高春爱的人呢，他想要什么，我就给他什么。”

“孟今越，你信命吗？我爷爷说，人这一生，遇到什么人，发生什么事，都是命中注定。强求不来，也躲避不开。所以不用遗憾，也不要抱怨。”

“以前我以为，爱一个人需要很长很长的时间，原来不是的。

只要那个人出现了，一分一秒都能爱上。”

“孟今越，我爱你。”

她转身，提着鞋，踩着冰凉的地面，一步一步离开。

电梯关合的时候，有人叫着“稍等”跑过来，高春及时按住开门键，来人进了电梯，跟她说多谢，是名华人，字正腔圆的中文。

高春愣了一下，想起孟今越那句“多谢”。原来不是这个词好听，而是因为是从他嘴里说出来的，才别具韵味。

【07】

孟今越接到高春律师的电话，着实愣了愣，不确定地问：“你找高小姐，找我做什么？”

那头很着急：“研究院这边的商议结果出来了，不需要高小姐负责，我想告诉高小姐这个消息，可是怎么也联系不上她。联系了高小姐的朋友，说她手机上最后一个电话是打给你的。”

孟今越偏头回想，最后一次见到高春是什么时候？

还是一个月前，在咖啡馆。

她约他周末去音乐会，他却因为未婚妻情况危急而爽约。第二天听护士说，早上高小姐来过，探望之后便离开了。那之后，他就再也没见过高春。

那个别致脱俗的姑娘，她的心意他怎会不知。只是他早已心属他人，又如何能回应。只能漠视逃离，于两人都是最好的。

他以为她想通了，所以离开了，心里松了口气，可如今，又怎么会联系不上？

高春的家人报了警，孟今越时刻关注着情况，祈祷着那个美丽的姑娘千万不要有事。消息是一周后传来的，他以最快的速度赶去了麦金利雪山脚下，他们每次扎营的地方。

寒风灌入脖颈，他将那条大红色的围巾围得更紧了，一步步走向不远处警灯闪烁的地方。拨开人群，就像曾经多少次一样，他一眼就认出了她。

她躺在担架上，面容已僵硬得看不出原来美丽的模样。

“冰桥断裂，她被埋在冰石下，找到的时候已经死亡。”

孟今越觉得不可思议，脚下几乎站立不稳，一个踉跄就要跌倒。警察将他扶住，他猛地将警察推开，扑向她的尸体。

担架垂下一只手，僵硬蜷缩的手指，掌心还紧紧握着一株紫色药草。

很久之后，孟今越无意间看见了高春的推特。最新更新时间是一年前，配图是麦金利雪山，算算时间，那大概是她最后一次登山时拍下的照片。

他看向那行文字——

他比雪山更难征服。

一生所求，风与自由你与温柔

作者感言

你们有没有经历过最绝望和无助的时刻？在那个时候，是不是希望人生像电影，会有个英雄从天而降将你拯救？我曾无数次幻想过能有这样一个人出现在我的生命中，哪怕没有身披金甲圣衣脚踏七色云彩。可惜至今英雄都没出现，我很无奈，只能在故事里圆梦了。

CHENGMENG
NICHUXIAN

GOUWOXIHUAN
HENDUO
NIAN

【01】

飞机落地，已是凌晨三点。习惯了东非的深深夜色，乍见首都华灯，几分刺眼。

机场外出租车排着老长的队等客，乔章一眼就看见举着欢迎牌等在门口的蝎子。他剃了光头，大腹便便，笑得像个弥勒佛。

牌子上画了一只蝎子一只蜘蛛，画工拙劣，线条杂乱，那只蜘蛛居然是粉色的，这让乔章十分难以接受。

蝎子看见他，兴奋地挥手，冲过来一个熊抱，乔章将他推开："你先告诉我，这蜘蛛谁画的？"

"我儿子。"

乔章大惊失色："你都有儿子了？"

蝎子憨厚地笑，和当年那个手段狠辣被称为毒蝎的人半分都联系不起来。乔章坐上他的车，中规中矩的国产车，后排放了一堆洋娃娃。

乔章身上还有硝烟味，与一切都格格不入。蝎子一边开车一边安慰："刚开始都这样，从那个世界撤出来，要花一段时间适应才能过上正常人的生活。咱们可说好，说撤就撤，曾经的一切都要斩断。你的工作我已经安排好了……"

蝎子喋喋不休，乔章电话响了，他漫不经心拿出手机，不长的一条短信，安静地躺在屏幕内——

乔章，还记得拉奥吗？越南，槟镇，长山密林，来救我，我告诉你全部真相。

蝎子奇怪地回头：“刚回国就有短信？”

乔章沉默。车子停在路边，蝎子转过身语重心长地说教：“跟你说过了，不能再和以前那些兄弟联系，既然决定退出，一切都要重新开始，我知道你舍不得兄弟，可人总不能在刀枪弹林里过一辈子……”

乔章抬头，声音沉沉：“你说拉奥还活着吗？”

“拉奥？”蝎子顿了一顿，皱起眉，“你还在找他？当时那种情况，他不可能活下来的。老乔，拉奥的死不怪你，你找了他两年，还没死心啊？”

他笑了笑：“总觉得……他还活在我不知道的地方。”

蝎子点燃一根烟：“拉奥于你有知遇之恩，我们中国人，讲究的就是一个知恩图报，你要找他，我不反对，可连组织都确定了他的死讯，你能去哪儿找他？”

窗外灯火霓虹遥遥映着夜色，虽无星辰，却比星辰更加明亮。这是俗世，人这一生无论经历什么，最终都会回归俗世。他也会，只是不是现在。

乔章打电话订机票，最近的一班，飞越南。

蝎子差点从驾驶座扑过来：“我的祖宗你这是做什么啊？咱们不是说好了吗，你再也不是雇佣兵蜘蛛，后半生都做回乔章。你去越南干什么啊？”

“去救人。”乔章再次翻出那条短信，一个字一个字又看了一遍，缓缓挑唇，“他说他有拉奥的消息。”

蝎子一愣，知道这趟越南之行乔章是势在必行了。

七个小时后，乔章抵达越南河内机场，天色已亮，太阳探出云头，云层泛着金光。

陌生的国度，陌生的语言，还有一个等着他去救的陌生人。

【02】

办了越南的电话卡，给蝎子发了条短信，电话立马打过来："你要的东西都准备好了。涡南街，大华五金店，暗号跟以前一样，店老板可信。"

乔章道谢，挂电话前，蝎子深吸气："老乔，早点回来啊，那工作我给你留着。"

他笑了笑："一定回来。"

接下来的一切都进行得顺利，店老板给他准备的越野车模样霸道，经过专业改装，穿越密林不成问题。他要的资料蝎子隔一小时便发一条过来，对这边雇佣兵和黑势力的情况都大致了解。

半夜投宿汽车旅馆，乔章拿出一张纸将掌握的线索一一列出来，甚至可能会与哪些势力发生冲突都预料到。只在纸张最底部，打了个问号。

是谁发的短信？

两年来，他连拉奥是死是活都不知道，这个人，又如何了解所谓的全部真相？

这个人，他很想知道是谁。

翌日一早，车子驶入槟镇地界，临山而建的城镇，镇子很小，四周农田围绕。乔章开过泥泞道路，路旁水田里的农民挽着裤腿正在劳作，听见车鸣偶尔抬头，复又弯腰。

乔章将车停在小广场，跟当地人打听长山密林。他不会越南语，英语夹着中文，连说带比画，折腾了半个小时才大概搞清楚进山的路。

长山密林是未开发的原始山林，就连当地人都不敢轻易进入，正值热季，蚊虫瘴气遍布其间，有人在林子外围伐木还见到过狼，是当地人口中的不可侵犯之地。

如果真有犯罪集团以此为窝点，确实是一个易守难攻的好地方。车子开到山口便不能再进，乔章将武器装袋，下车步行。他曾经看过越战的纪录片，不少美国大兵死在这片热带雨林中，不像刀枪火棍来得那么猛烈，瘴气毒虫无声无息便进入体内，悄然夺命。

逐渐深入，乔木参天，枝繁叶茂下有蛇行的声响，他不知道犯罪团伙是否在林中安排了暗哨陷阱，每一步都走得极其小心。大约一里之后，林中出现人为痕迹。

隐藏好行踪后，乔章拿出望远镜观察情况。大概是觉得密林绝对安全不会有外人进入，周围并未安排哨子，这让乔章轻松不少。百米之后，栅栏圈地，中间起了一座竹楼，四周扎了五顶帐篷。空地上或坐或站，一共八人，持枪。竹楼门口两人站岗，里面住的应该是头儿。

乔章很快掌握了对方的人数和枪械情况，正在计算需要消耗多少火力能把人成功救出来时，林间突然响起了一声惨叫。女人的惨叫声，声嘶力竭的。

乔章凝神看去，声音断断续续，确定是中间那顶帐篷中传出来的。是她吗？他要救的那个人？再不迟疑，乔章拔枪潜行，烟幕弹落地的瞬间，枪声在林间密集响起。

王牌蜘蛛，多少人千金求其相护。

热武器时代，混战起得快，结束得也快。乔章只肩膀擦伤，冲入帐篷时，十多名被捆在一起的女子均惊恐地望着他。

唯独角落里，那双黑白分明的眼，带着惊喜、希冀，还有仿佛时隔多年再次重逢时，千回百转的思念。

乔章确信，这是第一次见到她。他走近，左手拿着枪，右手伸到她面前：“是你给我发的短信？”

她微微抿着唇角，像是笑了，眼角却溢出泪痕。她牵住了他的手，指尖冰凉。

“我就知道，你一定会来的。”

【03】

乔章的车最多只能坐五个人，离开密林后立即联系蝎子，让他安排安全可信的人开车过来接人。四十分钟后，几辆皮卡驶入视线，被绑架的女子中有不少越南人，接下来的事，乔章已不用亲力亲为。

他开门上车，偏头看向坐在副驾驶的女子：“你的名字？”

她眼角还有些红，却冲他露出笑容：“陶姜。”

发动车子，驶出槟镇，经过农田两旁的泥泞路时，农田里劳作的农民停下手中的农活，目送他们远去。透过后视镜，他们的眼神有几分奇怪。

乔章打算在市区休整一夜，翌日回国。虽然他迫切想追问拉奥的下落，但身旁陶姜一副身心俱疲的模样，想到她才刚经历了那场灾难，同情心作祟，只能忍住。

没想到她却不同意他的决定：“现在马上去机场，立即回国。”

乔章勾勾唇角，将车停在路边，手臂搭在她身后的靠垫上，微笑着看她：“陶小姐，你可能不太清楚，一般人雇我，价格是以万起步的。如今我因为你一条短信跨国救援，钱就不提了，问你几个问题当作报酬不过分吧？问题问完了，你想回国还是出国，我都不会干涉。”

陶姜看着他没说话，片刻，突然伸出手臂，将袖口一点点卷起来。乔章垂眸去看，手腕三寸之上，有一道狰狞的伤痕。缝针很粗糙，像一条蜈蚣般趴在白皙手臂上。

“这里面，我藏了一张内存卡。”她突然开口，乔章眉眼一皱，伸手去按。伤口微微鼓起，皮肤之下，果然有硬度。

应该很疼，她微微抖了一下，目光落在他脸上：“乔章，你在东非这么多年，应该也听说过楼宋财团吧？”

“对外贸易的那个财阀？”

她点点头，扭头看向窗外迷蒙的天色：“你知道他们对外贸易，买卖的是什么吗？”

乔章身子颤了一下，不动声色地听下去。

“起先，我只是收到他们不法劳务的消息，追查下去，逐渐发现很多不对劲的地方。可能是仗着年轻气盛，决定以身犯险，结局……”她回头看他，苦笑一下，“你也看见了。”

乔章皱眉看着她的手臂：“内存卡里面，是他们……”

“是他们贩卖人口的证据。我要带回去，揭露他们禽兽不如的行为。”她顿了一下，声音放轻，“我不清楚他们是否知道我藏了证据，但为了以防万一，必须尽快回国，以免他们半途拦截。”

天色暗下来，只一束灯光远远打出去，照着夜起的雾色。乔章点了一根烟，火星燃到一半，终于开口：“陶小姐，跟这种财团作对，下场是什么不用我告诉你。我给你的建议是，三五年之内，你最好出国躲起来。”

他掐灭烟头，发动车子：“我来的目的你很清楚。我现在将你送到机场，路程大概两个小时。这期间，请你告诉我，你知道的有关拉奥的全部消息。”

陶姜没说话，只是扑过来拽住他的胳膊，车身猛地一歪，乔章踩了刹车，转头面无表情地看她。车内昏暗，并不能看清她的面容，只那双眼睛，黑白分明，像星星。

“乔章，我还能等到你来救我，可其他女孩呢？不是每个人都有一个属于自己的乔章，不远万里只身犯险。如果我不能将这些揭发出来，今后还会有无数青春正茂的女孩葬送一生。”

气氛凝然，他却突然笑出声。陶姜抬眸，不解地看他。他微微倾身，挨她近一些，低低问：“属于自己的乔章？陶小姐，冒昧问一句，我什么时候属于你了？”

她抿着唇看他，眼底渐渐盈上水意，嗓音却倔强：“我答应你，只要你安全把我送回国，关于拉奥的消息我会一字不漏地告诉你。不然，就让我带着这些消息死在这里好了。”

乔章皱眉，嗓音冷冽起来：“陶小姐，我可不吃威胁这套。”

她索性闭上眼，一脸的破罐子破摔。乔章定定地看了她半天，终还是坐直身子拨通电话：“帮我订两张回国的机票，最近的一班。”他面无表情，“陶小姐，麻烦身份证号。”

陶姜抿起唇，默不作声地笑了笑。

【04】

越南的夜晚有些像东非，寂静深沉，一路开过来，难闻人声。

陶姜靠在车窗上，像是睡着了，光影照着朦胧的侧面，只见眼睫密长。乔章见她只手按着手臂伤口，时不时皱眉，将车停在了路边。陶姜惊醒，睁眼的刹那间眼底有恐惧，大抵是做噩梦了。看见乔章正开门下车，拽住他的胳膊。

“你去哪儿？”

嗓音里有不安和焦灼。他语气冷硬，说出的话倒贴心：“去便利店买点消炎药，你手臂上的伤口需要处理。”

想来是还在记恨她威胁他的事。她放松下来，调了个舒服的姿势继续窝在座位上：“那你快点啊。”

语气熟络，不像初识。乔章再次回忆了一下以往二十多年的奔波生涯，到底有没有遇到过这样一个姑娘。答案是没有，他很无奈。

一只脚刚踩地，后方车鸣由远及近，远光灯照入夜色，化作了墨。雇佣兵对于危险的警觉令乔章毫不犹豫将身子缩回车内，点火驾车飞驰而出，一气呵成。

下一刻，枪声在车后方炸响。

“埋头！”车子狠狠甩了几下，惊魂未定的陶姜藏到座位下面，扒着坐垫朝后看。

三辆吉普车紧追不舍，两边车窗分别探出人身，拿着冲锋枪朝前扫射。借着车灯，认出那是白天在农田劳作的农民，原来这才是他们安排的暗哨，当时还是大意了。

“坐稳了。”乔章声音冷静，经历过太多枪林弹雨，面对这种突发情况已能沉着面对。陶姜其实有些怕，只是不想打扰他分心，紧紧咬着唇一声不吭。

寂静的深夜被枪声打破，车子你追我赶，追击不上也无法摆脱。乔章突然开口：“会开车吗？”

“会……”

“你来开，油门踩到底，走直线就行。”

她愣了一秒，随即毫不犹豫接过了方向盘。乔章单手撑着坐垫翻身越过，匍匐在座位上，拔枪瞄准扣动扳机。身后几声刺耳急刹，陶姜慌忙去看后视镜，追击他们的车子一辆接一辆翻在了路边。

陶姜速度不减，后方终于恢复安静。乔章坐回副驾驶，检查枪支，低着头："做得不错。"

她扭头，脸颊有些红，冲他笑："你也是。"像是想起什么，眼睛睁得更大，亮晶晶的，"乔章，你看过《史密斯夫妇》吗？我们是不是比他们更默契？"

乔章正换弹夹，"喀嚓"一声，头也不抬："陶小姐，有时间胡思乱想，不如想想下一步怎么走。"

"下一步？"她一脸坦然，"不是去机场吗？"

乔章满眼无奈："如今那些人已经发现了我们的行踪，你觉得他们会让我们成功搭上飞机？"

陶姜的神色瞬间变得紧张，漆黑的一双眼瞪得极大，映着车光，像二月天朦胧的月亮。恐吓一个姑娘，实在不是他的风格。他默叹一声拍拍她的肩："别怕，我会想办法的。"

她趁势蹭向他的掌心，猫一样，乔章偏头去看，发现她正抿嘴笑，像小孩子得了糖，满满都是小得意。

他干咳一声收回手，坐直身子给蝎子打电话，让他先发一张精准的当地地图过来，再以最快的速度安排一架直升机。

蝎子在电话那头嘶吼："我的祖宗你干脆杀了我得了！直升机啊，我上哪儿去给你弄啊？"

他一副无赖的语气："不弄来就等着给我收尸吧。"

陶姜在一旁幸灾乐祸地笑："也只有蝎子吃你这套。"

话落，车内一片沉默。陶姜似乎意识到说错话，抿着唇安心开车，半点都不敢偏头。

好半天，乔章哼笑一声，陶姜余光瞥到他坐回座位，刚松了口气，就听见他不紧不慢道："陶小姐，你还真是一个……"顿了顿，"谜一样的姑娘。"

半小时后蝎子打电话过来，先是把他臭骂一顿，继而说直升机实在难办，最快也要一周之后才能来接他。也就是说，这一周，他们必须想尽办法隐藏行踪不被发现。

车子目标太大是不能再开了，恰好前方出现一个十字路口，乔章弃车，查看地图后，带着陶姜徒步走向东南方。

夜里起了雾，连月光都朦胧。乔章要警惕伏击，全身都紧绷着，陶姜亦步亦趋跟在他身边，看表情，居然还有些悠闲。

她扯扯他的袖子："乔章你看，这里的月亮没有我们那里圆。"

这话差点把乔章气笑了，一字一顿："陶小姐，你看上去真不像一个刚死里逃生的人。"

寻常女子，刚从人贩子手上被救出来，又在枪林弹雨中走了一遭，早就吓得六神无主了吧？她居然还有心情欣赏月亮？

她耸耸肩："看见你我高兴嘛。"见他一副无语的样子，扑哧笑出声，顿了顿才又开口，"我还活着啊，我为什么不高兴？好不容易从绝地逃生，才更应该体验生命。哭哭啼啼那种事，浪费光阴。"

他有点惊讶，挑眉问："陶小姐，若一开始你就知道你会陷入如此险境，你还会追查下去吗？"

她顿了顿，似在认真思考，片刻之后，点了点头："我从未后悔，哪怕重来一次，我的选择也一样，只是我不会再如此莽撞。"

偶尔，她于生命的坚韧和正义的执着，竟也会令他肃然起敬。

【05】

中国有句俗话，大隐隐于市。

乔章确信，从他进山救人到带人离开这段时间，对方没有留下他的影像，而被贩卖的女子大多时候捆在一起，没有谁会对陶姜特殊照顾。如此一来，改头换面是最好的掩盖方式。

他带陶姜去商场做了形象上的大改变，扮作一对出国旅游的情侣，从街上招摇而过。

唯一的意外是陶姜不会穿高跟鞋，不长的一段路走得是步步艰辛，上车的时候脚后跟都磨破皮了，缩在座位上可怜兮兮望着他：“帮我贴下创可贴。”

他正发动车子，听闻此言诧异挑眉，不确定地问：“陶小姐，我们的关系，还没亲密到为你贴创可贴这种程度吧？”

她愣了一下，总是含笑的眉眼皱了皱，好半天，点点头：“也是。”

话落，俯身自己处理。看见这个模样的陶姜，不知为何，他心底紧了一下。

车子是租来的，游客普遍选择的款式，经过一小时颠簸，来到临河的地下赌场。陶姜没有护照，不能住酒店，赌场这种鱼龙混杂的地方遍布全球各地的游客，再加蝎子从旁协助，被发现的概率最小。

安排的房间在最里面，窗户临河，为安全起见，乔章在窗下吊了一艘皮艇，若遇危急情况方便离开。他对一切潜在危险都提前设防，这是雇佣兵的习惯。然而狡兔三窟，赌场只是暂时安全，他一边研究地图一边联系蝎子，安排另外的藏身之所。

忙下来已是深夜，他习惯性揉揉额头点燃一根烟，香烟刺激大脑，感官再次回归这个世界，他蓦然回头，才想起房间里还有另一个人。

陶姜缩在床上已经睡着了，他工作起来全神贯注，她竟也没有说一句话打扰。乔章看看时间，已过凌晨，她连晚饭都没吃。

床头灯光晦暗，投在她紧缩的眉眼上。乔章走近想叫醒她，俯身时才发现她眼角有泪意。白日里说起那场绑架她总是洒脱，只有在睡梦中才会露出一丝恐惧。

终究，只是一个平凡的姑娘。虽然正义，也会胆小。

他默不作声，手指轻轻划过她的眼角，指尖贴上她的肌肤，才顿觉她发了烧，额头烫得厉害。

乔章皱眉，掀开被子去看，她手臂肿得厉害，伤口发炎溢出血水。一路行来，她没有提，他竟然也没想到。这伤口并不小，不及时医治很容易化脓引起高烧和并发症。

乔章握住她的手，掌心相贴，烫得他微微一颤，他将她叫醒："我送你去医院。"

她迷迷糊糊，半睁着眼，嗓子有点哑，说出的话却清晰："不能去医院。那里肯定是他们重点追查的地方，很容易暴露的。"

"所以你就一路忍着，疼也不说？"他似乎有些气，也不知道在气些什么，声音都加重，"必须马上去医院，把内存卡取出来，缝合伤口，不然你这条胳膊就废了。"

她往被窝缩了缩："我不去。"

乔章真生气了，猛地将她拽起来，抓过外套就往她身上套。陶姜挣扎两下，被他箍在怀里，嘴唇贴着他耳廓，呼出的气息都滚烫。

"乔章，我真的不能去，被他们抓住一切都完了。"她顿了顿，嗓音微颤，"胳膊……废了就废了吧。能用一条胳膊换一整个犯罪集团，也值。"

乔章都被她气笑了："没看出来你还挺有大义啊？这么舍己为人，国家不把年度感动中国人物奖颁给你都说不过去。"

她被他的语气逗笑，伏在他肩头咯咯笑了一会儿，才轻轻叹出一声气。她坐直身子，定定地看着他，隔着这么近的距离，几乎能看清他下巴的胡茬：“乔章，没有人会比我更清楚那些女孩将要经历什么，人间地狱也不为过……太绝望了，真的，太绝望了。”

连语气都在发抖。

他手指不自觉收紧，她却收了情绪，冲他调皮一笑：“所以你看，只是一条胳膊，和那些比起来，真的不算什么。”

乔章有一分钟没说话，陶姜以为说服了他，刚要躺回被窝，却突地被他打横抱起。她抬眼去看，只能看见他微抿的唇，下颌线条硬朗。

“若护不了客户周全，有什么资格被称作王牌。”他顿了顿，微微低头，看着她的眼睛，“睡吧，有我在，不会有事的。”

她伏在他胸口，连心跳都令人安心。

深夜的医院并不冷清，毕竟疾病不挑时间。陶姜的伤比他想得还要严重，医生说晚来一天可能就要截肢。推进手术室时，她抓着他的手怎么也不放，乔章知道她在担心内存卡，跟医生交涉好半天，才同意让他一同入内。

她被注射麻药，很快睡过去，手臂拆线，清洗伤口，钳子夹出内存卡时，几名医生满眼疑惑，乔章不动声色将卡片拿过来贴身放好。

手术进行了两个小时，陶姜被推出来时麻药还没过。乔章手指拂过她苍白的脸颊，心里情绪翻涌，片刻，掩上病房门悄然离开。

这两天一路逃亡，也没时间处理卡里的犯罪证据。如今既然卡已取出，他立即找地方读取了内存卡里的资料，上传到自己的私密邮箱，定下发送时间。

万一发生意外，起码还有后手。但这些证据公布的时机必然要在他们绝对安全的情况下，否则犯罪集团一定会狗急跳墙，不择手段地围追他和陶姜。

医院楼下有卖热粥的，乔章买了一份上楼，等电梯时，身旁几名身材雄壮的男子面无表情地望着上升的数字。

电梯停到17楼。他不动声色转身，从楼梯而上，拐角进入医生办公室，出来时已是一身白大褂加口罩。医护人员推着空轮椅经过，他伸手接过，在对方还没反应过来时已大步离开。

病床上陶姜还没醒，他将她抱起来放在轮椅上，取下隔壁床的液体挂在身旁，推着她往外走。出门时，尽头的电梯正好打开，之前等电梯的那几个人大步朝他们走来，乔章面不改色，随手将身边经过的护士拉到身边。

被拽住的小护士愣了一愣，他淡声开口，用的是英文："从英国来的陈教授在十二楼开讲座，你跟我一起去听课。你的英文应该不错吧？"

小护士有点兴奋，连连点头："我会的，英文，我会的。"

他推着轮椅朝前，偏头看小护士怀中的病历，状似指导，片刻之后，和那群人擦肩而过。进入电梯，他按了一楼："我先带她去照CT，你去十二楼等我。"

绕过大厅，从后门出，夜里寒风吹过来，陶姜缓缓清醒，看清眼下的情况，愣了一愣，有气无力地问："乔章，我们这是在干什么啊？"

他将她打横抱起，身形隐入暗巷："逃亡。"顿了顿，将系在手腕的热粥取下来，"夜宵，吃吗？"

楼宋财团的实力不可小觑。赌场已不安全，医院的监控也录下了他和陶姜的相貌，之前的办法不再可行，之后几天必须隐藏起来。

安排的下一个地方在某处水寨，乔章换了几种交通工具以隐藏行踪，到的时候天色将明，陶姜需要休息恢复伤口，乔章刚将她安置好，蝎子的电话打了过来。

不同之前，语气很凝重："老乔，你到底在那边做什么了？前几天都好好的，昨晚我收到消息，那边突然大乱，几大势力都出动，有人出一百万元悬赏你啊。"

看来是发现陶姜私藏证据的事了。乔章将事情简略说了，蝎子沉默半天，叹了口气："老乔你想清楚，你当初过去可只是为了拉奥。现在你揽了这么一大摊子在身上，到时候怎么脱身？"

他沉默一下："安全送她回国，她才会告诉我关于拉奥的消息。"

蝎子怒了："放屁，你要想知道，有一百种方法让她开口。"

乔章笑出声，蝎子语重心长："你都不认识她，你说你管这闲事做什么？跟这种财团作对，下场是什么不用我提醒你吧？"

这句话，他也曾跟陶姜说过。当时，她是怎么回答他的来着？乔章眯了眯眼，脑子里全是她抿着唇倔强又坚韧的神色。

"我只是觉得，生命对我们而言，就像是附赠品，有了就拿着，没了也无所谓。对她而言，却像是上天的馈赠，珍重又顽强。"他笑了笑，"跟她一比，前半生，我活得像行尸走肉。"

偶尔，他也想靠近生命的那团光，感受一下何为炽热。

【06】

陶姜醒来已是午后，手臂上的伤口刺疼。乔章背靠着床垫抄着手睡觉。他眼底有些青黑，这几日的逃亡他都未曾合眼，想必很累。

她轻手轻脚爬起来，想了想，微微凑近他，连呼吸都屏住，偷偷吻了吻他的唇角。

乔章唰的一下睁开眼睛，眼底浮上莫测笑意："陶小姐，请问你这是在做什么？"

她眼睛瞪得大大的，有些羞恼，微微仰头拉开和他的距离，抿着唇不说话。

乔章坐直身子，揉了揉额头："威胁我在前，骚扰我在后，这笔账，回国了可要跟陶小姐好好算。"

她瞪了他一眼，赤脚跳下床跑到窗边，竹窗半开，窗外就是碧波荡漾的河面，河风带着芦苇香，远处天色湛蓝。

像是霎时忘了他们正身处险境，心情都晴朗了，她回头冲他笑："乔章，等以后我们老了，也在河边修一栋房子，养些动物，栽点花草。"

洋洋洒洒一大段，都是对今后美好生活的憧憬。乔章颇有兴趣地看着她也不打断，等她说完才不紧不慢地开口："陶小姐，我很好奇，为什么你觉得你的下半生，一定有我呢？"

乔章已经料到，对于这个问题她会像往常一样缄口不言。然而他想错了，这一次她没有回避，走到他面前，连眉眼都很认真。

"乔章，你现在不做雇佣兵了，后半生，总得找女朋友吧？你看我怎么样？我对你知根知底，不在乎你的过去，不放弃你的将来。我还跟你配合默契，有仇家上门寻仇，我还能帮你开车……"

听她一本正经地夸奖自己，乔章差点绷不住笑，等她说完才忍着笑道："你的提议不错，我会考虑的。"

她笑起来，眼睛像弯弯的月牙。

大概是真的怕他命丧异国他乡，傍晚时分蝎子打电话来，本来需要一周的直升机明晚就能到，让他们做好准备。

乔章笑着道谢，蝎子咬牙切齿："我可是连家底都贡献出去了，你嫂子知道了非跟我离婚不可。"

他回头看了一眼陶姜。她趴在床上正翻一本垫桌脚的越南旧书，双腿悠闲抬起，又轻轻落下。恍然间，像去到她说的美好今后，有黄昏依旧。

“等回去了，我带姜姜亲自上门给嫂子赔罪。”

床铺一声吱呀响，是陶姜翻身而起，神色诧异。她直直坐在床上望着他，突然红了眼眶。乔章凝神，交代几句挂了电话，走过去：“怎么了？”

她半抬着下颌：“你刚才叫我……姜姜？”

他耸了耸肩：“你不是让我考虑当你男朋友的事吗？我总得提前适应下，总叫陶小姐，找不到状态。”

她扑哧笑出声，下一刻扑到他怀里，在他耳畔蹭了蹭：“我很开心你这样叫我。”

直升机降落的地点在一处郊野，距离此地两小时路程。白日无话，晚上天一黑乔章便带陶姜出发。先坐皮艇到水口，那里有蝎子准备好的车。

河面的风带着寒意和水汽，四周寂静，陶姜有种亡命天涯的感觉。她看着前方乔章高大的背影，眼睛一眨不眨。上车后直奔郊野，这一路太过顺利，顺利得让她觉得这一切都像是梦。

乔章掐着时间，快要接近郊野时听见直升机巨大的轰鸣声，他扭头看着出神的陶姜，突然开口：“姜姜，已经到了这个地步，你能告诉我，你真的知道拉奥的消息吗？”

她双肩微微一颤，好半天才回头，抿了抿唇，下定决心似的：“他死了。”

乔章没说话，握住方向盘的手猛地收紧，陶姜闭上眼，像是不忍心：“两年前，他就已经死了。”

眼前一阵眩晕，是直升机带起的风扑面而来，舱口白光闪烁，是给他的信号。

旷野长满人高的杂草，这种地形很利于埋伏，可此时得知拉奥死亡消息的他，全然没有心思警惕，只是机械地拉着陶姜走向直升机。

靠近舱口时，里面露出蝎子久违的笑容，他先将陶姜扶上去，正要抬步，在这巨大的轰鸣声中，却独独听见一丝细微的刺空声。

他回过头，暗夜之中一丝火光悄然熄灭，子弹穿透他的胸腔，血液喷在陶姜大惊失色的脸上。

怎么可能轻易让他逃离，一路难以追踪，便在路途的终点安排人手守株待兔。人高的荒草丛中埋伏了狙击手，一枪便能要命。

蝎子怒吼一声，一把将陶姜掀开，拽住乔章的手将他提了上来。舱门闭上，直升机摇晃而起，舱内陶姜痛哭出声。

子弹穿心而过，他连说话都吃力。蝎子脸色铁青，要求直升机在市区医院降落，乔章握住他的手腕，强撑一口气："蝎子，别这样。送她回国，护她安全。"

他看向陶姜，笑了笑："证据三天后会发送至各大媒体网站和公安机关，别担心啊。"

她哭得说不出话，只是死死将他抱住，用手去捂他的心口，那温热的鲜血沾满双手，怎么也止不住。

直升机掠过平原，飞向生的彼岸，而他却生机渐失，将要离开她身边。和那种财团作对，总归是要付出血的代价。

她抱着他，颤抖的嘴唇紧紧贴着他耳畔，断断续续："乔章，你别睡啊。我给你讲个故事，你千万别睡啊。

"以前，有一个女孩，毕生梦想就是当一个揭露社会黑暗的记者。她年轻壮志，怀揣正义，觉得自己就像电影里的孤胆英雄。可她不是英雄，她只是个莽撞的姑娘，她落入人贩子手中，怎么也逃不掉。

“乔章，你不知道，那个时候，她多希望有个英雄从天而降，将她拯救。”

【07】

陶姜追查楼宋财团不法劳务的消息，却意外获知他们贩卖人口的线索，于是决定以身犯险掌握证据，那个时候，她并没有被卖到越南，而是东非。

烈阳和焦土很长一段时间成为她的噩梦。那样绝望的地步，几乎是数着分秒度过的，可她一次也没有想过死。

她想活着，找到证据揭发黑暗。于是不哭不闹，咬牙忍受，只是寻找逃脱的时机。

机会在一个雷雨夜到来，驻扎的营地一公里外突然枪鸣炮吼，看管者急匆匆去查探情况，陶姜趁着混乱钻出帐篷，在大雨里没命地飞奔。

她不知道该去哪里，也不知道能不能赶在他们回来前逃脱，她只是不停地跑，不停地跑，直到遇到了草丛中浑身是血的拉奥。

那是乔章和拉奥最后一次联手作战，他一直坚信拉奥没有死，那是对的。拉奥没有死，遇到了刚从地狱逃出来的陶姜。

那个时候，她本不应该管他，她自身都难保，可遍地的血顺着雨水流到到她赤脚上，那是生命的温度。

她扶起了他，问：“还能走吗？”

拉奥笑，用虚弱却轻松的嗓音说：“你是上帝派来救我的东方仙女吗？”

有了对地形熟悉的拉奥，他们很快找到藏身之所。他腹部中弹，伤得很重，但没有医疗条件毫无办法。陶姜无计可施，只能在雨声中和他聊天。

她给他讲她的经历，讲她坚定不移的正义。

而拉奥给她讲乔章，讲他们的雇佣兵团。那个和她一样来自东方的男人，有连他都嫉妒的身手，笑起来的时候风都轻狂。他视兄弟为手足，情深且意重，是多少姑娘梦寐以求的情郎。他喜欢读《小王子》，他看似成熟，心底却和小王子一样纯粹。

拉奥说："要是乔章在就好了，就是掉入地狱，他也能把你救出去。"

伴着淅沥雨声，她的脑海开始勾描他的形象。有高大的身姿，有轻狂的笑意，有像月色般深深的眼睛。他似自雨中走来，狂风都在身后散去。

如果有乔章在，那就好了。

这样绝望的境地，她爱上他，爱上这个连面都没见过的男人，猝不及防，又理所当然。

拉奥只坚持了半月，就伤重不治而亡。他要躲避敌方的追杀，陶姜要躲避人贩子的追查，两人穷途末路，实在无能为力。只是死之前，他用血画了一幅地图，告诉陶姜该如何离开这片绝地。

从未像此刻，那么渴望活着。

她是如何一人独自逃亡，最终登上回国的飞机，其中辛酸不能用言语描述半分。回国后，她始终记得拉奥的话。

他说，你和乔章一样，都有自己坚持的正义，这或许就是你们和其他人都不一样的原因。

她有她必须坚持的正义，找到财团贩卖人口的证据势在必行。所以她准备充分再次冒险，终于将搜集到的证据藏在了自己身体内。最后，等待乔章来救她。

她知道，他一定会来救她。

所幸她等到了他，他和她想象中的一样，是她足够深爱的模样。而她就像发光发热的星星，也吸引了他半生冷寂的生命。

【尾声】

乔章醒来时，耳边有轻柔的朗读声。像和煦春风一样的嗓音，朗读着《小王子》里的段落，那是陶姜的声音。

他睁开眼，阳光穿过百叶窗，落在她的白色连衣裙上，光影斑驳。

“姜姜，等我出院了，我们去河边买一栋房子吧。养些动物，栽点花草，我喜欢蔷薇，你呢？”

她在斑驳光影间猛地抬头，明明红了眼眶，却朝他露出灿烂的笑。

“好。”

作者感言

我经常会冒出一个想法：谁也不告诉，除了身份证钱包什么也不带，随便买一张火车票，搭上某趟陌生的火车，然后在半途下车，踏上一段未知的旅途。当然这个想法只能在脑子里想想，然后某天空闲了，就将它写成一个故事，拿给你们看。

CHENGMENG
NICHUXIAN

GOUWOXIHUAN
HENDUO
NIAN

【01】

半夜十一点，火车到达高荀站，窗外站台清冷，棚上灯盏闪烁，车内乘客没有动作，想来，是个名不见经传的小站。

羡鱼起身掸掸衣角，背起背包下车。

一出车厢，鱼龙混杂的气味在身后消散，迎面而来的是夜晚的秋风，夹一丝雨打尘泥的味道。冗长的站台只有一个列车员倚着柱子玩手机，她望了眼出站口的牌子，抬步走去。

火车站不大，乘客寥寥，站外泥地空旷，街边路灯照出一方夜幕，小雨微落，被风吹成了斜线。她伸手接了接雨珠，走入夜雨中。

没走两步，头上突然罩下来一把伞，她抬头去看，纯色的伞面，伞骨细长，大约有三十六股吧。伞沿不知用什么颜料晕染，桃色由深渐浅，像云里的漫漫烟霞。

执伞的手修长，袖口微挽，露出内里一节脱线的线头。

“请问你是林小姐吗？”

她回过头，执伞的人就站在她身后，是个年轻的大男孩，很高，她需仰头才能与他对视，头发是老土的板寸，眉目却生得清秀，笑起来时露出一排洁白的牙齿，显得憨厚又清澈。

她点点头：“我是。”

他笑意愈盛："村长说你火车晚点了，我还以为会等到凌晨呢，没想到你按时到了。"他给她撑伞，怕她不喜外人接触，整个人离她两步远，身子晾在雨中，"高荀就是多夜雨，林小姐你冷吗？我带了外套。"

她这才看见他搭在胳膊上的白色风衣，像是发现她审视的目光，他有些着急地解释："这是村长女儿的衣服，洗干净的。"

羡鱼摇摇头："我不冷。"

他松了口气，又笑起来："那走吧，我家距这里不远，十分钟就到了。"

从右侧出来，沿着主道走了五百米，出现一条下坡小路，男孩指着远处点点亮光："没修火车站时这儿其实是大路，从这里下去，再过一座桥就到我家了。"

他率先下去，羡鱼跟在他身后，步子刚落，鞋跟就陷进了泥里。拔了两下，没拔出来。村里的泥路，是细高跟绝对的克星。

男孩还给她举着伞，诧异地问："林小姐你穿的高跟鞋呀？"羡鱼没说话，弯下腰脱鞋，他赶紧阻止，"不行的林小姐，路面有尖石子，会伤到脚。"

他顿了顿，语气恳切："我背你吧。"

羡鱼保持半蹲的姿势，抬头静静地望着他。目光对视，他脸上一红，话都结巴："不……不是……这个路，是我考虑不周，我没看见你穿的是高跟鞋，要不，要不我把我的鞋给你。"

羡鱼站起身来，笑了笑："你背我吧。"

他有些无措，不敢看她的眼睛，将伞递到她手里后，转身蹲下了身子。羡鱼俯上去，他的手只到她腿弯处，沉稳地将她背起。

伞到她手里，才觉手柄莹润如玉，弯处有微雕，天色太黑看不清图案。她举着伞趴在他背上打量："这把伞挺好看的。"

他应该是笑了："这是前天才完工的，用桃花瓣碾压成汁上色，是你们女生喜欢的颜色。"

姜鱼挑眉："你做的？"

他脚步顿了顿，像是迟疑："是啊，林小姐你……"

话没说完，因为姜鱼将脑袋枕在了他肩上。女子的发香缭绕开来，他脸色一红，加快了步伐。

亮光渐近，姜鱼抬眼去看，发现光源是院子外的一排篱笆，走近了，才看见那不是什么篱笆，是一把把灯笼形状的伞依次排开将院子围绕，伞内装了灯，映出伞面橘色的光。

美得惊人。

男孩推开院门，将她放下来，看她目光落在伞篱笆上，解释："这是灯笼伞，我晚上外出时都会打开灯照明。"

漆黑的夜里，只有这处院子光芒如月，南方水乡标准的建筑，青砖黑瓦，房檐下却垂了一把把各色各样的伞，风吹过时，似风铃摇晃。

男孩一边开门一边说话："这叫晾伞。"他转过身来，"林小姐，这是给你准备的房间。"

打开灯，房间干净整洁，也用了伞装饰，多了几分古韵。他给她倒了杯热水，神情恳切："那林小姐，你早点休息，明天我再带你去村长那里。"

姜鱼目光落在他脸上："我饿了。"

他一愣，挠头笑笑："那你等等，我去给你做饭，你想吃什么？"

"吃面吧。"她想了想，"加两个鸡蛋。"

"行。"

灶房在隔壁，姜鱼推门而出，站在檐下看院外那排灯笼伞。真浪漫，不是吗？换个方向去看，又像发光的蘑菇，一个男孩住这么梦幻的地方，她有些嫉妒。

二十分钟后他端着做好的面过来，羡鱼搬了个小板凳坐在檐下吃，面汤很香，应该是用了排骨汤。

他坐在羡鱼旁边，见她目光一直落在灯笼伞上，笑道："林小姐要是喜欢，走的时候带几把回去吧。"

正说着话，电话响了，他接起来："村长，我已经接到林小姐了。"顿了顿，一下跳起来，"什么？可是林小姐现在就在我家……在吃面呢，那……"

他捂着电话转身，神色挣扎："你……你不是林小姐？"

羡鱼慢条斯理挑了一筷子面："我也姓林。"

他一愣，涨红了脸："你不是那个要来采访报道的记者林小姐？"

羡鱼终于抬头看他，半晌，笑了笑："不是。"

【02】

一碗面见底，汤底果然有小块排骨，男孩已经拿着伞要出门，羡鱼叫住他："你要去接那个记者过来？"

他紧蹙着眉眼看她，不说话。

羡鱼放下碗起身："行吧，我走了。"

他抿着唇角，好半天才开口："林小姐，你本来打算去哪儿？我送你过去好了。"

她已经回屋背起背包，看了眼落雨的天，又踮着脚从房檐上取了一把桃色的伞下来："没有打算，随便逛逛。"

撑伞踏入雨中，刚走没两步，被他扯住背包带，听见他有些着急的声音："那怎么行，这么晚了，你一个女生……"顿了顿，下定决心似的，“你就住这里吧，我把那位记者小姐送到村长家。”

话落，不等羡鱼回答，匆匆走了。新做的油纸伞，伞面还未干，被雨浇湿颜色晕染开，化作彩色的水滴落在地面。羡鱼转身，将伞面撑在地上，进了房间。

一觉醒来已是翌日中午，雨已经停了，阳光微凉。羡鱼推门而出，男孩就坐在檐下，双腿间夹着一根伞骨，正埋头挑线，神色专注。

听见推门声，他抬头看来，冲她笑笑：“林小姐你醒了，洗漱一下准备吃饭了。”

白日的村庄多了几分人气，不远处农田里村民正在秋收，羡鱼端着漱口水蹲在灯笼伞旁。

狗吠，花香，伞轻摇。

她回过头：“唉，你看过一部电影叫《山楂树之恋》吗？”

他正端着菜从灶房出来，站在原地想了想：“没有。”眨了眨眼，笑容清澈，“演的是什么？”

羡鱼刷完牙走近，嘴角还有泡沫，仰头看他：“你跟那个男主角挺像的，你叫什么？”

“林渊。”

她愣了愣，狭长眼角微微挑起，半晌，笑起来：“真巧，我叫羡鱼。”

“临渊羡鱼……”他喃喃地重复，眼睛一下亮了，“真的很巧啊，林小姐！”

羡鱼眯眼看他，他笑起来的时候，是发自肺腑的开心，不像有的人，只脸上堆笑，内心早已鲜血横流。

午饭很丰盛，几道可口的家常菜，他执筷坐在对面安静吃饭的模样显得很有教养。羡鱼一直看着他的手，那双手可真巧啊，不仅能做出好看的伞来，还能做出这么好吃的饭菜。

吃到一半村长带着女记者过来，林渊赶紧出去迎接。羡鱼端着碗站在门口边吃边看，很快听清来龙去脉。

村长想发扬林渊这门制作传统油纸伞的手工艺，于是请了省里的记者前来采访报道，他听说现在城里人都很喜欢这种手工制品，何况林渊的油纸伞的确惊绝独特，希望能以村子为基地开一家制伞工厂，在国内供销。

女记者拍完伞，又将镜头对准林渊，他用手挡着脸拒绝："可以不拍我吗？"

村长瞪了他一眼，将他扯到小马扎上坐下，对记者说："拍！就拍他做伞的过程，林小姐，我们村子可就全靠你了啊。"

记者笑着应下，林渊红着脸，拍照全程都没有抬头。

拍摄采访进行了两个小时，村长走的时候饭菜都凉了，羡鱼端着碗碟去灶房热菜，听见村长在门外问林渊："那姑娘是谁？怎么没在村子里见过？"

他笑着回答："是我朋友。"

吃完饭林渊要进山采竹，他说秋竹坚韧，被秋雨洗过之后竹竿莹润，用来做伞柄最为合适，羡鱼挽了个松垮垮的丸子头，要跟他一起。

林渊为难："林小姐，你的高跟鞋走不了山路的。"

羡鱼冲他笑："你背我啊。"

他一下红了脸，目光都开始闪躲："昨晚是情势所迫，何况白天这么多人……"

羡鱼露出难过的神情，他语气一顿，半晌叹气："这样吧，林小姐，我给你编一双草鞋，很快的。"

话落，从杂屋拿了草绳出来当即就开始编，修长手指灵巧拉线结扎，头也不抬地问她：“林小姐，你穿多大码的鞋？”

“36。”她在他面前蹲下，“还有什么是你不会的吗？”

他笑了笑：“我只会这些不值钱的东西。”

“不是的。”羡鱼神色严肃地看他，“你会的这些东西，都很厉害。”

他一愣，手上动作都慢了下来，半晌，低下头去，声音很轻：“谢谢你啊，林小姐。”

她托腮冲他笑：“叫我羡鱼吧，林小姐又不止我一个。”

他被她笑得再次脸红，清俊眉眼却溢出温柔：“行。”

【03】

穿村而过的那条小溪是从山上下来的，沿着小溪就能走到进山口，一路过来农田里的村民都同林渊打招呼，但每每目光都落在羡鱼身上。

毕竟她生得肤白貌美，穿一条及膝的黄裙子，和本地人相去甚远。林渊一一笑着回答：“这是羡鱼，是我朋友，我们的名字连起来是一个俗语呢。”

进山的路的确不好走，路面被夜雨浇得泥泞不堪，羡鱼一脚踩滑差点摔倒，幸亏林渊手疾眼快将她拉住，一把将她提了上去。

他力气可真大，手掌也很大，只是指腹茧疤明显，应是常年做工留下的痕迹。他没有回头，脚步踩得很稳，柔声对她道：“羡鱼，你抓紧我，走过这段路就好了。”

她低头看那双交握在一起的手，半晌，若无其事地揉了揉眼睛。

到达山腰竹林，绿竹挺拔，中间围了方小水塘，羡鱼坐在水塘边洗脚，林渊穿梭在竹林间寻找合适的竹竿。

久经城市喧嚣，乍遇乡林山光，抬头看时，绿竹分割天空，白阳微光，美景方好。

“羡鱼。”他的声音打破这份静谧，“你在这里没有认识的人，怎么会在高荀站下车呢？”

她托腮看着水塘：“到站时没有人下车，我就下来了。”

他有些诧异，回身望着她：“那你原本打算去哪里？”

她用脚拨动池水，良久，抬头冲他笑笑：“忘了。”

林渊拖着砍好的竹子走近，将枝叶去掉，只留下笔直的一根竹竿，再按照尺寸砍成小节，装进背篼里：“那你父母呢？”

“都死了。”

他装兜的手一顿：“我也是孤儿。”对上羡鱼平静的目光，抿起唇角，“小的时候流落到高荀，村长收留了我，于是高荀就成了我的家。”

她埋头将剩下的竹竿捡起来：“挺好的。”

回到家的时候，院外站了个扎马尾的小姑娘，看见羡鱼时先是瞪了她一眼，然后才扑到林渊身边拽住他的袖口：“林渊哥哥，她是谁？为什么住在你家？”

他将她推开：“羡鱼是我朋友。”

“你胡说！”小姑娘气急败坏，“你都没进过城，哪里来的城里的朋友？”

他有些尴尬，回头去看羡鱼，低声解释：“这是村长的女儿婉心，昨晚给你准备的风衣就是她的。”

小姑娘更气了：“你居然还把我的风衣给她穿？”

羡鱼揉揉额头，声音恹恹：“林渊，我累了。”

他伸手将挡在门口的婉心拉开，柔声宽慰：“去房间睡会儿吧，吃饭的时候叫你。”

进屋关门后，还能听见婉心大吵大闹。半晌，林渊压低的声音顺着风飘进来：“你小声点，羡鱼要睡觉了。”

小姑娘气得“哇”的一声哭着跑了。

羡鱼其实没睡着，安静地躺在床上时，感官会变得十分灵敏。她听见屋外林渊轻手轻脚走动的声音，听见他劈开竹壳，拆剪伞布。这就是他每天的生活吧？这样简单、纯粹，一日复一日，又朝夕欢喜。

她将被子拉上来一些遮住了眼睛，轻轻擦了擦眼角。

翌日又是一个雨天，羡鱼起床的时候是十一点，院内空无一人，檐下堆了几根未完成的伞骨，回身的时候看见房门上用透明胶贴着一张纸，工整笔迹写着：今天场上有集会，我出门赶集，饭菜热在锅里。

她打着哈欠去了灶房，柴锅温着小火，饭菜温度正好，正吃着饭，婉心推门而入，来势汹汹。

“我爸都告诉我了！你根本就不是林渊的朋友，只是他在火车站接错了人！”

羡鱼夹了块豆腐放进嘴里，细嚼慢咽，没有抬头，婉心走到她对面，将一把青花油纸伞“啪”地拍在桌面。

“你赶紧给我走！你一个单身女孩子，赖在不认识的陌生男人家，要脸吗？”

羡鱼的目光落在那把青花伞上，伞骨用翠绿的竹条制成，伞布底色纯白，面上绘了朵朵青花，分外雅致。

她抬头问婉心：“林渊做的？”

“村里人用的伞都是林渊哥哥做的！”

她笑了笑：“真好看，等他回来，我也让他给我做一把。”

婉心气得要命，伸手拽她的衣服：“我说话你听见没？不准赖在他家里，赶紧给我走！”

她低头看被拉扯变型的外套，没说话，屋外突然传来林渊含怒的声音：“陈婉心，你在做什么？”

他不知何时回来的，赶集买的东西放在脚边的背篓里，雨水淋湿了左边肩头，正大步朝她们走来。陈婉心被他吓得一缩，手足无措站在一旁。

从不发怒的人，生气起来会让人觉得格外恐怖。

他没有看羡鱼，只是望着陈婉心，一字一句道：“这是我家，羡鱼想住多久就住多久，没人能赶她走！”

陈婉心咬着唇，眼泪都出来了：“你知道她什么身份什么来历吗？现在这世道骗子这么多，我为了你好，你还帮她说话？”

“羡鱼不是骗子。”他回头看她一眼，言语坚决，“她是我的朋友，谁也没资格赶她走。”

陈婉心狠狠跺了跺脚，转身跑了。

屋内气氛一时压抑，良久，他无措地开口：“羡鱼，对不起啊。”

“对不起什么？”她弯起唇角，“你这么维护我，真的不怕我是骗子吗？”

他绷着薄唇固执地摇头：“你不是。”

羡鱼望着他，没说话。半晌，他回身在背篓里拿了一个袋子出来，打开时，是一双白色的运动鞋。

“给你买的。”他笑起来，“36码。”

【04】

新做的一批伞这次赶集卖完了，羡鱼又陪林渊上山砍了竹子回来。他的伞大到伞骨，小到伞面的花纹，都是他亲手所制。描绘伞面花纹的颜料很多都是花瓣碾压成汁调色，颜色虽然单一，但胜在纯粹。

很多时候，羡鱼就搬一张小板凳坐在他旁边看他做伞，那双手灵巧修长，在她眼皮底下翻出无数个花样。这样的传统手工艺，在大城市会令多少人趋之若鹜，但在这宁静乡村，却只是他热爱的手艺罢了。

制作伞面时，羡鱼拿着颜料盘和画笔兴致盎然，要帮他画画。林渊并不怕她画坏伞面，绷紧了伞布让她自由发挥，随着时间过去，纯色伞面出现一副曼妙身姿，羡鱼的画工令他震惊。

她得意地笑："好歹也是美术学院出来的。"

林渊由衷感叹："羡鱼，你好厉害。"

她拿着笔描描摹摹，将这幅古韵美人的伞面完善，风吹起她的长发，她用手别在耳后，垂眸专心。

这批美人伞在第二周的集会上被一抢而空，林渊用赚来的钱去专卖店又给她买了一双运动鞋。羡鱼看着带有NIKI标志的小白鞋，哭笑不得。

"上次那双还是新的，没怎么穿过。"

他将小白鞋递到她面前，眼神真挚："那双太便宜了，质量不好，这个好。"

她看着他的眼睛，那眼睛像落满星星的泉眼，清澈又光芒万丈，看着她时，满满都是不加掩饰的真心与温柔。

半晌，她抬手揉了揉眼，声音嗡嗡的："我不想穿鞋，脚底一直好痛。"

"脚底？会不会是上次进山扎了竹刺？让我看看。"

借着日光，他握住她的脚踝，带茧的指腹轻轻扫过她的脚底，一阵酥痒，片刻，他皱起眉头："果然扎了竹刺，你怎么不早点告诉我，我拿针帮你挑出来。”

说着就要起身去找针，羡鱼一把拽住他的手腕，他回过身，朝她笑笑：“不疼的，别害怕。”

羡鱼仰头望着他：“林渊，你为什么对我这么好啊？”

他愣了一下，有些脸红地低下头去，声音却清晰地飘到她耳边：“因为羡鱼是个很好很好的女孩。”

这个人，怎么这么容易相信人呢？她明明，什么都没有做过。

她叹了口气，轻轻喊他的名字：“林渊。”这两个字从她口中喊出来，总是比别人要好听些，“给我做把伞吧。”

他点头：“好啊，你喜欢什么样的？”

“独一无二的。”她想了想，“和别人的都不一样，这一生只做这一把。”

他看着她：“好。”

村长兴高采烈地来到林渊家时，距离那次采访已经过去半个月，他将一张报纸递过来，言语间掩饰不住兴奋：“林小姐说这个采访引起了很大的反响，林渊，你的伞火了！”

羡鱼正坐在一边吃林渊做的点心，拿过报纸翻了翻，是省里的日报，用一半篇幅介绍了隐藏在乡村的传世手工艺。

“林小姐说有好几家公司联系她想跟我们合作，我明天就去市里跟他们谈，然后拟定合同。”

林渊看上去也很高兴：“行，那您路上小心。”等村长走了，他转身对羡鱼笑道，“我们晚上吃鱼呀，庆祝一下！”

羡鱼窝在沙发里，翻看那张报纸：“等你的伞火了，赚到钱了，你想做什么啊？”

他弯起眼睛：“给村子修路、修学校，还有卫生院，去市里看病太不方便了。”顿了顿，声音突然小下去，“还要给你买鞋。”

羡鱼没忍住，“扑哧”笑出来：“我又不是蜈蚣，哪需要那么多鞋穿啊！”

他认真地看着她：“那羡鱼想要什么？我都给你买。”

她眯起眼，半晌，摇了摇头：“我什么也不想要。”

翌日一早，林渊上山取竹，羡鱼喜欢睡懒觉，他没叫醒她，掩上门轻轻走了。她是被村长的敲门声叫醒的。

村长拿着洽谈成功后拟定的合同站在门口，看见开门的人是她，不易察觉地皱了皱眉，淡声问：“林渊呢？”

羡鱼打了个哈欠：“上山去了吧。”

村长转身要走：“那我下午过来。”

话刚落，手中的合同被羡鱼抽了过去，她笑得很浅：“我帮你交给他呗。”说着话，手指翻开合同第一页，倚着门框翻看起来。村长就站在一旁，满脸怒意地瞪着她。

她像是没察觉，十分耐心地逐字翻阅，抬头时，勾了勾唇角：“法人是陈婉心，唯一股东是陈建国，占百分百股份，而林渊只作为合同工，和你签订十年的合约，按基本工资发放薪酬？”她冷笑一声，“这算盘打得也太好了吧？欺负老实人？”

村长面色难看，冷声道：“我们村的事，何时轮得到你一个外人插手！”

她笑了笑：“我这个外人不插手，林渊不就要卖身给你十年，被你骗了还对你感恩戴德吗？”

气氛一时紧张，半晌，还是村长先开口：“林小姐。”言语间，已然退去不明智的愤怒，“我比你更清楚林渊是什么样的人，就算你把真相告诉他，他也一定会签字。这个村子带给了他什么，不是你这个在这里住了几天的外人能理解的。”

她知道他是什么样的人，这世上没有比他更单纯善良的人。

他背过手去，笑意盈盈："你尽管告诉他，看他到底是签还是不签。不过有件事，我希望你能明白，林渊和婉心小时候就定了亲，我知道你们大城市的姑娘奉行恋爱自由，但这里是高荀村。破坏别人的感情与婚姻，可不像你这种姑娘能做出来的事。"

羡鱼仍倚着门框，手指却紧紧握住。

"合同就麻烦林小姐交给林渊了，我这几天要去市里陪公司领导，希望回来的时候，林小姐已经离开。"

村长走了很久，羡鱼依旧站在门口没有动作。今日天晴，蓦地觉得阳光有几分刺眼。良久，她转身回屋，从包里掏出已经关机许久的手机，拨通了一个电话。

片刻之后，那头接起，她笑起来："喂，李叔，我想请你帮个忙……"

林渊回来的时候，羡鱼正坐在檐下给昨天未完成的伞面上色，碗里的颜料是用山茶花碾制而成，红色中带一丝浅浅的白。他从背篓里取出一根笔直修长的竹竿，递到她眼前。

"羡鱼你看，这是我见过的最好看的竹竿了，就用它来给你的伞做伞骨怎么样？"

竹身青翠，一丝斑点杂质也无，是上好的材料。

她抬眼看他，轻轻地笑："好啊。"

两日后市上的集会，羡鱼和林渊一同前往，他在集市上有固定的摊位，买伞的人都会慕名而来。羡鱼背了个竹编的小挎包，在一旁对他道："我要去办点事，你收摊了我如果还没回来你就先回去。"

他神色有些愣，只是一瞬复又笑开："我等你。"

一直等到下午五点，羡鱼才回来，镂空的挎包里装着一个文件袋。她站在不远处朝他招手："走啦，林渊，我们回家了。"

他一瞬不瞬望着她，好半天，突然冲过来一把将她搂住。

羡鱼没站稳，一个趔趄栽进他怀里，听见他有些委屈的声音，说："羡鱼，我以为你不会回来找我了。"

她轻轻踮脚埋在他肩窝，伸手将他抱住，却没有说话。

晚上临睡前，她拿着一份合同敲响林渊的门，随签字笔一起，递到他面前，说："这是村长拿给你的合同，之前忘记给你了，签字吧。"

林渊看着那个眼熟的文件袋，抿了抿唇。

羡鱼看着他的眼睛："林渊，你不相信我吗？"

他摇了摇头，接过笔，毫不犹豫地写下了自己的名字，抬头时，对着她温柔笑开："我相信羡鱼。"

夜风轻拂，吹得院外的灯笼伞轻轻摇晃。光芒在夜里晃动，像发光的蘑菇左右摇摆。她站在门口看了会儿，回身对他说："林渊，你背着我走走吧。"

他拿过外套替她披上："好啊，去哪里？"

她手指在空中虚划，声音倦倦的："就围着灯笼伞走。"

他依言点头，在她面前蹲下去，就如初次见面一样，他的后背又宽又暖，背着她时，手指只到她腿弯处，力度都刚好。

她就伏在他肩头，看灯笼伞在夜里散出朦胧的光，他的步子很稳，围着院子一圈又一圈地走，好像永远也不会累。

"林渊，我好喜欢你背着我啊。"

"那以后不管去哪里我都背着你。"

第二日，羡鱼不告而别，带走了一式两份合同中的另一份。

他不知道她去了哪里，就像他不知道她从哪里来。

【05】

有人上门是一周后，来人有三个，西装革履，带着林渊签过字的合同。

“林先生，按照合同条款，你与我们公司将达成三年的供需合作，工厂的建立正在准备中，工人也将即日到达，希望我们合作愉快。”

村长听到消息赶过来，将已经生效的合约翻看一遍，狠狠摔在地上：“这不是我交给你的那份合同！”

他却没什么反应，只是看着来人，轻声问：“羡鱼呢？”

那人摇头：“我不认识你口中所说之人，你与本公司的合作是经由李先生达成的。”

随村长一道过来的陈婉心狠狠拽了他一把，嗓音尖利：“我就说那个女人是骗子！她骗你签了合同，钱都被她骗走了！无耻！”

林渊猛地将手中的伞骨摔在地上：“我不准你这么说羡鱼！”

陈婉心跳起来：“到这个时候了你还维护她？你……”

林渊转过身，将那份合同捡起来，轻轻掸了掸纸面上的灰，低着头，声音淡然：“我知道了，合作愉快。”

那根已经削好的伞骨就倚在墙上，他本打算，给她做一把青竹伞。

不日之后，挖掘机开入高荀村，开始修建厂房，林渊成为厂长，带着工人们成批制作传统手工伞，源源不断输送给全国各大市场。

三年时光，他没有离开过村子，他不知道他的伞卖得好不好，他只是日复一日做着他该做的工作，曾经爱笑的大男孩，已经很久没有笑过了。

大批记者涌入高荀村那日，天刚落了小雨，他撑着伞回家，看见院外拥挤的人群。一走近，话筒摄影机都朝他涌过来，一时间人声嘈杂。

“林先生，你为什么会选择资助阳光小学呢？”

“林先生，现在阳光小学的学生都用你的伞，校长还专门用你的名字修筑了新教学楼，请问你对此有什么看法？”

他被吵得头疼，连连后退，直到有人拨开记者走到他面前。来人是一名中年男子，他朝他伸出手：“你好，我是林羡鱼的叔叔。”

进屋关门，将记者拦在门外，耳边终于清静下来。

他倒了杯热水给中年男子，递给他时，手指微微发抖，垂着眸问：“羡鱼呢？”

他看着他，良久，淡声道：“她死了。”

水杯骤然跌落，顷刻摔得粉碎，热水迸射而出，溅在他裸露的脚背上，他却不觉得疼，像是听错了一样，又轻轻问了一遍：“羡鱼呢？”

“她死了，三年前。”顿了顿，“自杀。”

那一刻，天旋地转，像突然被抽空力气，林渊瘫坐在地，碎玻璃扎进手掌，他垂眼去看，眼前却一片模糊。

他哭了。

中年男子将一份陈年旧报递给他，报纸上报道了一则事故。阳光幼儿园教学楼坍塌，造成七名学生死亡，多人受伤，而修筑教学楼的公司，就是林氏。因为贪污款项，用了劣质材料，才会造成这样的事故。

三年前下着雨的那个晚上，她本打算，在那个陌生的地方，了结自己的性命。

林父死刑入狱，林母重病过世，这世上徒留她一人，带着世人的指责和怨恨，每活一天都是煎熬。

可在那个下着雨的夜晚，他撑着伞，像发光的星星落入她黑暗绝望的生命。

她贪恋这一时的温柔，却终究没能走出罪恶的不堪。

只是走之前，她用她的办法来守护他的善良，拜托林父曾经的李秘书与造伞公司商定合同，以他为唯一股东建设工厂，最后再以他的名义资助阳光小学，洗刷仍残留在世上的愧疚。

李秘书将一张银行卡交到他面前："这是这三年来，除去资助阳光小学余下的全部盈利，账户名是你。"

她将一切都安排妥当，她没有骗他。

他没有接，只是跪在地上，流血的双手捂住眼，低低哭出声来。

那把早已做好的青竹伞就挂在墙上，那是他给她做的，这世上独一无二的一把伞，此生，再没有机会交给她。

临渊羡鱼，不过黄粱一梦。

〔作者感言〕

前两年我徒步的时候，在车上听老司机讲了个故事。说有一年跑夜路时遇到劫道的，满车的人都不知所措，只有一个小姑娘很淡定地指挥他倒车离开。所幸那天路上车多，没有发生意外，而那个遇事从容的姑娘给他留下了深刻的印象。于是就有了这个故事，希望你们喜欢。

CHENGMENG
NICHUXIAN

GOUWOXIHUAN
HENDUO
NIAN

【01】

到达昌杞镇，已是半夜十一点。白日里落了雨，施工路上到处都是大大小小的泥水坑，林风致深一脚浅一脚踏进旅馆时，门槛上坐了个正抽烟的胖子。

藏式的建筑，五颜六色的门檐下却垂了盏中国风的红色花灯。门口一堆烟头，胖子坐在中间吞云吐雾，看见有人走近，拍拍屁股站起来。

“林小哥？”

“是我。”林风致点头，裹了裹半道上买的藏袍，“山腰国道那边出了车祸，耽误了几个小时，我们现在出发吗？”

胖子挠了挠头：“这都十一点了，去不了了，从这儿到阿春山还有几十公里呢，都是山路，不好走。”

“一整天都联系不上我妹妹。”他神色坚决，“无论如何今天一定要过去。”

林白露前几天跟同伴自驾游，今早通电话说要去一个叫阿春山的地方骑行，之后便再也联系不上。家里急得不行，他当即买了机票飞过来，其间托朋友联系了当地向导，出了机场转了好几趟车才赶到这里。

胖子猛吸了口烟，将烟头踩灭：“小哥，你没来过我们这儿，不清楚情况。这可不是你们大城市，山路难走是其次。有句话，穷山恶水多刁民听过吧？这地区大片都没开发，治安那不是一般的差，要是遇到劫道的，破财都算小事。”

他以为把话说到这个份儿上，这大城市来的帅哥总会怕，没想到这小子眉头都不皱一下，语气比之前还要坚决：“如果我真这么倒霉，那早去晚去都会碰到。你行个方便，我妹妹从小娇生惯养的，一家人到现在还没睡在等消息，拖不到明天了。”

话到这个份儿上，胖子也没办法了，何况他早收了人定金呢。

半个小时后，一辆黑色吉利摇摇晃晃停在旅馆门口，伙计将车钥匙扔给胖子，说了几句藏语，胖子顿时脸色难看，扯着嗓子吼了几句。

林风致捧着热水杯走出来，皱眉问：“怎么了？”

“那小子又捡了个人，让我们一并捎过去。靠，每次都这样，也没见给我分红。”

他耸耸肩，倒不在乎多捎几个人，跟在骂骂咧咧的胖子身后上车，后排果然已经坐了个人。穿一身暗红色冲锋衣，橘色围脖当口罩蒙了半张脸，薄薄的碎发下双眼微阖，环胸抱臂像是入定一般。

林风致坐副驾驶，也没注意去看，直到车子上路，胖子开口问：“后面那位小哥去哪儿啊？先说好，我只到阿春山村上，不进山的。”

隔了好半天，后排才响起清冷女声：“我也只进村。”

居然是个姑娘。林风致微微回头，借着微弱车灯看清她半张脸，细长的眼角，带一丝冷意。他回头时，她也看过来。

四目相对，她如无波古井，他却不知为何抖了抖，尴尬地收回视线。车窗开了一道缝，山风带着树木香钻进来，十月的夜晚，月色都裹了霜，照着山崖下的葱郁深林，冷冰冰一片。

林风致打了个哈欠，远光灯打着前方弯曲的山路，光线被夜色切割，最是容易花眼，他只看见前方路面冷光一闪，下意识地喊："那是什么？"

胖子眯着眼睛直起身子往前看，顿时脸色大变："靠！铁蒺藜！"

脚下猛踩刹车，但发现太晚，车身在惯性下冲出去几米远，只感觉车子一震，前轮胎碾上铁蒺藜，瞬间爆胎陷下去。

车子停下来，四周静得可怕。胖子握着方向盘额头都是汗，林风致偏头问："这个地方怎么会有这种东西？"

铁蒺藜又叫三角钉，在古时候专门用来阻止敌军行动，放到现在，那就是劫道拦路的利器，往马路上一扔，没几个能幸免的。

胖子啐了一口："真是怕什么来什么，怎么会有这个东西？难不成地里长的啊，当然是有人故意放这里的。"

说话间，前方的弯道亮起一道灯光，车子缓缓驶出来，借着光芒看清车内走下几个五大三粗的壮汉，不怀好意地喊："车里的朋友，下来聊聊吧。"

林风致拽着安全带，有点紧张："现在怎么办？"

"舍财免灾了，还能怎么办。"

说着话就要开车门，后排的姑娘突然出声："等等。"

两人同时回头。

她仍端坐在那里，将围脖扯下来一些，露出略微消瘦的下颌，模样却很好看，和她的声音一样看上去清清冷冷的："对面有几个人？"

林风致又回头仔细看了一下："三个。"

她突然掠了掠嘴角："都是三个，怕什么。"她弯下身子，打开靠在脚边的登山包，摸了半天，掏出了一把臂长的砍刀……

胖子和林风致对视一眼，神情很是复杂。

她将砍刀握在手里，抬头问胖子："车里还有其他趁手的工具吗？"

胖子抓了抓脑袋："有有有，后备厢有根棒球棍。"

她点点头，翻身半跪在坐垫上，手肘撑着靠垫，细长身子柔软地滑下去，很快找到那根棒球棍，目光在胖子和林风致身上扫了一圈，最后递给林风致，淡声道："跟我下车。"

对面劫道的路匪已经等得不耐烦，正跨步走近，突见车门打开，下来个提刀的姑娘。短发利落，面容淡漠，刀身反射的月光从他眼睛晃过，带起寒光一片。

夜晚的山岭，风声凄凄，万籁俱寂，瘦高的姑娘闲庭信步，提刀走近，这场景，怎么看怎么诡异。

壮汉也不禁一抖，后退了两步。

她在车灯前停住，灯光打着被风扬起的碎发，发丝都根根分明，偏头眯眼望着前方，淡淡问："这个事儿，你们打算怎么解决啊？"

林风致握着棒球棍站在一旁，被她这满身匪气感染，竟然生出一种他们才是劫道者的荒唐感来。

壮汉吞了口口水，壮胆似的大声问："难道是大水冲了龙王庙？姑娘也是道上的？"

她微微偏头，余光慢悠悠扫到说话人身上，眼角一挑："现在这世道，三个人也敢出来劫道了？"顿了顿，冷冷地笑起来，"挺有意思。"

不说壮汉，林风致都被她这笑吓得一抖。那头三人嘀咕半天，不知是被她吓到还是真的避让同行，朝她喊了声："冲撞了，我们这就走。"转身就上车了。

她踢了踢脚边的铁蒺藜："我说，这玩意儿，还要我给你们收摊子？"

壮汉面露尴尬又折回来，将路面上的铁蒺藜都收走，才倒车离开。直到车鸣消失，她才折身回来，敲窗喊胖子："下来换胎，准备走了。"

两个大男人目瞪口呆，她已经上车坐到后排，将那条橙色围脖一圈圈沿着鼻沿围起来，只露一双细长的眼，淡淡地望着窗外夜色。

胖子取了备胎招呼林风致帮忙，他却站在那里一动不动，说了句什么。胖子没听清，凑过去问："你说啥？"

他目光穿过车窗落在她脸上："我说，真是帅爆了。"

【02】

车子再次上路，三个人都没说话，胖子是个憋不住话的，透过后视镜瞟了好几眼，终于忍不住开口："姑娘打哪儿来啊？"

她看着窗外："四川。"

"川妹子啊！难怪，够辣。"胖子咂舌，眼神扫到她脚边半人高的登山包，"姑娘你那包里，怎么还装着砍刀啊？咋过安检的？"

她像是被问得不耐烦，蹙了下眉："今天在镇上买的，还有多久到？"

"要是不起雾，一个小时差不多了。"

她应了声，身子朝下窝了窝，一副要睡觉别打扰的模样，胖子识趣地没再搭话。到达阿春山是凌晨三点，除了村口一盏微弱的路灯，村子里漆黑一片。

胖子将两人送到村里唯一一间招待所就开车走了，当车灯也消失，周围就只余下凉凉月光。夜里的深山老村，风过刺骨，林风致上前敲了门，等门期间回身问她：“还不知道你叫什么？”

她正打量四周沐浴在月光下的连绵山脉，头也不回道：“辛毓。”

他抓了抓头发：“我叫林风致。”顿了顿，又解释一句，“风过无声的风，宁静致远的致。”

辛毓终于回头，看了他一眼，然后说：“哦。”

打开的房门缓解了林风致的尴尬，老板揉着眼看了门外两人一圈，抱怨：“怎么这么晚还有人来，进来吧。”

屋内有股淡淡的潮湿味儿，垂在吧台前的吊灯里贴满了飞虫，老板撑着眼皮登记，懒懒地道：“只有一间大床房了啊。”

林风致正掏身份证，动作一顿：“老板你骗人呢吧？这又不是旅游旺季，怎么会缺房？”

“今天白天来了一群人啊，我这招待所本来也没几间房，一年的客流量都在今天了。”

一旁的辛毓听见这句话，不易察觉地蹙了蹙眉。林风致偏头看她，像是询问意见，她将身份证递上去：“还有两个小时天就亮了，将就一下。”顿了顿，“不介意吧？”

林风致赶紧摇头。

开好房间老板领着他们上楼，林风致在身后打听：“住房的人里面有没有几个大学生？骑自行车过来的。”

“早上在村里看见过。”这地方一年来不了几个游客，老板倒是印象深刻，“听说去山里露营了，现在的年轻人，放着大城市不住，偏喜欢来这种穷乡僻壤。”

见林风致目露忧色，安慰道：“没事的，只要不跨过竹塔河不会有危险的。”

“竹塔河？”

“山上的分界线嘛。”老板比画着，“以竹塔河为界，这边是开发区，河对岸是没开发的深山老林，立了警示牌也没修桥，没人能过去。”

林风致稍微宽心了些，辛毓已经推门而入，将背上的登山包倚着墙角放下来。

房间并不算整洁，墙壁上有莫名的黑色斑点，林风致正打算将椅子拖出来趴一会儿，辛毓已经从登山包里取出防潮垫和睡袋，淡声道：“床让给你。”

他赶紧拒绝：“不行，怎么能让你一个女孩子睡地上。”

辛毓没回答，钻进睡袋侧着身子，只露半张阴晴莫测的脸。他无可奈何，只能关灯上床，空气中有淡淡的霉味儿，他望着夜色屏气凝神，却连一旁辛毓的呼吸声都听不见。

周围寂静的像房间内只有他一个人，林风致突然开口：“辛毓？”

好半天才听见她懒懒地答道：“嗯？”

他缓缓松了口气：“你来阿春山做什么啊？”

她像是翻了个身，防潮垫窸窸窣窣，她就在这窸窣声中开口：“随便逛逛。”

知道她在敷衍，林风致笑了笑也没继续追问，他朝着她的方向转过身去，恍惚间，像闻到她发间的沐浴露花香。

“辛毓。”他有了困意，嗓音也倦倦的，“虽然你今晚吓退路匪的行为挺帅的，但如果以后有这样的事，不要再那么做了，挺危险的。”

直到睡着，也没等到辛毓的回答。

两个多小时，林风致睡得很浅，是以当洗手间传来水声时，他就醒了。辛毓没开灯，像是不想吵醒他，轻手轻脚走出来，蹲在床边将睡袋收好，然后背起登山包离开。

房门合上的一刹那，他翻身坐起，看看时间，还不到六点。

出门时，远处山脉蒙了浓厚的雾气，村民都已扛着锄头出门干活，招待所老板在门口支了个小摊卖包子，林风致买了两个揣兜里，问清进山的路后匆匆赶去。

山路不太好走，水光山色却很秀丽，晨起的露珠从枝头滴落，恰恰滴在他唇边，露水里都有淡淡的甜味儿。太阳冲破云层时，金光四面八方洒进林间，晨雾以肉眼可见的速度散去，山景在眼前清晰，像一幅山水画卷缓缓铺开，绿意通透。

一直没遇到辛毓，却在扎营处看见了林白露。

她正跟几个朋友蹲在石头堆砌的简陋灶前点火烧水，青春明快的笑声透过层层林叶飘出去好远，林风致总算彻底放下心来。

看见他林白露吓了一跳，难以置信地揉揉眼，尖叫一声扑过来："天啊，老哥？你怎么到这来了？"

林风致板着脸将她数落一顿，她晃着他的胳膊撒娇："哎呀这不是山里没信号嘛，下山要走两个多小时呢。"

两人正说着话，身后的小道走过两个人，林风致背对着他们，听见其中一人问："她现在到哪儿了？"

"刚过了竹塔河，我们的人已经跟上了，丢不了。"

"那就好，昨天等了一天都没人，还以为这次消息错了，没想到这丫头专挑凌晨过来……"

两人渐行渐远，说话声也远去，林风致笔直地站在那里，身子有些发僵。

林白露拍拍他的脸："哥，你怎么啦？"

他没说话，抿着唇看向两人离开的背影，是两个身材高大的男人，朝着山里深处走去。那方向，是竹塔河。

没有提到她的名字，可林风致就是觉得，他们口中讨论的那个人，是辛毓。

他转头问林白露："你带刀了吗？"

"刀？"她去营地翻了会儿，递过来一把军工刀，"只有这个，切水果用的。"

林风致接过揣在兜里："你跟朋友玩好了就回去，路上小心点，下山了记得给爸妈报个平安。"

林白露有些着急："哥你去哪儿啊？"

他已转身，脚步顿了顿，嗓音没什么起伏："我去找个朋友。"

【03】

竹塔河很好认，河两岸是成片的竹林，被露水洗得青翠欲滴，竹子成塔形，因此得名。河岸立有石碑，言明禁止渡河。这个月份正是雨季，河水湍急，要想过河，只能游过去。

十月的天气尚有余温，山涧河水却已刺骨，他用手试试水温，咬咬牙纵身跃下。

所幸河岸并不宽，很快到达对岸，他回头望了眼竹林下那块用红漆喷的警示石碑，眼前的山林景色并无不同，但一河之隔，总觉得气温都低了。

时有林雀惊起，搅动落叶。未经开发的山区，老树盘根交错，头顶树叶遮天盖日，阳光都洒不下来，林风致浑身湿透，冷得不行，一路走一路滴水。

别说辛毓，连刚才那两个男人都不见了。山林很静，他将军工刀握在手里，心里有些怕，但一刻也没想过掉头离开。

从一人高的灌木丛穿过时，眼角余光扫过一抹黑影，他立即警惕，扬起小刀猛地回身，和一脸诧异的辛毓撞个满怀。

“林风致？”总是淡漠的嗓音含了惊讶情绪，她像是又好气又好笑，将他推开，“你在这里做什么？”

他一把拽住她的手：“辛毓，有人跟踪你！”

她愣了一下：“我知道。”秀致眉眼微微皱起，“你就是为了告诉我这个才跑来这里的？”

他点点头。

辛毓拧着眉：“你是不是疯了？这地方是你能来的吗？”将他从头到脚打量一番，好笑似的，“游过来的吧？不冷啊？”

被她这么一说，林风致瞬间打了个寒战，辛毓抿了抿唇，像是叹了口气：“算了，先找个地方把衣服烘干。”

她在前头带路，走走停停四处勘察，原先混乱复杂的深林也被她走出方向感来，林风致跟在她身后，看她瘦弱肩上背着那个硕大的登山包，开口：“我帮你背吧。”

“不用。”她拒绝得很快，低头看看手腕上的指南针，“走这边。”

这个姑娘，好像无论什么时候，都是如此从容。

“辛毓。”他跟上几步，与她并排，“这地方一个人都没有，你不怕吗？”

她用手杖探路，并不抬头：“这地方一个人都没有，有什么好怕的？”

林风致奇怪地看着她：“没有人才可怕啊。”

她脚步顿了顿，偏头看过来，被碎发遮住的眼眸并不能看清情绪如何，薄唇却挑了个笑，一字一句的：“在我看来，人，才是最可怕的。”

林风致瞬间愣住，辛毓已经收回目光，指着远处的峭壁："那里有道山缝，足够我们落脚了，走吧。"

山缝很宽，直身也可行走，辛毓从包里拿出打火石和引燃物，又在外面捡了枯枝落叶，很快点燃了火堆。她将睡袋递给他："把衣服全脱了，先在睡袋里待会儿。"

浑身湿得难受，林风致也顾不上形象了，将衣服一件件用棍子架起来烘在火堆旁，整个人则缩进睡袋里，只露出一个脑袋来。

辛毓坐在防潮垫上，正整理背包，林风致看着她从包里掏出的铁锹、十字镐、钻子，甚至还有防毒面具，脸上神情十分复杂。

好半天，才迟疑开口："辛毓，你进山，不会是来……盗墓的吧？"

辛毓手一顿，难以置信地看过来，半晌，扑哧笑了："你脑子里都在想什么？盗墓是犯法的。"

"那你……"他目光扫过地上那些工具，落在那把昨晚用来吓退路匪的砍刀上，"一个女孩子，带着这些东西跑到深山老林来，难不成搞工程建设啊。"

"对啊。"她低头拨火堆，"来开发山区。"

林风致已经习惯她张口胡来了。火燃得很旺，烤得人暖洋洋的，他撑着头有些昏昏欲睡，辛毓突然问他："你有没有闻到一股包子味儿？"

他吸吸鼻子，空气里果然有烤熟后的包子香味，愣了愣，突然想起，早上在招待所买的俩包子还在兜里。

林风致献宝似的将两个包子递到她面前："给你买的早餐，吃！"

辛毓看了眼被竹塔河水泡得发白的包子，默默掏出了压缩饼干。

时近午后，阳光细细碎碎洒在山壁前的碎石滩上，望过去金灿灿一片。辛毓将木架上烘干的衣服扔给林风致，等他穿好后提着包走出山缝。

“趁天还没黑，我带你出去。”

林风致正从崖壁下找了根趁手的木棍当手杖，低声道：“我不走。”

她回过身来，淡淡地望着他：“你来这里是为了告诉我有人跟踪我，现在我已经知道了，这不是你该来的地方。”

“那这就是你该来的地方？”他反问一句，见辛毓眉间流露不耐，咬咬牙，“昨晚我说过了，辛毓，那些危险的事不要再去做，如果你有非做不可的理由……”他走近两步，垂眸看她，“起码，让我跟你一起。”

风声寂寂，她眼睫轻轻颤了一下，好半天，低声道：“林风致，我们不过萍水相逢。”

他若无其事笑了笑：“我这个人，天生一副侠义心肠，更何况你还是个女孩子。”怕她还要赶他走，又补充一句，“再说那些跟踪你的人看上去五大三粗的，你一个人怎么对付？”

她摇摇头：“他们不敢对付我，顶多……”却没说完这句话，妥协似的摇头，“算了，你要跟着就跟着吧，省得你还真以为我在做什么违法乱纪的事儿。”

见她松口，林风致眉梢都扬起来，一把夺过她脚边的登山包：“那先让我帮你背包，你留着体力去做你要做的事。”

结果被包压得一个趔趄，脸都绷红了，他嘟囔一句：“你看上去挺瘦的啊，力气怎么这么大。”冲她挥挥手，意气风发的模样，“走了，前面带路！”

太阳已往西边，他倾身挡住光芒，像身后那座高山。

辛毓微眯着眼看他，好半天，默不作声地笑了笑。

【04】

辛毓的装备带得很齐全，指南针探测仪应有尽有，她还会根据树冠的疏密辨别日照和方向，从树叶的形状分辨水分和气温。她一路走走停停，像是在寻找什么。

林风致虽然满心疑问，但她不说，他也不去问，尽职地当个小跟班，天色暗下来时，她找了处山洞避风过夜。

林风致没有装备，只能躺在火堆旁取暖，夜里的深山更冷，时而有风刮进来，吹得他直哆嗦。半夜醒来时，辛毓不知什么时候躺到他身边，她将睡袋打开当被子盖在两人身上，蜷成一团缩在他身侧。

林风致不知在哪儿看到过，婴儿睡姿的人，都极度缺乏安全感。

他转过头，她秀致的脸庞近在咫尺，轻轻的呼吸喷在他脖颈，拂着细小绒毛。微微低头，就可以触到她的鼻尖，但他只是绷紧了身子，手臂从她头顶绕过，以不会碰触到她的姿势，将她安全地圈在了怀里。

还好她小，而他足够高大。

林风致其实有轻微的失眠症，对睡眠环境要求很高，但这一觉他却睡得格外沉，连梦都没有做一个，只是少女的发梢扫过鼻尖，总有清香缭绕。

醒来时，辛毓已经在火堆里填了柴，用小罐头温了热水，泡软了冷硬的饼干。做这一切，像是轻车熟路。

他挖了一勺子尝了尝，味道很差，只能饱腹。

辛毓看他皱眉，开口道：“这种地方，能吃上一口热乎的东西已经不错了，你那盒我还给你加了颗牛奶糖。”

林风致吃出来了，大白兔的，奶味很浓，他低头看着渐渐熄灭的火堆，好半天，抬头冲她笑：“辛毓，等回去了，我带你去吃我们那儿著名的灌汤包子吧？一口咬下去汤汁儿窜得满嘴都是，可香了。”

她用勺子搅动着罐头，垂眸笑笑：“行啊。”

今日天气不好，山林里起了雾，能见度很低，林风致除了努力跟上辛毓，已经完全分不出东南西北。几个小时后，她在一条山溪边停下。

说是山溪，其实只是一道被崖壁落水冲出来的小沟壑，陡峭的山壁爬满青苔，不知何处的水源从石壁流下来，像一方小小的瀑布，而水幕之后是深不见底的石缝，探照灯打进去，光线都被黑暗吞没。

辛毓拿出工具在溪水浸过的石壁上凿了一番，石块落下来，她握在手中打磨半天，眉眼间有疑虑。

“我要进去看看。”她指了指身后，那漆黑石缝像张开的嘴，只待将她吞噬。

林风致动了动唇，却也知自己无权阻拦，沉声道：“我陪你。”

没想到辛毓这次态度很坚决：“你没有经验，进去很容易出事，而且我只带了我自己的装备，里面空气如何、深度多少都不清楚，你不能去。”

她顿了顿，眉眼挽起一个温柔的笑，连嗓音都放轻：“林风致，你能陪我走到这里，我已经很开心了。这么久以来，你是第一个什么都不问什么都不知道却愿意陪着我的人。”她认真地看着他，“真的，我特别开心。”

那眼睛湿漉漉的，像裹着晨雾，笑起来时，眼底有光芒闪烁。不知道为什么，他突然鼻头酸了一下。其实她也不过是个比他还小的小姑娘啊，跟白露差不多大吧？这个年纪的少女，到底都经历了多少他无法想象的危险，又看尽了怎样险恶的人心，才会说出“人才是最可怕的”这样的话来？

无论什么危险状况都能从容面对，是因为经历过无数这样的危险，早已习以为常了吧。

他抿了抿唇，终于朝她笑笑：“行，你去吧，我就在这等你。”

辛毓露出释然的笑，将背包背起来，又戴好带有探照灯的安全帽，一切准备齐全，终于一弯腰钻进了水幕。

林风致看着她逐渐消失的背影，提高声音喊：“辛毓，我会一直在这儿等你，直到你出来为止！”

她没有回头，只是背对着他比了个OK的手势。林风致笑了笑，这背影，还真是一如既往地帅。

等人的时间是缓慢的，特别是等一个身处危险之地的人，一分一秒都像煎熬。林风致一直等到太阳下山，五个小时，辛毓没有出来。

那水幕后的山缝，安静、漆黑、深不可测，宛如倾盆大嘴，吃人不吐骨头。林风致回头看了看身后这片无声的山林，落日霞光染得山色都潋滟，可没有辛毓在身边，景色都寡淡了。

他看向水幕，脸上没什么表情，片刻，弯腰钻了进去。

山壁不高，只能俯身前行，没走几步光线已经照不进来，伸手不见五指的黑，只有水滴石响的声音。说不怕是假的，可只要想想，这是辛毓走过的路，几个小时之前，她也曾像他这样弯腰在这山壁间踽踽独行，便什么也不怕了。

他打开手机，照着眼前一方空间，步伐坚决。

十几分钟后，呼吸开始困难，空气中氧气稀薄，且味道刺鼻，应该含了有毒气体，辛毓随身带着防毒面具，不是没有道理。

林风致开始头昏脑涨，是以当脚下出现坡度倾斜时，他也没留意，直到耳边水声渐大，脚下突然打滑，接着他便跌坐在地，顺着骤然出现的斜坡滑了下去。

不知道滑了多远，他摔落在水塘里，现在这个高度，应该已经身处地底了。如果他和辛毓走的路一样，那她一定也会从此处摔落。林风致用手机去照四周，这地方比方才上面的山缝宽阔不少，脚下是一条地下河。

朝上看去，已然望不见顶。

到了这个地步，心情反倒平复下来，反正没有比这更糟的后果了。这种时候，曾经积累的自认为无用的知识突然就发挥了用途。

他开始会观察水流的走向，顺着水流朝前出发，地下河能够流通，说明是活水。呼吸正常，偶感有风，石壁间应该有暗流。

这不是死地。辛毓比他经验丰富，他都没有出事，她也一定好好的。

不知道沿水走了多久，前方弯道处突然亮起一抹光。他用手机照过去，光芒过后，辛毓愣愣站在那里，望着他来的方向。

那一瞬间，他才终于觉得累，浸满水的双脚也冰得刺骨。他在原地站定，笑出来："我就知道你没事。"

辛毓一动不动地看着他，好半天，突然三步并作两步走过来，一把拽住他的领子，几乎咬牙切齿了："林风致，你不要命了吗？你怎么能来这种地方！你知不知道……"

“不然呢？”他微微俯身，几乎与她鼻尖相对，“你生死未知，难道让我什么都不做就那么等着吗？”他摇了摇头，“我做不到。”

她瞪着他，那湿漉漉的眼睛，突然就落下泪来。

【05】

跟他想的一样，辛毓在山缝里探测耗光了力气，从斜坡跌落下来已没有办法再爬上去，只能顺着地下河往前走，停在此处，本打算休息几个小时以恢复体力。

她递给他一颗大白兔奶糖，两人靠着湿润的山壁而坐，探照灯照着无声流淌的地下河。

辛毓先开口：“你不怕吗？”

他环视四周：“我们现在身处山体内部吧？人生偶有一次这样的体验，我觉得挺好的，以后跟人聊天都有谈资。”

辛毓扑哧笑了，转头看着他，唇角抿着笑意：“林风致，我给你看个东西。”话落，关了探照灯，四周一下漆黑，她含笑的声音轻轻响在耳边，“抬头看。”

他依言抬头，目光扫过，突然愣住。

就在头顶之上，石壁上散出莹莹绿光，倒映着底下的暗河，像一条流光玉带。

辛毓靠着他的肩膀，声音很轻：“这是玉脉。这座山里，有一道矿脉，产的就是这种玉，很美吧？”

平生头一次见到如此美景，林风致连目光都难以收回：“这就是你来这里的原因？你是来找玉的？”

她点点头：“你知道采玉人吗？”

有利润可图的地方就会有行业兴起，玉石金贵，利润丰厚，自然就会有以采玉为生的公司。而辛毓，就是专门勘查矿脉走势的采玉人。

一座深山有没有矿脉，能不能产出价值不菲的玉石，都要靠采玉人实地勘查，利用丰富的经验和对玉脉天生的敏感度来辨别。

上山下地，亲身犯险，他曾猜想她都经历过什么才会练就这样的性子，原来她以此为生。

“那那些跟踪你的人？”

“另一个公司的，想截胡。”她讥笑一声，“跟了我不是一两次了，每次都被我甩掉，气死他们。”

言语间充满了孩子气的小得意，大概只有这个时候，才会觉得她还是个小姑娘。

林风致偏头看她，觉得她是应该得意的。这么能干的姑娘，还不准人家骄傲一点啊。她笑完了，也转过头来，黑暗之中，唇角猝不及防擦过他的嘴唇。

两个人都愣住，谁也没说话。借着玉带微弱的光芒，渐渐看清她瞪得极大的眼睛。林风致没忍住笑出来，伸手揉了揉她的短发。

“为什么会成为采玉人呢？女孩子，一开始胆子都很小吧？”

她笔直地坐在那里，好半天轻轻开口：“小时候，我爸赌玉，把所有家底都赌出去了，还不起钱，扔下我和妈妈跳楼了，那些放高利贷的天天都上门来催债。”她揉了揉眼睛，却笑起来，“在哪儿跌倒，就在哪儿爬起来。玉让我家破人亡，我偏要利用它，重新站起来。”

所以成为了采玉人，在属于少女的花季时光里，她都跟着那些老玉人进山下地学习经验，还是懵懂青春的年纪，却看尽了因为利欲熏心而彼此背叛的险恶人心。所以渐渐习惯一个人，不去信任，也不去依赖。

这些年天南地北，东奔西走，本以为，不会再跟谁说起曾经。可偏偏遇到林风致，明明只是萍水相逢，却为了她连生死都不顾。

他不会不知道，孤身进入深山，又独自踏入山缝，会有怎样的危险。

黑暗中，只有她的软声细语，诉说着一开始的胆怯恐惧到后来的一往无前，林风致听得很认真，他想，如果能早点遇到她，那就好了。

他握住了她的手。那双手并不柔软，指腹粗糙，掌心有茧，但手指细长，带着一丝凉，被他包裹在掌心间。

他说："辛毓，等我们出去了，我带你去我们那儿吃灌汤包子吧？我特别想吃，一刻都等不了了。"

良久，听见她的笑声："林风致，你对包子的执念怎么这么强啊？"

他仰头看着那条玉带，轻轻笑了笑。

【06】

从地下河出来，出口处的水潭竟在竹塔河上游。届时公司开采玉矿，便可从此下手，不过都跟辛毓无关了，她的工作已经完成，接下来就要跟林风致去吃他心心念念的灌汤包子。

回到招待所时，在门口遇见了跟踪她的人。

为首的光头看她的眼神都快烧起来了，冷笑道："辛小姐手段当真厉害，又一次甩掉了我们的人，不知这次你又为贵公司立了多大的功劳呢？"

辛毓还没开口，林风致牵着她的手将她扯到身后，冷声反问：“跟你有关系吗？”他个子还比光头高，这么一怼气势十足，“跟踪是犯法的知道吗？下次再有这种事，我们警局见。”

光头理亏，只能悻悻走了。

辛毓捂着嘴笑起来，她扯了扯他的衣角，踮着脚凑近他耳边。

她说：“林风致，你真是帅爆了。”

作者感言

我很少写高中时代的故事，因那段时光太美好无瑕，我舍不得碰，也难以拿捏。这个故事是我写作初期创作的，文笔还略带稚嫩，但感情却不比如今投入得少。我们都希望能和最初爱上的那个人携手走到白头，但命运总不让人如愿。你想过，回到过去吗？

CHENGMENG
NICHUXIAN

GOUWOXIHUAN
HENDUO
NIAN

【01】

当春末最后一朵海棠花凋落，他踩着满地芬芳停在转角处，终于忍无可忍地回头，对着身后十步之遥的女生怒道：“你可不可以不要再跟着我？”

穿着校服的女孩扎着高高的马尾，墨蓝色书包松松垮垮地搭在肩上，嚼了嚼嘴里的泡泡糖，朝他吹了一个大大的泡泡。

一瓣海棠飘飘洒洒地落在雪白的泡泡上，“啪”的一声在花香中炸开，她弯起月牙般的眼睛，笑得人畜无害。

“我在追你呀。”

树叶在她鼻翼覆上深浅光影，她踏着风一样欢快的步伐走到他面前：“只是跟着你回家你就受不了啦？那我要是有进一步举动你怎么办？”

他猛地后退两步，常年没有表情的脸浮上慌张：“你……你要有什么进一步举动？”

她看着他笑，眉梢微微挑起，将搭在肩上的书包一把扔在地上，踮着脚拥抱了他。

“就像这样。”

果木清香带着女孩独有的味道钻进他的鼻腔，他像被针扎了一样猛地推开她，转身就跑。她将双手捧成喇叭状，对着他的背影大喊："瞿风年，我喜欢你，如果你不答应，我会继续第三十七次告白。"

他脚下一个趔趄，跌跌撞撞消失在转角。

她笑眯眯地看了一会儿，弯腰捡起书包拍拍灰尘搭在肩上，若无其事地哼着歌儿走了。

夜晚的江风仍有凉意，她在滨江大道上练了会儿车，习惯性地开到瞿风年家楼下，阁楼的窗口投下暖黄的灯光，能想象他握着笔坐得端正的姿势。

她按了两声喇叭，将改装过的马达踩得轰轰作响，在他即将探出窗口骂她的时候一溜烟儿跑了。汽油味弥漫了这条海棠荼蘼的街道，穿着家居服的男生果然皱着眉从窗口探出身，看着汽车消失在街角，愤怒地关上窗。

第二天交作业的时候，同桌拍拍正在本子上写写画画研究改装线路的季莘："蒋老师点你名了。"

她抬起一双有些疲乏的眼睛，听见班主任斥责："季莘！为什么这次你又没交作业！"

她不慌不忙地起身，在全班同学的注视下面不改色道："我没钱买高考模拟卷。老师你布置的作业都在那上面，所以我交不了。"

气得老师怒摔粉笔，不顾人民教师的身份破口大骂："你别以为我不知道，你把钱都花在了改装你那辆二手车上！高三在即，你不用功读书也就算了，还成天搞些莫名其妙的东西！赛车？那是你这个年纪该做的事吗！下课来我办公室一趟！"

她吐吐舌头，坐下的瞬间看见瞿风年面无表情地回头，眼底有对她一如既往的嫌弃。她轻哼了一声：你现在讨厌我，等我把你追到手了，看我怎么折磨你。

下课之后她跑去小报亭给爸爸打电话："喂，爸，你现在有时间吗？嗯，对，我在学校呢，我过几天要考试，老师让买复习资料。是啊，复习资料特别多，快高三了嘛，嗯呢，把钱转到建行那张卡上，嗯，今天下午就要。"

她挂了电话想了想，又拨通另一个电话："喂，妈妈，吃饭了吗……"

打完两个电话，她掰着指头算了算，钱差不多够了，转身正要回教室，去路被一个高大的身影挡住。

松垮的白衬衫上一张精致的脸，飞扬的眉眼，欠抽的表情。

"又跟家里骗钱呢？我听说前几天你跟黑子赛车输了，你当时说要换一个增压器和平衡尾翼，怎么到你爸妈这儿就变成复习资料了？"

她抱臂冷笑："怎么，陆少爷担心下次更跑不过我吗？"

同学间传言陆远钱多人帅，典型的纨绔二世祖，两人本来毫无交集，却在一次黑赛中撞见，互为竞争对手，最后她以一秒半的优势先他冲过终点，至此结下梁子。

她没想到二世祖也会参加黑赛赚钱。

他没想到才上高中的女生赛车技术能这么好。

上课铃在耳边炸响，她绕开他跑去小卖部买了瓶饮料急匆匆回教室。

赶在老师来之前跑进教室，经过瞿风年的座位时她将饮料放在他桌上，朝他眨眨眼，唇角扬起明媚的笑。周围人微微起哄，她刚落座，就看见瞿风年将那瓶饮料扔进了门后的垃圾桶里。

他是篮球高手，投得准而熟练。她哼了一声，趴在成山的课本中有些郁闷。

【02】

为了迎接高三，学校将上学时间提前，放学时间延后，走读的学生难免觉得时间不够，纷纷开始骑自行车上学。胆子大条件好些的买辆小巧的电动车，更加省时。

季莘开了辆汽车停在学校门口，惊吓到了保卫科的大爷。

放学后瞿风年去车棚拿车，发现自己新买的凤凰牌自行车被偷了前轱辘，只剩一个后轱辘在风中寂寞地旋转。

他沉默地看了一会儿，转身要走，季莘不知从哪里蹦出来，瞪着眼道："天啦，是谁这么缺德，竟然干出这种事！"

她拽住瞿风年的袖子，雪白的脸颊因兴奋染上淡淡的红晕，像日落的天际，美得炫目。

"坐我的车吧，第一节晚自习要考试，你走路来不及的。"

瞿风年头一次没有拒绝她，跟着她上了那辆花光她所有积蓄的丰田。系上安全带后，他问她："你驾照什么时候考的？"

她目不转睛地倒车："没考啊。"

瞿风年面色大变："停车！我要下车！"

她一脚将油门踩到底，"轰"的一声飙出百米远，在瞿风年煞白的脸色中笑得像朵向日葵："十八岁才能考驾照，我只有先无证驾驶一年啦，只要不酒驾，一般警察叔叔是不会查我的。放心，我技术很好。"

说话间已来到十字路口处，一个一百八十度急速转弯，直接将瞿风年甩到车窗上撞得头晕目眩。车窗外景色像是以光速掠过，平时坐出租车都需要十五分钟的路程，季莘五分钟就到了。

刚一停车，瞿风年解开安全带飞奔而下，蹲在树旁，吐了。

季莘一脸内疚地拿着纸巾递给他，被他一巴掌打开，苍白着脸色瞪她，怒吼："走开！"

她小步退到树荫后，头顶藤蔓垂悬，看不清她的表情，只听见嗓音如蚊蚋："对不起，我待会儿再送你去学校吧？"

他扶着树干缓缓起身，咬牙切齿："不用了！"

穿过人行道，站在自家小院的门前，他回身看见季莘垂着头坐回车上，虽然冷着脸，还是大声提醒："无证驾驶是违法的，你还是骑自行车吧。"

季莘猛地抬头，像窒息之人突然被注入氧气，方才一双无神的眼睛蓦然明亮，像黑夜中熠熠发光的星子："听你的！"

翌日一大早，夏日晨光染着茉莉清香，他提着书包出门，看见初升旭日下季莘叼着片面包，骑着一辆自行车停在他家门口。

"我送你上学吧，风年。"她的嘴角微微上翘，露出颊边浅浅梨涡，笑容明媚得刺眼。

瞿风年当然不可能坐在她的车后座去学校，他背好书包，卷起袖子，清俊脸庞一如既往地冷，开始跑步上学。

就当运动了，他想。

没想到季莘这个一向不知羞的人蹬着自行车跟在他旁边，一边骑一边喊"加油"，引得路人纷纷侧目，他感觉一辈子的脸都在今天丢光了。

到了学校他已气喘吁吁，季莘体贴地给他买了瓶水，安慰道："风年，这么累还是别跑步上学了，你看你脸都跑红了。"

他气愤地瞪了她一眼，真不想承认这是被她臊红的。

即将成为高三党的他们只有十天暑假，班里大多数学生都沉浸在繁忙的补习中，季莘却忙着优化配件，将吃饭的钱节约下来改装车子。

八月的深夜，陆远不出意外地在盘山公路比赛中看见了季莘。

她从车上下来，刚洗完的头发还湿漉漉地滴着水，滑过她弧线优美的下颌，滴在精致的锁骨上。她和几名相熟的赛车手打招呼，青涩的脸庞在这群鱼龙混杂的车手中格格不入。

他挑着嘴角走过去，胳膊一撑坐在她的车头上：“打个赌呗？”

她偏头看过来，柔顺的黑发衬着星光璀璨的一双眼：“你说。”

他看着那双似乎倒映了满天星光的眼睛，觉得喉咙有些发热，本来想说学狗叫的赌注出口却变成了：“你输了，就答应让我追你。”

她有些讶然地指着自己，随即咯咯笑开，像开在明媚阳光下的向日葵，有挡不住的火热：“陆大少爷，你是最近山珍海味吃多了，想尝试下小葱拌豆腐吗？”

他晃了晃手中的车钥匙：“就说你敢不敢赌呗！”

她挑眼看过去：“哟，那兰博基尼你的啊？我就说，谁开这么骚包的车来比赛，果然是你能做出来的事。”

她将自己破旧的二手车钥匙往车头上一拍，气势十足：“赌！第一我赌你赢不了我，第二我赌你追不到我。”

他跳下来落在她面前，微微倾身，闻见她身上沐浴过后的清香，月光投在她白净的脸上，像镀了一层琉璃光芒。

“拭目以待。”

赛事一触即发，轰鸣声盘旋在夜空之中，她透过车窗看见旁边朝她坏笑的陆远，大拇指朝下指了指。

随着赛车宝贝挥下旗子，早已按捺不住的车子如离弦之箭射出，季莘一马当先跑在前面，陆远紧随其后，另一辆法拉利死死地咬着陆远。

夜晚的盘山公路空旷寂静，却被呼啸而过的赛车扰了清静，季莘的车技虽然好，但自费改装的丰田仍然比不上用钱砸出来的兰博基尼，陆远在一个转弯处超车，擦身而过的瞬间朝她吹了个口哨。

比赛结束陆远得了第一，她第二，法拉利第三。陆远一副小人得志的表情靠在车身上朝她笑，周围几个车友过来安慰她，她示意没事，却看见法拉利的车主面色不善地朝陆远冲过去。

路上陆远别了他几次，差点让他翻车，他在这个车队中有些势力，一下车就过来找麻烦，十几个看上去身强力壮的大汉逐渐逼近。

季莘见情况不对，赶紧跑过去，挡在陆远前面："周哥，小赛而已，别伤了和气呀。我和你比了这么多次，知道你不是输不起的人，陆远嘛，我男友，从小被家里宠坏了，你别跟他一般见识。"

她年龄小，车技出众，关键长得还讨喜，在车队里一向人缘不错。周哥见她这么说也不好为难，放了几句狠话就走了。

她抹了一把手心的汗，正要转身，陆远却从身后一把将她揽进怀里，温热的气息喷在她耳边，带着笑意："我还没追你呢，你就以女友自居，看来我不用再花工夫咯？"

她胳膊肘朝后一顶将他推开，冷眼看着他："别以为有几个钱就可以为所欲为，这些人要真为难你，今晚你别想全身离开。"

他欺身而近，帅气逼人的一张脸带着痞笑："那我不管，你现在是我女友了。"

她上车摔门，挑起眉梢："现在，以后，永远，想都别想。"

【03】

开学的前一天，季莘骑着一辆崭新的凤凰牌自行车来到瞿风年家楼下。她放下高高的马尾，黑发柔顺地披在肩上，穿了一件白色连衣裙，眉眼敛得温柔，像海报里走出来的人。

她敲门没人应，索性在楼下大喊："风年，瞿风年，你在家吗？你不答应我就在这儿喊一下午。"

瞿风年果然怒气冲冲地推开窗，黑着脸："别喊了！"

她咧着嘴露出得逞的笑，等着他开门，将自行车搬到他门口，拍了拍漆黑透亮的坐垫："生日快乐，这是礼物。"

他皱眉看她，没什么表情："我不要。"

她一把拽住他："你怎么能不要呢，我专门买给你的。"不由分说将自行车往他家院里推，瞿风年急了，挡在门口死活不让她进。

她没办法，只能仰着头道："这是我赔你的。你那辆自行车的前轱辘是我偷的，就是想让你坐我的车上下学，结果你不愿意，还那么累去跑步，我只有赔你一辆车了，你看，连牌子和颜色都一模一样。"

瞿风年气得不行，指着她："你……"

她抿着嘴，一副"你骂我吧是我的错我绝不还口"的委屈表情，他愣了半天愤愤地放下手，背过身道："那我也不要，拿走。"

她跺跺脚，提高声音喊："你不要我就亲你！"

吓得他一溜烟儿跑进屋关上门，边跑边喊："自行车留下，你可以走了。"

开学这天季苹一早就等在楼下，看见他推着自己送的自行车出来，像阳光带着蜜灌进心里，她按着铃跟上他，黑发在风中飞扬："早上好啊，风年。"

而他像见鬼一样，飞快蹬着车远离她，避之唯恐不及。

她奋力在后面追，冲着他僵硬的背影喊："骑了我的车，就是我的人了啊。"

她像夏天的烈阳，带着火一般的热情，几乎将他灼伤。

课业繁重的高三每个人都深埋题海之中，只有她抱着赛车实录研究，她还有几个月就满十八岁了，到时候考完驾照再去中汽联进行赛手培训，她就可以成为一名真正的赛车手。

她对瞿风年说出这番话的时候，窗外归巢的倦鸟从光线中掠过，她的侧脸覆上阴影，嗓音却带着光芒："风年，到时候你一定要来看我的第一场职业比赛呀。"

他从习题中抬头，静静地看着她："你不打算考大学了？"

她无所谓地摆摆手："那有什么用，还不如把时间花在练车上，等你大学毕业，说不定我都是F1的赛车手了呢。"壮志凌云地拍他的肩，"到时候，我罩你。"

班主任不知道什么时候在后门偷窥，气急败坏地吼："季莘！把你的手给我放下来！不准打扰瞿风年学习！"

秋天的风卷起白色窗帘，她的笑依旧如夏日般灼眼。

放学的时候陆远捧了一大束红玫瑰站在校门口，对着季莘深情告白，来来往往的学生驻足起哄，她一脸平静地望过去："不好意思，我拒绝。"

陆远仿佛料到，漫不经心地笑，颇有她追瞿风年那种无耻的神采："没关系，我会继续第六十三次告白。"

人群之外的瞿风年面无表情地经过，她叫了一声他的名字，而他仿佛没听见，头也不回地走远了。

她瞪了陆远一眼，转身要走，他一把拉住她，指了指不远处的哈雷："想不想试试？"

她咬牙切齿，他眼底闪过精明的笑，知道她这种爱车如命的人绝对拒绝不了哈雷的诱惑，拉着她走过去，将一顶黑色头盔递给她。

她伸腿跨上去，娇小的身体伏在巨大的摩托车身上，腰姿曲线优美。陆远摸着下巴欣赏一会儿，觉得甚合心意，正要坐到后座，她挑嘴一笑，蓦地踩下油门飞奔出去，喷了他一脸的尾烟。

今年的海棠花比往年开得更好，像一盏盏红色花灯高挂枝头，摩托车的轰鸣由远及近，在他面前一个漂亮甩尾。

季莘帅气地取下头盔，显得兴致勃勃："风年，走，我带你去兜风。"

他垂着眸，声音冷淡："没兴趣。"

绕过车身要走，她赶紧跳下来跟上他，怀里抱着黑色头盔，看上去颇有几分职业赛车手的气质。往日她絮絮叨叨地和他说话，他还会偶尔接两句，虽然大多是让她闭嘴，但今天无论她说什么他都是沉默。

她小心翼翼又带着丝雀跃问："风年，是不是陆远跟我告白，你吃醋了？"她抿着唇笑，眼睛弯成月牙状，"别担心，我只喜欢你。"

他脚下一顿，常年没表情的脸上浮现一抹讥讽："吃醋？你怎么会这么想？"他逼近两步，她雪白的脸在他眼前放大，"你的喜欢，让我觉得丢脸。"

【04】

陆远找过来的时候，季莘蹲在哈雷旁边，抱着膝盖缩成小小的一团。他印象中的季莘有着如向日葵般明媚的笑和无尽的活力热情，他没有见过这样孤独无助的季莘。

她听见脚步声，视线从他脚尖一路扫到脸上，掏出车钥匙递给他，嗓音闷闷的："还给你，谢谢。"

他没有伸手接，只是问她："你喜欢他什么？"

喜欢，是这世上最无法掌控、无可言说的感情。

她很小的时候就认识瞿风年了。

他们住在一条开满梧桐花的长街上，他是外人眼中的三好学生，她是调皮捣蛋的机灵鬼。奶奶经常说，要不是看你长得挺可爱，我早就把你打死了。

作为留守儿童，她一年见不到父母一次，每次看着小小的他给在图书馆工作的妈妈送饭时，总是既羡慕又嫉妒。

她自小喜欢汽车，可是买不起那些光鲜亮丽的车刊，瞿风年知道后，从图书馆偷带杂志出来给她看，等她看完又偷偷还回去。

他们坐在图书馆阶梯旁的树荫下，身后绿草招摇，阳光将他们小小的影子揉成一团，融为一体。

她翻完一本杂志，打着哈欠凑过去看他手中的书："你在看什么啊？"

他翻到扉页，用自小就冷静的童声说："《鲁迅杂文集》。"

她偏着头："鲁迅是谁？"

他皱着眉，回忆了半天，一板一眼地回答："鲁迅，原名周树人，浙江绍兴人。"

她将杂志搭在眉骨上遮光，疑惑地咬着唇："那他到底是周数的人，还是绍兴的人啊？"

两人大眼瞪小眼，回答不出个所以然。显而易见，鲁迅对于两个六七岁的小朋友来说实在太过神秘难以理解了。

那段并肩而坐看书交流的时光像指缝的流沙，飞速流走不留一粒。当她从这段时光中抬头时，在外打工的父母已经离婚纷纷再娶再嫁，她像荒野中的一棵枯草，除了独自成长为大树，再无任何依靠。

瞿风年搬家了，她再也没有免费的杂志可以看，没有人会用清脆好听的声音给她朗诵《记念刘和珍君》。

她整个孤独的童年，可以回忆的美好都被瞿风年承包了。所以当高一分班再见到瞿风年时，看见那张午夜梦回的脸已长成如此清俊模样，她想，这个人，就该是她的。

可没有什么就该是她的，有些人，有些事，无论你如何倾尽全力，也永远难以企及。一如她渴望的完整的家，一如长大后的瞿风年。

她揉揉眼睛，将溢出眼角的泪憋回去："我喜欢他的全部。"

陆远固执地拽住她，看着她的眼睛："没有希望的事就该趁早放弃，这个道理你不明白吗？"

她笑了笑，站起身将他推开，沉沉的嗓音散在凉风中："趁早放弃又没说现在放弃。"

她踏着海棠走出很远，陆远冲着她的背影喊："我也一样！"

你不一样，陆远。你还有家，有爸妈，有无须操心的大好年华，而我只有他。

季莘对瞿风年的追求由明转为暗，她不再大张旗鼓地追他，因为害怕让他丢脸，但体贴关心从未间断。

都说女追男隔层纱，季莘觉得自己隔的是整个太平洋，她已经奋力游了一大半，目的地依旧遥遥无期。可若不前进，只有沉溺，她没办法原地停下。

春末时节，环海隧道举行了一场黑赛，季莘本来不想参加，但陆远说近来公安加大了对非法赛车的排查，这可能是半年来最后一次比赛，她想了想还是前往。毕竟高考结束她或许就会离开这座城市了。

一番角逐之后季莘不出意外地拿了第一，正美滋滋数着奖金，陆远黑着脸凑过来："你想赢比赛不会就是为了钱吧？我给你钱，以后你能别跟我抢名次吗？"

她翻了个白眼鄙视他："堂堂男子汉，居然用钱收买对手。"

两人正打闹说笑，一辆玛莎拉蒂撞进他们的视线，车灯晃得季莘睁不开眼。陆远脸色沉下来，看着车上下来一名打扮精致的女生，连嗓音都冷了几度："你来做什么？"

女生踩着高跟鞋气质优雅地走近，拿眼打量季莘："我来看看你又被哪个狐狸精缠上了。"

季莘当即翻脸，一拍车头，指着女生："你嘴巴给我放干净点。"

陆远不想多纠缠，拽住季莘就要走，女生在身后讥讽："你这种虚荣的女孩我见多了，不就是喜欢陆远的钱吗？我是陆远的未婚妻，你勾引别人的男朋友，知不知道'廉耻'两字怎么写？"

季莘一听这话就不乐意了，甩开陆远转过身，冷笑道："你才多大啊，有十八岁吗？还未婚妻呢，到法定年龄了吗？害不害臊啊。"

女生气白了一张脸，冲过来还想说什么，被陆远呵斥住："够了！泉希！你不是我的未婚妻，我永远也不可能娶你。"

话落不由分说将季莘按到丰田里，开着车走了。她扒着后座喊："唉唉唉，你的兰博基尼。"

陆远脸色漆黑，油门踩到底："不要了！老子有钱！"

这个插曲季莘没放在心上，因她本来就没想跟陆远发生点什么。只是没想到不久之后她在班上看见了泉希，她成了她的同学，还和瞿风年成了同桌。

不再是那晚那么的趾高气扬。梳着乖巧的马尾，说话软声细语的泉希，一来就晋升为班上的女神。她趴在课桌上看着瞿风年神色温柔地给泉希讲题，非常郁闷，十分不满。

放学时她叫住泉希，满眼警惕地问她："你想做什么？"

泉希不慌不忙地收拾了书包，好整以暇地打量她几眼：“让你尝尝心上人被别人抢走的滋味。我听说，你追瞿风年很久了？”

她一脸镇定：“不可能，瞿风年不是你的。”袖下的双手却在微微发抖。

泉希笑着凑近她耳边：“不是我的，不也不是你的吗？”

【05】

当捧着玫瑰花告白的陆远再次出现在季莘面前时，她终于没忍住发了脾气。她将花摔在脚下，一向笑眯眯的她语气冰冷：“你，能不能带着你的泉希，永远滚出我和瞿风年的视线？”

是的，她害怕了。在有关瞿风年的战役中，她从来都是失败者，没有半分胜算。

陆远垂眼看着被她踩烂的玫瑰，极轻地笑了一声：“就算没有泉希，他也不会喜欢你。你们根本就不是同一个世界的人，他喜欢按部就班平静的生活，而你总在寻求刺激，选择赛车不就是最好的证明吗？季莘，我从不怕你拒绝我，我只怕你看不清现实，永远活在梦中。”

可她明白，是梦，总会醒。

每当她望着坐在一起仿佛一对璧人的瞿风年和泉希，她总告诉自己，梦该醒了。可陷得太深，如何醒来。

因不想打扰瞿风年最后一个月的高考冲刺，她尽力不在他眼前晃荡，没想到半夜会收到他的电话，那是他第一次给她打电话，急切而慌张。

“季莘，你……你有时间吗？我妈突然晕倒了，我打120已经十分钟了还没到，你现在能开车过来送她去医院吗？”

她一个鲤鱼打挺从床上翻起来：“我马上过来！”

将瞿风年和他妈妈接上车后，她给喜欢关注道路交通的车友打了电话，得知南二段出了车祸，救护车被堵在那里了。她在脑海中勾画了路线，抄了最近的路以最快的速度冲到了医院。

深夜的走廊，他垂着头坐在冰凉的椅子上，她在他面前蹲下，忍不住握住他发抖的双手，而这一次，他没有推开。

检查结果出来后，瞿风年脸色发白。她一把拿过诊断书，看见“脑溢血”三个字，便知事情的严重性。医生说急需手术，费用不低。

这些年瞿风年和他妈妈两人相依为命，根本拿不出昂贵的手术费用。

季莘就站在他面前，就像初次拥抱他那样，踮着脚，充满温柔：“别担心。我帮你给老师请假，你好好照顾阿姨，高考之前，一切都会解决的。”

天色已经泛白，云霞蔓延，她站在充满消毒水气味的医院门口掏出手机：“喂，阿克，你上次不是说明晚有一场奖金丰厚的比赛吗？嗯，帮我报名吧。”

陆远听闻此事赶到赛场的时候，距比赛开始还有三分钟，季莘已经在预热发动机，落满星光的眼睛充满了前所未有的坚决。

陆远一拳捶在玻璃窗上，俊朗的面容有些狰狞：“你是不是疯了！这次比赛赌注那么大，公安早就注意到了！严打时期你也敢参加这种比赛！”

她透过车窗面色淡淡地看他，露出一如既往自信的笑，像向日葵在月光下遍地开放。

随着锦旗挥下，她飞驰而出，他站在油烟弥漫的马路中间，感到前所未有的冷。

她曾说，她赌他追不到她，以前他不信，总以为自己会无往不胜，可现在他终于信了。他追不到她，因她的全部生命已为那个男孩而活。

轰鸣声由远及近，一圈又一圈从他眼前飞驰而过，最后一圈果然仍是那辆白色丰田率先闯入他的视线。

她赢了。

她将奖金交给陆远，笑得很得意："你帮我把钱拿给瞿风年吧，就说是你借给他的。我不能让他知道我参加这种黑赛，他不喜欢这样的女生。"

他不由分说握着她的手将她塞进车里："一起去！你自己告诉他，如果他因为这个不喜欢你，那他根本不值得你喜欢。"

夜晚的医院亮如白昼，季莘将钱妥帖地放在包里，想到待会儿瞿风年如释重负的表情，忍不住弯起嘴角。

站在病房门前，透过玻璃窗，她猝不及防看见屋内相拥的两个人。

泉希和瞿风年。

泉希面对着她，脸上闪过挑衅的笑意。她踉跄着后退两步，将钱塞到随即而来的陆远手里，从未有过的慌张："这个，你交给他，我还有事先走了。"

他不明所以地拽住她，她回头，眼眶已红，只是强忍着不让眼泪掉下来："陆远我求你，别告诉他这钱的来历，我不想让他讨厌我。"

你看，在这场没有硝烟的战役里，尽管她竭尽全力，仍输得一败涂地。

【06】

瞿风年回到学校时距高考还有十天，好在他的成绩一向优异，老师也并不担心。只是季莘的座位空了出来，他才想起已许多天没有见过那个热情如火的少女。

“季莘，去哪儿了？”

泉希抬头，笑得温柔：“你不知道吗？季莘参加非法赛车被警察抓了，已被学校勒令退学了。”

他一时怔住。

放学后他尝试给季莘打电话，却一直关机。他想起那晚泉希的拥抱，她安慰他不用担心，一切都会好，他却在那个拥抱中想起了季莘。

她曾拥抱他两次，带着缠绵的温柔和他无法理解的情意。她总爱和他提起小时候的事，好像回忆曾经的他们，他就能喜欢上她。

可她不知道，十岁时他得了一场大病，醒来后许多小时候的事都不记得了。他听着她一脸怀念地说起他们之间的乐趣，仿佛在听另一个人的故事。

季莘在他眼里，只是一个大胆奔放的姑娘，用他难以接受的热情将他灼伤。可当这个姑娘从他的生命中骤然消失，他却突然感觉有些冷，开始想念那包围他高中三年的火。

想必，那团火，终于被他这座冰山浇熄了吧。

他如愿考上了人人艳羡的大学，就像普通世人那样按部就班地生活。偶尔看到娱乐新闻，得知陆氏集团和泉家定亲，少爷陆远逃婚的消息。

大三的时候，多年未见的陆远出现在他面前，他说：“瞿风年，我来带你去参加季莘的葬礼。”

她是在第一次职业车赛时出事的，赛车零件脱落，急速飞驰的赛车翻出百米远，当场爆炸，车内的季莘连一块完整的尸骨都寻不到。

在那个阴雨连绵的葬礼上，陆远一拳拳打在他脸上。他跪倒在地，嘴角的血丝滴在墓碑前雪白的菊花上。

他听见陆远说：“你知不知道当时你妈治病的那笔钱是季莘参加黑赛为你赢来的，也是因为这件事她被抓，被退学，之后心如死灰远走他乡。”

他不知道。没有人告诉他，他怎么会知道。他看着墓碑上少女热情洋溢的笑，好像听到多年前她对他说：风年，到时候你一定要来看我的第一场职业比赛呀。

季莘，如果时光能倒流，我必不会让你在时光之尾独自等候。

可一切都是如果，那个如火般的少女，终于彻底从他的生命里消失了。

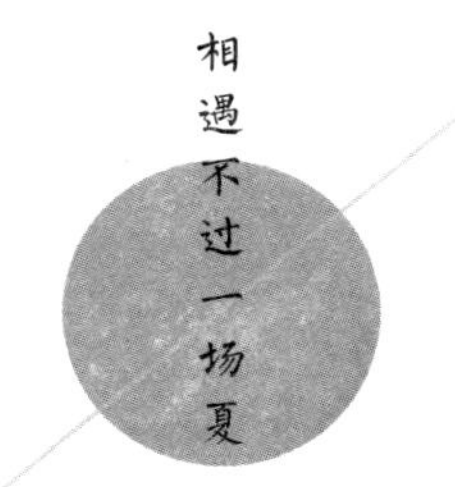

〔作者感言〕

我从小到大不管是看童话还是偶像剧，都只看结局完美的故事。女主角和男主角就该在一起，灰姑娘就该属于王子。有一天，我突然看到了在角落里的那位公主。王子最终迎娶了灰姑娘，那，公主呢？你们支持公主还是灰姑娘？

CHENGMENG
NICHUXIAN

GOUWOXIHUAN
HENDUO
NIAN

【01】

荀先生邀我到咖啡厅聊聊时，距我们结婚还有一个月。

一般有人想找你聊聊，一定不是想跟你聊娱乐八卦。用到“聊”这个字，就证明他态度严肃，要聊的事情也很郑重，且在这件事上你们站在对立面。

为此，我特地穿着得体，并提前一小时到了约定的咖啡厅。

因圣诞节即将到来，四面橱窗都贴有雪花，冷光透过雪花棱角照在香味浓郁的咖啡杯上，连口感都带了一丝凉。

荀先生推开玻璃门，撞响门口悬挂的雪花风铃时，背景音乐里的Eason正用沙哑的嗓音唱着“你会不会忽然出现，在街角的咖啡店”。

印象中清俊帅气的脸庞此时显得有些憔悴，看新闻说，最近荀氏集团的股票有所下跌，他大概是因此而烦恼吧。

我站起来朝他招招手，他望过来时好看的眉眼蹙成一团，一双笔直的长腿迈着快而大的步伐，转眼就在我对面落座。

“你今天很漂亮。”

他点了一杯卡布奇诺后，抬头这样对我说。

订婚前我曾听父母姐妹的情报说，荀先生不喜欢爱做公主梦的女孩，讨厌女生模仿电视剧的剧情来幻想自己就是女主角，更加难以忍受幼稚女生一副长不大的天真模样。

比如说，点一杯卡布奇诺，一口喝下去时，嘴唇周围一圈奶油，却露出白痴似的笑等待对方用亲吻的方式拭净嘴角。

所以一向喜欢甜食的我此次也不得不点了一杯苦涩的曼特宁，放弃了钟爱已久的卡布奇诺。没想到荀先生自己倒点了卡布奇诺，单手支额看着龙猫拉花发呆。

从订婚到商定结婚，半年时间，我与荀先生见面不超过五次。他从未约过我，我出于女生的矜持也不主动约他，导致我对他的了解都来自八卦从不间断的姐妹淘。

如今看来姐妹淘的信息该更新了。

我喝了一小口咖啡，感到苦涩从舌尖延伸至喉咙，呼了口气才斟酌着问他："你约我出来，是有什么事吗？"

他沉默了很久，紧抿的薄唇蓦地松开，下定决心似的看着我说："江蔚，我要悔婚。"

说完这句话，一直紧蹙的眉头终于松开，像日光穿破万丈乌云，天色霎时晴朗。当然，那些乌云现在都跑到了我的头上。

其实像我们这种人，婚姻都不太能掌握在自己手上。我一直都知道荀先生对于我这个结婚对象不太满意，但是集团联姻嘛，我妥协了，我以为他也会妥协。

但就在请帖全都发出去，消息已经传遍这个圈子，距结婚还有不到一月的时间时，他突然跑来跟我说悔婚，我一时还是有些接受不了。

我说："你知不知道你现在说悔婚对我的伤害有多大？"

他说："总比结婚当天我当众逃婚的好。"

这个人前两年的飞扬跋扈我还是有所耳闻的，他说这句话时，我看见他眼底闪动的名为青春的光泽，我知道他的确能做出这种事。

事已至此，强求无用，我像被抽干空气的气球瘫在沙发上，问他："那你起码得告诉我原因，不能让我无缘无故就成为笑柄。"

窗外不知什么时候飘起细雪，他起先迷蒙的眼神逐渐明朗，唇角挑起令人心动的笑："有个女孩，我很爱她。"

我将已经冰凉的咖啡杯捧在手心，假装它可以温暖我现在冰冷的心，我说："说说吧，你和她的事。"

【02】

一切的不可说，都要从那个夏天说起。

那一年的夏天，伦敦的阳光比往年炽烈一些，一向怕热的荀纪很少去学校报到，老师接连打了三个越洋电话到荀家告状。

荀纪怀着一腔愤懑开着车一路横冲直撞来到学校，下课时被国内应聘来此教学的中文老师拦住，取笑道："比起国内刚高考完备受煎熬的同学，不用高考的你难道不应该高兴吗？"

他看了眼面前累积下来堆叠如山的作业，眉眼皱成一团："如果不用A-level考就更好了。"

中文老师还他一个抱歉的表情："据我所知，你的父亲已经帮你给帝国理工大学递交了申请书。"拍拍他的肩膀，"加油。"

他将课桌上的书本掀了一地，拿着书包踏出教室。

一直以来都是这样，初中毕业不顾他的反对将他送到国外，如今又自作主张申请大学，他的人生从来由不得自己选择。

夏日校园内穿行着金发碧眼的学生，亚洲面孔十分少见，更别提说中文的了。当他像一具行尸走肉无聊又无趣地四处游荡时，却在失物招领牌上看见一张写着中文的A4白纸：

"求助各位同胞：我是一名来自北京的学生，前不久被人偷了钱包和手机，如今寸步难行，希望你看见这张求助信可以到学校旁边的玫瑰公园假山处帮助我，诚恳致谢。”

昨夜下了场小雨，墨迹已经晕开，看来贴上去至少有一天了。他打量了一会儿纸上娟秀的字迹，又看了看头顶灼眼的太阳，终于伸手将白纸撕了下来。

有点揭皇榜的意思，他暗自笑了一声。

他顶着太阳一路行至玫瑰公园，空旷的广场上，一眼就看到躲在假山阴影下的小姑娘。他掏出白纸走到她面前，在她眼前投下一道修长身影。

“这是你写的？”

而她在阴影中缓缓抬头，已近绝望的眼猛然迸发光芒，是如玫瑰般艳丽的一张脸，眼角隐有泪痕。

“太好了，终于等到人了。”

说完这句话，在他惊诧的眼神中轰然倒塌。

这真是一个大胆的姑娘。将昏迷的她抱上车，低头为她系好安全带时，荀纪看着她长而浓密的睫毛这样想。

一定是顶着巨大的疲惫和恐惧坚持到现在，直到听见亲切的中文才终于放松晕过去，可她难道不害怕来的是坏人吗？还是她无比相信国人的良心素质？

她一直睡到第二天中午才醒来，荀纪坐在沙发上玩电游，茶几上摆着几块三明治，她就站在白木门口，望着英伦风格的客厅和眼前巨大的落地窗，发出一声感叹：“真是像电视剧一样啊。”

“Hi，girl。”他朝她招招手。

她一副大梦初醒的表情，小步走到他身边，一脸诚恳：“谢谢你。”

他放下游戏手柄将三明治递给她，起身为她倒了一杯果汁。她像是饿极了，两三口吞下，又拿一双如星如泉的眼睛看他，他摊手道：“没了，家里就这些。”

她垂着头，像一朵蔫了的玫瑰。

他忍不住问：“你不怕我是坏人吗？”

她有气无力：“那也是中国的坏人，比外国的坏人亲切多了。”

看来这个地方给她留下了深刻的坏印象。他打电话叫了份外卖，开始听她讲第一次出国就如此落魄的悲剧史。

说好上同一所大学的男朋友高考后突然失踪，不知为何去了英国。她在他离开后的一周收到他的电话，电话那头说很想她，可因为一些难以说明的无奈，他不能回国看她，希望她能理解并等待。

她想，既然你不能回来，那我就过来找你吧，也好问清楚你到底有什么无奈。

可不仅没找到男朋友，还在车上被偷了钱包和手机，男友换号后她一直没记住，下车就到了这所学校门外。她想着学校内大概会有中国留学生，于是抱着试一试的心态，一等就是两天。

直到遇到荀纪，像画报里走出来的少年，给了她偶像剧一般的梦幻感。

他靠在沙发上跷着二郎腿，觉得眼前的女孩真是蠢：“你就不知道寻求警察或者中国大使馆的帮助吗？”

她有些羞赧：“我英语一直不好来着，而且这是我第一次出远门……”

异国他乡，语言不通，问不了路，没钱坐车，真是悲剧透顶了。

门铃响起，他出去拿了外卖进来，放在她面前，居高临下的模样：“还好你遇到的是我。”

她一边吃一边点头，双眼笑成月牙儿模样："还好遇到了你。"

真是一个容易相信人的天真的小姑娘。

她掏出纸笔写了一张欠条，落款处名字是言夏。她将欠条递给他，满眼诚恳："在这儿把你的名字写上吧，等我回国了，我一定把钱还你。"

他看了眼欠条上的金额，眼皮跳了一下，没什么表情："三千人民币？你以为从我捡到你一直到帮你坐上回国的飞机，花费只需三千？"

她有些无措地捏着笔，小声："那你说需要多少，我重新改。"

他拍了拍沙发，语气里已经带了揶揄："你看看这地方，七星级酒店都不为过，住一晚也得三千。"

她讶然地望着他，失声喊："这么贵啊！"她猛地站起来，抓着自己的背包，"我现在就走，一晚住宿费……再加刚才的外卖，还有……一共补你五千！"

她既惊慌又懊恼的模样让他想起常爱看的纪录片里正在被猎捕的鹿羊，忍住笑意道："还有回国的机票。"

她似乎想瞪他，但又考虑到他毕竟是自己的救命恩人，只得翻了个白眼："我待会去找我男朋友，让他帮我买。"

他拿着钥匙起身，打了个响指："好，那就加上车费和油费，五千。"在她欲哭无泪的表情中终于笑出声，"地址给我看下。"

【03】

坐上拉风的跑车，她一副欲言又止的模样，好半天像是憋不住了，终于问："你一个人，住那么大的房子，开这么好的车，你是被家族放逐到这儿的吗？你可以随便花钱，但是永远不能回国？”

他偏头瞥了她一眼：“年纪轻轻还是少看点脑残剧比较好。”

她笑了一阵，像夏夜星星的呢喃：“我的经历真像是偶像剧呢。按照一贯的剧情，接下来就是你喜欢上我，但我千方百计地躲避你，最后经历一切磨难有情人终成眷属。”

他一脚将油门踩到底，在呼啸的风中大喊：“你不仅长得美，想得更美。”

路边的云杉急速掠过，快到达目的地的时候言夏格外沉默，没有半点即将见到男友的兴奋。他怀着疑虑将车停在路边，指着不远处的别墅：“到了。”

她抬头静静地看着前方，并没有要下车的意思。就这样沉默着坐了二十分钟，荀纪忍不住又要开口，她却抬手示意他别说话，随即指着前方，嗓音带着笑：“你看，那是我男友，穿蓝色格子衫那个。”

顺着她的手指看过去，她所谓的男友正搂着一个身材火辣的金发女孩，亲热地从房间走出来。

她没有半分惊讶和气愤，看着他们上车走人，才扭头对荀纪说：“走吧。”

“就这么走了？”他不自觉喊出声，“你大老远跨国来见他，看见他劈腿了，你就这个反应？”

她偏着头，微微合眼，嗓音放得极低：“我猜到了，但是你们男生不都说女生喜欢乱猜自找麻烦吗？所以这次我不乱猜，我只是来确认这件事。”

恋爱中的女生智商堪比柯南，男友的突然消失，闪烁其词，她只要有点脑子就不会不怀疑。只是没有人像她，跨过大半个地球，只为了亲眼证实。

这真是个天真又实在的姑娘。

她与他相识不过才一天，却已经让他看见如此多面的性格。他不知道怎么安慰她，只得说：“难过的话……肩膀，可以借你靠一下。”

她眨了眨眼睛：“如果你真想让我开心一些，不如把五千块再给我少点，那样比借我肩膀靠谱多了。”

好了，又让他了解到她现实的一面。

回去的路上一路无话，她偏着头似乎睡着了。睡梦中她皱着眉，像花朵一瓣瓣枯萎。这个傻姑娘几天来吃了多少苦啊，最后却以心伤收场，大概唯一的幸运就是遇到他了吧。

回去之后她将欠条上的金额改成了八千，笑得一点都不像刚失恋的女孩：“帮我买回国的机票吧，麻烦了。”

电视上正在播《神探夏洛克》，他看着欠条发呆，不经大脑指着电视问了句：“想不想去那儿，221B Beck Street apartment。”

女生一般都对卷福没有抵抗力，她果然也露出惊喜的笑容，捧着星星眼道：“可以去吗？可以见到卷福吗？”

他抓起车钥匙：“卷福估计见不到，最多就去门牌旁边合个照。”

她略有踟蹰，最终没忍住诱惑跟着他出门，直到车开了一半才斟酌道：“这些钱……我会一起记在欠条上的。”

他专心致志开车，嗓音却淡淡飘到她耳边：“八千，伦敦五日游，要不要？”

她吃惊望着他：“什么？”

一直到贝壳街，他替她打开车门，才重复解释道：“伦敦五日游，包含机票和吃住行，算你八千，要不要？”

如果他是她遇到的唯一的幸运，那就让他将这份幸运扩大吧。

【04】

傍晚的时候学校又打电话过来指责他逃课，他应付一番后直接关机，看了眼站在阳台看日落的言夏，继续对着电脑规划游玩路线。

就在刚刚，他突然想明白他为何想要留下这个女孩。若说伦敦的生涯于他只是一场类似苦行僧的修行，言夏的出现便是这趟修行唯一的色彩，带着玫瑰的芳香和光一样的梦幻，降临在他灰暗被动的人生中。

她是他既定人生的一场意外，令他惊喜而好奇。

第一个景点是伦敦塔，她在宏伟梦幻的古城堡里奔跑欢笑，比着剪刀手让他帮忙拍照。他一边找角度一边嗤之以鼻。

“最俗的游客就是你这种比二拍照的游客。”

她朝他吐舌头，一派天真：“这可是城堡欸，我从小就向往的地方，不留个纪念会遗憾终生的。”

女孩似乎都希望自己能变成住在城堡里的公主，这种虚幻的梦想真是令他难以理解。

她举着五种口味的冰淇淋，一脸威严道：“我不是公主，叫我女王大人！”

繁华的广场上有许多街头表演者，她兴奋地在其中穿梭，差点和他走散。他在围观魔术表演的人群中找到她，抓过她的手严肃地道：“别乱跑，走丢了当心被卖到非洲去。”

她脸色红了一下，小心翼翼将手抽出来，低声道："知道了。"

他没事儿人一样背过手，昂着头："走吧，去海德公园。"

一日精疲力竭，回去已是傍晚，长荫街道上走来的卖花小男孩将一朵玫瑰花递给言夏，偏着头对荀纪道："Sir，buy a flower for your girlfriend？"（先生，给你的女朋友买朵玫瑰花吧？）

他扬起唇角，掏钱："Sure."

言夏不出意外地红了脸，拿着玫瑰一路沉默，到家才声如蚊蚋道："刚刚那句话……我听懂了……"

他没有解释，拿出游戏手柄朝她招手："要不要一起玩？"

夕阳透过巨大的落地窗照进来，房间角落都被镀上金黄。当他此刻尝到陪伴的温暖，才明白曾经的日子有多孤单。

接下来几天的行程荀纪安排得十分紧凑，言夏真的只花了五天时间就踏遍了伦敦所有著名景点，而他一边对她拍照留念的行为嗤之以鼻，一边把她拍得比景色还美。

她拿着相机时不时感叹一声，最后表彰似的拍拍他的肩："不错啊，你怎么能照出这么好看的照片呢？"

他将食料撒向成群结队的白鸽，嗓音附在光影里："因为我只看得见你。"

世间美景万千，而我眼中只有你一人。

她背对着他，看不见此时神色如何，只是声音随着展翅的白鸽轻飘飘传过来："明天我就要走了，谢谢你这几天的照顾，遇见你，我很开心。"

夏日的风掠起她的长发，风里传来花木清香，而他踏着坚决的步伐走近，从身后拥抱了她。

“留下来吧，言夏。”他说。

她身子僵住，好半天才笑道：“留下来？留在哪里？伦敦吗？荀纪，我只是个过客。”她将他推开，手指搭在眉骨望了望霓虹渐盛的街头，“不是说要带我去商贸街逛逛，体会一下伦敦街头的繁华吗？走吧。”

她转身，步伐轻快：“啊，肚子好饿，待会儿吃什么呢？”

夜晚的商贸街亮如白昼，五彩光芒落在她动人的笑容上，像街头一抹异国风情。他带着她穿过大街小巷尝遍美食，她的唇角沾了白色奶油，他伸手为她拂去，指尖却在微微发抖。

有人说爱情需要时间，可对于对的人来说，一眼都嫌太长。

他曾以为自己的爱情会像这十八年的生活一样被安排，可她的出现像夏日一场带着花香的梦，猝不及防就撞进他的心房。

只是这场梦就快醒了，他要如何做，才能留在梦中？

言夏敲敲他的盘子：“专心吃饭，不要走神。”

他划拉着刀叉，想了想还是问：“如果你不能留下，那我……”

话未完，商场大楼突然一声炸响，楼层狠狠地摇晃了几下，餐厅里的人瞬间惊慌逃窜，荀纪一把抓住言夏的手，顺着人流往下跑。

“怎么回事？地震吗？”

他闻到顺着风飘过来的火药味，摇了摇头：“是火药的味道，可能是恐怖袭击。”

逃跑期间，大楼又剧烈摇晃几下，导致电路失效，整栋楼层瞬间黑暗，逃生的人越来越多，荀纪紧紧捏着那双纤细的手，听见不远处传来的枪声，只能祈祷上天保佑。

警察还没到，整栋大楼的人已经成为人质。在慌乱逃窜的人群中，荀纪不幸与言夏失散，不少人开始寻找藏身的地方以防被恐怖分子发现，而他慌张地在黑暗中寻找言夏，直到一双手抓住了他。

依旧是布满细汗的手，拉着他在近在咫尺的枪声中东躲西藏，钻进了一个坍塌的三角形角落。四周一片黑暗，他看不清她的脸，枪声在耳边像一张催命符，谁也不敢说话，生怕惊动了四处作乱的恐怖分子。

他因为幽闭恐惧症大汗如雨，她似乎发现异常，蓦地倾身将他紧紧抱在怀里，轻轻拍了拍他的后背。她的怀抱那么温暖，在这个两人相依为命的小角落，竟让他安心下来。

时间过了很久，只听见彼此绵长而小心翼翼的呼吸，外面警笛长啸，恐怖分子再次引爆炸弹以示威胁，大楼不堪重负再次摇晃，这处藏身之所不再安全。

她拉着他钻出来，黑暗中他只看见她的背影，四处落下石子，他被砸中昏迷，失去意识前，他将她扑倒在地，嘴唇擦过她的侧脸。

荀纪醒过来时头上缠着绷带，医院一片混乱，充斥着浓郁的消毒水和血腥味。他悬着一颗心跳下床，捂着发痛的额头四处寻找言夏，终于在走廊一角找到她。

她躺在病床上，长睫毛无力垂下，脸颊有伤痕，衬着雪白肤色，令他红了眼眶。他将那双在黑暗中轻拍他后背的纤细手指握在手中，头一次懂得了失而复得的喜悦。

而她在他的小声啜泣中醒来，看见那张憔悴担忧的面容近在眼前，缓缓扬起唇角。

“太好了，你没事。”

就像她第一次见到他，露出宽心的笑。

他贴近她的耳边，带着哽咽的嗓音："在餐厅里，我没说完的那句话。言夏，如果你不能留下，那我陪你一起回国吧。你是过客，那就让我成为归人。"

她静静地看着他的眼睛，这个带给她偶像剧一样梦幻感的少年，眼底的真挚与热切，令她难以忽视。

她没有回答，只是轻轻拥抱了他。

荀纪出院的第二天回学校参加了最后一次会考，打算考完试就和言夏一起回国。只是当他从学校回到家后，应该等在这里的言夏已不知所终。

桌上有一张A4白纸，熟悉的娟秀字迹映入他的眼睛。

"光是遇到你就花光了我所有力气，荀纪，我已经没有多余的力气走进你的世界，将这段相遇当作一场梦忘掉吧。"

言夏走了，那之后，他再也没有见过她。

他其实知道她为什么会走。突然出现在伦敦的父亲对言夏做了什么他大概能猜到，留学的富家少年，平凡的街头少女，他们的相遇本就是一场美丽的错误。既是错误，就一定有人出来纠正。

父亲派了人过来，名义上是照顾他，其实只是防止一切意外的发生。比如像梦一样出现，又像梦一样消失的言夏。

他不是没有想过找她，可找到又能如何，不过多一次分别罢了。他们这种人，何时由得了自己做选择。

就像她说的，像梦一样，忘掉她吧。

【05】

服务员替荀先生换了一杯热咖啡，他的面容隐在袅袅水雾中，眼角却隐隐发红。

“我和她只相处了五天，我却花了五年时间也没能忘掉她。江蔚，我知道你很无辜，但是很抱歉，我必须去找她，我不能让自己遗憾终生。”

我不知道该怎么回答。如今的荀先生已经掌握整个荀氏集团，大概再没有人能干涉他的决定。无论我说什么做什么，都留不住这样一个为了初爱奋不顾身的男人。

他起身走了，笔直的背影从我的视线缓缓消失。

他说：“江蔚，我知道你很无辜。”不，他不知道，其实我一点都不无辜。

荀纪遇到言夏的第一天，我就知道。荀伯父一直派在荀纪身边监视他的人，就是我。

第一次见到荀纪，在他十五岁的生日宴上，只是一眼我就喜欢上了他。我将妈妈拉到角落，指着台上的荀纪说：“如果以后我的婚姻一定要为家族服务，那么我能嫁给他吗？”

那时候，荀家就有了和江家联姻的想法。

初中毕业，荀纪被送到伦敦，我义无反顾一同前往。只是他的眼里从来看不见任何人，我行我素却依旧令我痴迷。荀伯父知道荀纪心底的叛逆，于是常打电话询问我他的动向。我感到被荀家作为儿媳妇的重视，开始向荀伯父汇报荀纪的一举一动。

比如他逃课，比如他参加鱼龙混杂的派对，比如他遇到了言夏。

大概是缘分吧，我第一眼看见荀纪就喜欢上他，而他第一眼看见言夏就将她抱上了平日谁也不能摸的宝贝跑车。

那些天我向学校请了假，看着荀纪与言夏出双入对，四处游玩，我知道，这个女孩对他来说是不同的。

我给荀伯父打了电话，我说，有一个中国女孩怀着不纯的目的接近了荀纪，而荀纪好像上当了，准备带她回国。

荀伯父怒不可遏，说会亲自来英国处理这件事。而不久之后，就发生了商贸街的恐怖袭击。

爆炸响起的那一刻，我就坐在他们的背后，荀纪拽着言夏逃脱时，我也紧紧跟在他身后。我是那样熟悉他的背影与气息，哪怕人流混乱，哪怕他与言夏走失，我仍能一步不落地跟上他。

黑暗的空间里，枪声肆虐，他因为言夏乱了方寸，差点就撞到了恐怖分子的枪口上。我扑过去拽住他的手，带着他藏到了坍塌的角落。

那是我第一次离他那么近，他的呼吸就喷在我脸上。我知道他有幽闭恐惧症，所以我紧紧拥抱了他。那时候我想，哪怕是拿命来换这一刻呢。

后来他被石子砸中昏迷，没多久特警冲进来制服了恐怖分子。我将他送到医院，那时我竟然恶毒地想，就让那个女孩死在这场袭击中好了。

可到医院没多久，言夏就找了过来。她看见昏迷的荀纪，也看见坐在床边紧紧握着荀纪双手的我。

我占据主动起身自我介绍，说："你好，我叫江蔚，荀纪的未婚妻。"

我知道，这一句话已足够给她自知之明。

她看着我笑了笑，并没有我想象中的慌乱，只是眼底常有的光芒一点点褪去，像坠入无边的黑暗。

"等荀纪醒了，我跟他好好道别之后就会离开，请你不要多想。”

考虑到此时还不能让荀纪知道我的存在，于是我踩着高傲的步伐离开。

只是没想到荀伯父是如此雷厉风行，趁着荀纪去学校考试的空闲，带着我到了他家，对正在收拾行装的言夏说了一番在我听来都觉得羞愤刺耳的话。

我以为在这样的侮辱中她会哭，可是她没有。她给荀纪写下最后的告别信，背着背包面无表情地离开，到门口时又驻足，回过头仰着下巴道：“我很失望，荀纪那样善良的少年，竟有一位你这样的父亲。”

荀伯父气得不轻，我故意说要出去教训她。其实我只是追上她，给了她一个银行卡号和五千现金。

我说：“我没有侮辱你的意思，但我知道你没有回国的机票钱。这个就当是我替荀纪借你的，回去之后你要还钱，就打在这个卡上。”

她没有拒绝，沉默收下，转身离开。一个月后，我的银行卡收到她还的一万三。

之后我不出意外和荀纪上了同一所大学，我开始以同学加同胞的身份慢慢出现在他的视线，以他不反感的方式渗入他的生活。当荀家提出订婚时，他看着我，没有反对。

我以为这就是我们完美的结局了。谋划多年，我终于如愿以偿。可我能为爱隐忍如此之久，荀纪自然也可以，谁都不能小看爱的力量。

荀先生不喜欢爱做公主梦的女孩，因为在他心中一直住着一位公主。

荀先生不喜欢幻想电视剧的女孩，因为他与她的相遇就像电视剧一样梦幻。

荀先生不喜欢永远长不大的天真女孩，因为那样可爱的性格他只想在她身上看见。

那个女孩仅用五天便占据了荀先生全部的心，爱情的魔力真是令人感到可怕又温暖。我终于还是没能留住他，他不属于我，从来都不。

啊，或许只有那一刻。在黑暗的坍塌角落，我们在枪声中紧紧相拥，我离他那么近，只隔着一颗心的距离。

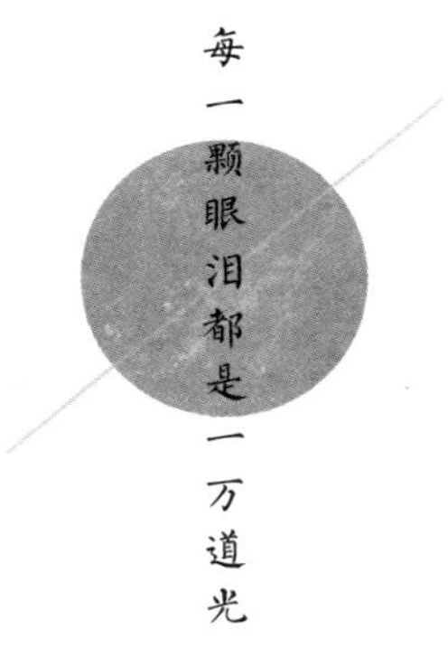

每一颗眼泪都是一万道光

〔作者感言〕

众所周知，我是一个网瘾少女，上到《英雄联盟》，下到《开心消消乐》，无所不玩，因此耽误了许多写稿子的时间并深深遭受到编辑的嫌弃。这样的我，不写一篇电竞文，都对不起我网瘾少女的身份，于是就有了这个故事。

CHENGMENG
NICHUXIAN

GOUWOXIHUAN
HENDUO
NIAN

【01】

今年莫斯科的头一场雪，来得比往年都要早。长街清冷，商贸大楼的LED屏上正在实时转播第四届电竞国际联赛。

激烈的解说和比赛视频空荡荡地响在雪夜里，过往人群来去匆匆，这样冷的天气，无人愿意驻足。

“现在正在为您直播的是第四届电竞国际联赛，来自中国的年岁战队和来自法国的CE战队，比赛时间已经过半，年岁战队今晚的表现有些不尽如人意，队长沈岁频频发生失误……oh！沈岁再次失误，直接吃了对方ADC一套技能，我们看到辅助想上去帮忙，但是被对方的刺客牢牢缠住，沈岁血空！沈岁交了治疗，但是被眩晕，沈岁再交闪现，这个方向……沈岁闪现进入ADC的陷阱！沈岁倒下了，年岁落败，中国战队不敌法国战队。”

LED屏前爆发一阵嘘声，在异国他乡的夜晚听见“中国”二字的同胞们难得驻足，虽看不懂电竞游戏，但带着中国战队的头衔，总希望能为国争光，不料中国战队很快落败，驻足的人群骂骂咧咧几句，四下散了。

解说员的嗓音伴着初雪回荡在夜空中：“年岁战队是中国实力顶尖的战队之一，但是在这一场比赛中表现得非常令人失望，特别是队长沈岁，从个人对战和布局来说都失误良多，不知是否像传言那样，状态下滑准备退役……”

亮如白昼的竞技厅，年岁战队的队员面容阴沉地走下赛台。沈岁走在最后面，垂眼看着地面，脸色煞白。

到了后台，终于有队员忍不住埋怨：“队长你到底在做什么？那几个失误是游戏小白才会犯的吧？”

沈岁依旧垂眸，嗓音很轻：“抱歉，我有些不舒服，连累了大家。”

“这是连累的问题吗？中国战队只有我们杀入决赛，这才第一场就被淘汰了，丢人都丢到国外……”

还想说什么，被旁边的队友扯了一下，沈岁揉了揉眼，长发从脸侧滑落，看不清表情，只是嗓音里有强忍的哭腔：“对不起啊，大家。”

那头，法国战队正兴致高昂地过来赛后握手，比赛输了可不能再输态度，队员连忙调整状态，堆出客套的笑脸。混乱间，沈岁不知何时已经独自离开。

外头雪下得更大，堆满街边冬枝，她从赛场出来还穿着队服，起先只是边走边抹眼泪，积雪打湿鞋边，脚底的寒气蹿上心脏，像终于忍不住，双手捂住脸大声哭出来。那哭声被风雪吹散，悲伤得撕心裂肺了。

林周从手术室出来时，才发现下雪了。医院门口停了几辆警灯闪烁的救护车，他在小商亭要了杯热咖啡，倚着亭子点燃一根烟。

他其实很少抽烟，这么多年，每当有手上的病人过世，都会点上一根，逐渐成了习惯。雪花从他吐出的烟圈间穿过，带着一丝凉落在他唇上。

这次的病患才二十七岁，哈佛高才生，人长得帅，性格也好，可惜天妒英才，转到他手上时已经是骨癌晚期，接手半年倾尽全力，还是没能留住他的性命。

思绪被哭声打断，他抬眼看去，就在不远处的花坛旁，小姑娘贴着树站，穿一身单薄的暗红外套，整个人冻得瑟瑟发抖，眼睛却望着医院的方向，捂着嘴哭得既悲伤又压抑。

林周见多了这样情绪失控的病人家属，但天这么冷，她又穿得这么少，再这么哭下去估计会冻晕。他掐了烟，端着咖啡走过去。

离得近了，头顶的路灯投下晦暗的光线，才看见是亚洲人的脸庞，外套胸前绣了他看不懂的Logo，中间圈了两个汉字，他看出那是“年岁”。

原来是个中国姑娘。

“喝点热咖啡吧，找个地方休息休息，平复一下心情，伤害自己是不明智的选择。”

她有些惊慌地后退一步，听到他的话抬起头，通红的眼里卸了戒备，瓮着声音问：“中国人？”

“华裔。”林周将咖啡递过去，指了指自己胸前的医生证以证身份，“你家人呢？天这么晚，又下着雪，已经很不安全了。”

“我……”她哽咽了一下，“我是跟团队一起过来打比赛的。刚刚收到……同学病逝的消息，我想来看看他。”

说着，眼泪又流下来，一滴一滴顺着下颌落在雪地上。

林周皱眉：“什么时候过世的？两个小时以内，他的遗体会停在医院，你还可以……”

她摇头，话都说不完整：“我……不敢，我不去。”

她情绪很不稳定，林周也不打算逼她，本着医生的职责宽慰：“那你也不能站在这里，打个车快回去吧，明天找人陪你来。”

她点点头，手紧紧捧着那杯咖啡，朝他轻轻弯了弯腰：“谢谢医生，再见。”

林周望着她离开的背影若有所思，直到她消失在街头才猛然想起，方才那个姑娘，他好像在哪儿见过。

在哪儿呢？

一路疑惑着回到办公室，护士拿了文件过来让他签字：“这是苏言弈先生最后的病历报告，签完字他的家人就要带走他的遗体了。”

林周一下想起来在哪儿见过那个姑娘了。

就在一个月前，在苏言弈的手机上，被疾病缠身的男孩面色惨白，却朝他露出笑：“林医生，你玩游戏吗？我有个同学玩游戏可厉害了，马上要代表中国队来莫斯科参加国际联赛，到时候，我一定要买票去给她加油。”

他不懂游戏，却接过手机看了看，穿暗红队服的少年们热情洋溢，中间围着的，是一名面容冷静的长发姑娘。

【02】

林周拿着票进入竞技厅时，已是人山人海。前两年他去巴西看过球赛，跟此刻的盛况别无二致。

票是苏言弈买的，上手术台前交给了他：“林医生，如果我没有醒来，希望你能代我去给她加油。”

后来，他果然再没有醒来。

一周前初赛已经结束，这是决赛的第一场，坐下来时打量四周，并没有看见多少亚洲面孔。他询问旁边的人：“中国战队是第几场出场？”

那人奇怪地看他一眼，面露鄙夷：“中国队？初赛第一场就被淘汰了，实力太弱。”

他愣了一下，算了算初赛的时间，似乎，正好是苏言弈过世那晚。比赛还未开始，他拧开饮料喝了一口，起身离开。

再见到沈岁，是在苏言弈的葬礼上。在他给苏言弈当主治医生的半年内，和这个年岁相差不大的少年相谈甚欢，他们都毕业于哈佛，属于同一类人，若他活着，他们应该能成为很好的朋友。

注意到沈岁，因为她和那晚在医院外的站姿一模一样，贴着树站，像蜷缩的含羞草，抗拒着眼前的死亡。

她没有和他们一起，直到人群离散才从不远处迟疑着走近，穿黑色卫衣，长发放在帽子里，雪白面孔尤显得双眼通红，风起时，衣服都飘荡。

墓前摆满了白菊，她却拿了一朵风信子，林周故意放缓脚步，她走过来时愣了愣，朝他笑了笑："医生，你好。"

"刚才怎么不过来？"

她抿了抿唇："我其实和苏……同学不熟，问起来，不好。"见他目光落在她手中的花上，弯了弯唇角，"我记得他喜欢风信子，所以就带来了。"

墓碑上的黑白照笑容灿烂，她定定地看了会儿，低头揉了揉眼睛。

"你们是大学同学？"

"高中，毕业后他去了美国，我没有继续读书，交集也很少，我们……已经很多年没有见了。这次来莫斯科，刚好听说他在，本来还打算比赛完去看他的。"

她故作轻松，林周皱起眉头："你在跟我解释什么？"

她愣了一下，笑容苍白："我只是……"话说了一半，像是再也说不下去，手指捂住眼睛，良久，哽咽出声，"我只是想他活着而已，我知道他在莫斯科治疗，拼尽全力拿到来这里比赛的资格，好让自己有个理由去见他，可是……怎么就不给我这个机会呢？"

眼泪从指缝里流出来，她哭得这样小心翼翼，就像这么多年她对他的喜欢，无处安放。如今面对一方墓碑，却再也没有说出来的必要了。

她抬起袖子擦擦眼睛，朝他笑了笑："我要回国了，医生，再见。"

林周将手中的黑伞递过去："下雨了，别淋雨。"

她接过雨伞，朝他弯了弯腰，转身撑伞离开。黑伞将她笼罩，犹如雨里溅起黑色的花，连背影都消沉。

那个时候，林周以为今后不会再见到沈岁。三个月后，林周作为华裔被医院委任为教授代表带团回国进行医术交流，成为半年的驻院医生。

国内的工作相较于国外没有那么忙，有时候还会帮着其他科室的医生看看病人。从办公室出来时，就听见走廊上闹闹嚷嚷的，走过去一看，原来是三个小女生骑电动车摔了跤，手臂脚踝绑了石膏，原本要留院观察，但现在三个人都要求出院。

"比赛就快开始了，我们好不容易才买到票。"

"就是就是，腿又没断，我还能走！"

林周性子一向冷淡，此刻也禁不住笑意，出声询问："什么比赛？"

发现问话的是个高高帅帅的年轻医生，小女生眼睛一下亮了，立即回答："世界电子竞技大赛呀，今天开始初赛，我们最喜欢的沈队要上场了，必须得赶过去支持。"

沈队？林周愣了一下，迟疑问："沈岁？"

"医生你也知道？"女生很是惊喜，"沈队自从在莫斯科失利后就被媒体唱衰，哼，今天就要打他们脸！"

那个安安静静的像含羞草的姑娘，她的粉丝居然这么疯狂吗？

林周笑了笑："沈岁有那么厉害吗？"

小女生瞪大了眼，从表情到语气都在反驳："当然啦！沈队是电竞队里最厉害的女生，其他战队的队长都是男生，沈队是唯一的女队长，你说厉不厉害？"

林周失笑："那是挺厉害的。"转身对同事道，"患者强烈要求出院，我们也无权强留，这样，我送她们过去。"

小粉丝们一阵欢呼。

到达电竞村时，满街都是少男少女，林周其实比他们大不了多少，但人生经历不同，难免显得稳重些，将小粉丝送到门口后想了想问："我也想进去看，该去哪里买票？"

"现在买不到票啦，早就抢光了。"

林周点点头，送走小粉丝，将车停在了街边。已是入场时间，街上的人都奔向比赛厅，街道一下冷清下来，街边是小吃一条街，林周闲庭信步，走到拐角处时，突然看见棚子里有人正在吃面。

戴黑色鸭舌帽，帽檐压得很低，马尾从脑后探出来，摇摇晃晃。那个身影，挺眼熟的，他不知道，他为何能一眼就认出来。

他走近，在她面前坐下："好久不见，沈岁。"

她一下被呛住，抬头震惊地看他。林周对上那双眼，原来她不哭的时候，眼睛这么好看。

【03】

灌了整瓶矿泉水，呛在喉咙的辣椒才终于有所缓和，沈岁长长呼出口气，终于朝他露出笑："林医生，好久不见，你怎么在这里？"

林周将事情大致讲了一下，末了道："没想到你人气这么高。"她被他说得脸红，又听他问，"粉丝都入场了，主角还在这儿吃面？”

她笑了笑：“我在后半场，还早。”

脸上，似乎已看不出苏言弈的病逝给她带来的悲伤。

“准备得怎么样？能赢下比赛吗？”

她垂了垂眼，语气有些自嘲：“一般，从莫斯科回来后我没有参加任何比赛，状态调整不过来，可能像他们说的那样，我真的到了该退役的时候了。”

林周要了碗面，用矿泉水洗了卫生筷，加了两滴醋，不慌不忙：“沈岁，其实我以前见过你。”

她愣了一下：“啊？在哪儿？”

“苏言弈的手机上。”

她的表情僵在脸上。

“他和我说起你，不顾别人的眼光坚定走自己认为正确的路，在游戏还不被大众认可的时候，顶着不良少女的名声也要把游戏坚持下去，有一股十头牛都拉不回的蛮劲儿，我记得他是这么说的。”

她定定地看着他。

“苏言弈很欣赏你，手术前，他还买了你比赛的内场票。”

眼底顷刻浮上一层水意，她赶紧抬头眨了眨眼，嘴唇却紧紧抿住，嘴角向下，是强忍着不哭的模样。

林周慢条斯理地吃面，似乎没发觉她将要崩溃的情绪：“刚才听说这次比赛的票都卖完了，沈岁，能给我走个后门吗？我想看看被苏言弈欣赏时的你的模样。”

良久，久到那碗面已经吃完，终于听见她轻声回答：“好。”

沈岁带林周走的选手通道，进去的时候赛场里人潮涌动，比赛已经开始，气氛热火朝天。他第一次看电竞比赛，什么都看不懂，沈岁坐在他旁边，时而偏头解释两句比赛的规则，令他大概摸清了输赢的标准。

该沈岁上场的时候，她用手掌在膝盖上轻轻擦了擦。后来林周知道，那是她每次上场前都会做的小动作。

他笑容淡淡："加油。"

她没有回头，只是背对着他竖起了大拇指。

沈岁带领年岁战队上场时，赛场内静了几秒，突然起了一片嘘声。在国际联赛上沈岁丢了那么大的脸，被很多电竞迷引以为耻。

摄像头搞事地将镜头对准沈岁，她微微抬眼，没有情绪的一双眼，黑得深邃，倏而，唇角勾了个挑衅的笑。

沈岁的小粉丝一阵骚动，扯着嗓子为她加油。比赛很快开始，林周听见解说的声音响在现场。

"今天和年岁对战的同样是我们国内顶尖的红枫战队，在这场比赛开始之前年岁很不被看好，毕竟沈岁上一次的表现大失水准，不知道今天会有什么样的表现呢。"

林周看得很认真，其实他并不能听懂解说的那些专业词汇，也看不懂游戏里沈岁操纵的那个角色用了什么招式体现了什么技术，只是她的角色头像上那条绿色的生命值每下降一点，他的心就会跟着抽一下。

仿佛是在手术台上抢救濒死的病人，血压脉搏数值一点点下降，此刻他无计可施。随着时间推进，比赛进入赛点，双方都只剩下两个人。

解说员正在进行激烈解说："红枫的刺客和战士正在围杀年岁的ADC，就看沈岁能否赶到救援，但是刚才刺客在草丛里放了陷阱，如果沈岁支援势必要经过草丛，如果被控住，可能会被一套带走！"

现场气氛紧张，镜头掠过沈岁的脸，那双漂亮的眼睛里，没有一丝慌乱。

“沈岁已经走到草丛边缘，只要一步！……沈岁停了！她掉转了方向，看来经验老到的沈岁凭借自己灵敏的嗅觉察觉了对方的意图，不愧是沈队！她放弃了救援队友，对方两人已经包抄过来，这个时候最好是跑一波，等等，沈岁上了！”

凭着最后一丝血线，不退不避，冲向了敌方。

“沈岁凭借超快的手速以及老到的经验完成了这场比赛的最后一次双杀！年岁战队获胜！”

呼声乍响，犹如雷动。

林周看不懂技能，也听不懂解说，只是看着屏幕上给了特写的姑娘勾着唇角浅浅的笑，觉得那一击绝地反杀真是帅气极了。

【04】

沈岁用她的实力狠狠打了那些唱衰她的人一记耳光，退役？不存在的。她可是从电竞还未走入职业到如今火爆全球唯一坚持这么多年的女选手啊。

走下赛场时，林周已经离开了。她推了媒体的采访追出去，大街上人头攒动，已寻不到他的身影。

这次的比赛将要持续半个月，拿下首场胜利后，下一场比赛是三天后。

这一次林周学聪明了，让医院的小护士帮忙在网上抢到了票，被嘲笑连手机都不玩的老古板居然喜欢看游戏比赛。

镜头推到沈岁身上时，她正在调试耳麦，马尾高高束在脑后，露出光洁的额头，整个人都像在发光，满是自信飞扬的光彩。

林周回想头几次看见她，赛场上的沈岁和私底下的沈岁，像是两个不同的人。

这场比赛没有悬念地赢了，只是结束的时候摄像头给了沈岁特写，林周注意到她放在键盘上的左手微微弓起，有不易察觉的抽搐。没有谁比他这个骨科医生更能容易注意到这些细节。

沈岁出来时，看见等在赛道口的林周。一群粉丝被保安拦住，他就站在最后面，倚着墙壁，目光淡淡地望着她的方向。

她冲他挥挥手，做了一个吃面的动作，马尾左一下右一下在空中摇晃，可爱得不像方才在赛场上从容指点的队长。

林周到上次吃面的凉棚，要了一碗牛肉面，吃到一半的时候沈岁才过来。老板端了早准备好的炸酱面上来，两个人坐在最里面埋头吃，听着外头热火朝天地讨论方才的比赛。

“吃完了跟我去下医院吧。”沈岁疑惑地眨眨眼，他目光落在她扶碗的左手上，“你的手，还能撑到决赛吗？”

她愣了一下，抬起左手看了看：“最近是有点疼，可能是这几天高强度练习造成的。”

林周拿出纸巾擦嘴：“指关节弯曲伴随痉挛，可不像是这几天造成的。”

沈岁没说话，默默地吃完面后跟着他上车前往医院。

一番检查下来已是傍晚，办公室内，穿白大褂的林周看上去格外严肃，拿着检查报告看了很久，才终于缓缓开口：“沈岁，我想，你到了该退役的时候了。”

她面色一僵，不自觉坐直身子。

“慢性肌肉劳损，指关节严重畸形，你逐渐会感到手腕无力，持续性疼痛劳累，你已经不适合电竞这样高强度的比赛了。”

也就是说，她的双手已经跟不上她的意识了。无法爆发超高手速，也就无法抢得先机赢得比赛，于更新换代迅速的电竞圈而言，她这个年纪，确实已经太大。

她垂着眸，双手捏在一起放在膝盖上，声音暗哑：“治不好了吗？”

“这要看你想要恢复到什么程度了，和普通人一样当然没有问题，但是像你之前那样，是不可能了。”

夕阳西下，光芒从百叶窗投进来，她就坐在这团橘色光影里，嗓音轻得破碎：“林医生，你帮帮我吧，我还不能退役。战队还没找到接手的人，莫斯科那场比赛让许多看好战队的人都止步，因为我自身原因影响到队友的前程，如果又因为我退役令战队人心涣散，年岁战队，可能真的就要解散了。”

一个女孩子，顶着各界的压力和质疑，带领一群怀揣梦想的少年少女走到如今这个地步，她付出了多少，不是他一个不懂游戏的人可以想象的。

他见过生活中的沈岁，安安静静又拘谨小心，像含羞草一样，可赛场上的她却比太阳还要炽烈，自信冷静，飞扬轻狂。一定是将一生的热情都投在了里面。

面对这个姑娘，他说不出拒绝的话。

“下场比赛开始前，我会帮你做恢复治疗，起码让你撑到这次大赛结束。”

她深黑眼眸浮上一层水意，唇角却弯弯的：“谢谢你，林医生。”

林周突然想起，每一次和沈岁见面，她几乎都哭了。女孩子的眼泪，怎么会有那么多呢？

在针对性的恢复治疗下，沈岁果然感觉好了很多，但她明白这只是权宜之计，常年比赛手指受损已成定局，她是到了该退场的时候了。

决赛第一场，林周照样到场，她上场前他对她说：“这场比赛结束了，我带你去钓鱼。”

她偏着头看他：“这也算疗程的一部分？”

他笑了笑：“是。”

钓鱼的地方在医院的后山，银杉成荫，中间圈了一方池塘，时常有钓友来这里，是以塘边有专门用来放置东西和休息的平台。林周不知从哪儿借来一把遮阳伞，撑在树荫之下，绿影在伞上投下深浅不一的光斑。

伞下放了两只有靠背的小马扎，两根棕色的手竿，一罐蚯蚓。林周将鱼竿甩入水池后就坐下来捧着一本书看，午后的阳光被树叶分割，细细碎碎落在他发间眉上，发丝都根根分明。

沈岁托着腮坐在一边，一会儿看看他，一会儿看看鱼浮，这样悠闲又缓慢的时光她不知多久没有体验过了。

没多时，浮子动了一下，开始往下沉，她一下跳起来，声音欢快：“上钩了上钩了，快拉。”

林周不慌不忙折了一角书页，才去拿鱼竿，结果鱼已经跑了，沈岁不满地看着他：“林医生，你到底是来看书的还是来钓鱼的？”

“我不喜欢吃鱼，钓上来还要把它放回去，省去这道工序，只体验过程不是很好吗？”

沈岁哭笑不得。

最后两人双手空空下山，林周的书倒是看了一大半，还跟她分享读后感。决赛那几天，沈岁面临高强度的练习，根本没时间去医院，林周每天下班都会到酒店给她做恢复治疗。

有时候一垂眸，就能看见他低着头认认真真握着她的手按摩、针灸，那把拿手术刀的手又长又细，赏心悦目。

决赛那天，沈岁问了林周的座位号，走上赛台的过程中，她朝他的方向张望。人头攒动间，她找到了他。他与她目光相对，片刻，“唰”的一下打开手里的条幅，写着“沈岁加油”。

沈岁“扑哧”一声笑出来。

真不像他能做出来的事儿啊，可他，到底还是做了。

沈岁赢了，带领年岁战队赢得了世界电竞大赛的冠军，那一刻她却在想，总算对得起他这么多天对她的治疗了。

【05】

比赛结束，沈岁和战队也即将离开，走之前，她去医院向林周告别。门口停了几辆救护车，人群拥挤，打听之下方知是登山队意外从高处坠落，正紧急抢救。

沈岁随着人群往内走，听见护士交代：“让林周医生到手术室做准备，这个病人需要立即截肢。”

她脚步顿了顿，没有再上前。

林周从手术室出来时已经是傍晚，服务台的护士叫住他，给了他一张蓝色的便签纸。上面是娟秀的字迹：林医生，我走了，谢谢你的帮助，有缘再见。

落款处画了年岁战队的logo。

他盯着纸上的字迹看了一会儿，半晌，放入了贴身的口袋里。

由春入夏，林周开始关注一些游戏直播，有些比赛依旧能看见年岁战队上场，只是队伍里没有了沈岁。她听从了他的话，正在慢慢离开这个舞台。

暑假的时候，林家小表妹来找林周玩，他下班回去就看见表妹坐在他的电脑前操控着角色玩得入迷，游戏画面他很熟悉。

他脱了外套走近：“你也玩这个？”

小表妹没回头："表哥你回来啦，这游戏很好玩的，我们班上同学都玩儿。"

他倒了杯牛奶，扯了张椅子坐在她旁边："那你知道沈岁吗？"

"沈队谁不知道啊，我们女生的骄傲！我的目标就是成为沈队那样的职业选手！"

林周默不作声地笑了笑，仿佛表妹崇拜的对象是他一样。吃完晚饭，他关上卧室门，打开电脑，看着桌面上的游戏图标发了会愣，然后点击进入。

就像他的手机只用来接打电话一样，他的电脑也多为工作之用，头一次接触游戏，页面加载出来时，鼠标都不知道往哪儿点。

愣了半天，拨通了沈岁的电话。这是他们分别后，他第一次打她电话，几声嘟嘟，传来沈岁的声音："喂，林医生？"

他顿了顿，开口："沈岁，带我玩游戏，我不会。"

那头震惊得说不出话，好半天，"扑哧"笑了："你把ID发给我，我马上上线。"

在沈岁的指导下，他总算成功进入游戏，电话开了免提，除去考哈佛那年，他已经很久没有这么紧张过："别挂电话，现在要做什么？"

沈岁笑个不停，那个在比赛场上所向披靡的角色就站在他面前，她的声音透过电话清晰地响在他耳边："别怕，跟我走，别超过我就行。"

拿手术刀的手此刻握着鼠标抖个不停，沈岁的声音不停响起："回来回来，站在我身后。别去那里，那里肯定藏了人。"

"林周你做什么，那是敌方，你的治疗套在他身上干吗？"

一场游戏玩下来，他大汗淋漓，起身开了空调。虽然他严重拖了后腿，但有沈岁这个大神开道，以一敌三，最后终于取得了他游戏人生里的第一场胜利。

沈岁憋笑的声音传过来："林医生，你为什么想不通要来玩游戏啊。"

他喝了口牛奶，嗓音淡定："你陪我钓鱼，我陪你打游戏，礼尚往来。"

那头静了一下，片刻才轻轻开口："其实钓鱼也是你在陪我。"

他撑着额头，默不作声地笑了笑："沈岁，以后还能继续带我玩吗？"

"当然。"

十一月初，沈岁参加了她人生里最后一场职业比赛，比赛结束后宣布退役。林周专程坐飞机去了她比赛的城市，从记者招待会出来，他就等在外面。

沈岁突然想起第一次见到林周，在莫斯科那个下雪的夜晚，他送给她一杯暖和的热咖啡，用并不算温和的语气让她注意安全。那个时候她其实有点怕他，他整个人太过严肃古板，连关心都像告诫。

后来才知道，有些人，心是暖的。

沈岁朝他招招手，小跑着奔到他身边，手里的咖啡洒出来一点，她用纸巾一点点擦干净，递到他手里："很冷吧？这是我在酒店拿的，听说是他们的招牌咖啡。"

他抿了一口，点头："味道不错。"又看着她，"肚子饿吗？我订了饭店。"

沈岁指着不远处的小吃一条街："我想吃那个。"

这种小吃街卫生一般做得不好，林周几乎不来，但这次却没有异议，只是看见油腻腻的桌面时眼角抽了抽。

沈岁点了不少东西，举着酒瓶和他干杯："祝贺我终于完美结束了我的职业生涯。"

他看着她的眼睛，说出这句话时，其实眼底有泪："遗憾吗？"

她低头揉了揉眼睛，像是竭力压制难过，好半天抬头冲他玩笑道："不会遗憾呀，只是除了游戏，我再不会别的什么，今后可能要饿死了。"

"如果你少吃点。"他一本正经，"我可以考虑养你。"

沈岁哈哈大笑。

她大概以为他也在开玩笑。

一周之后，林周在国内的学术交流结束，回到莫斯科。临走前，他给沈岁打电话，却提示关机。

他想了想，发了条短信给她："沈岁，有缘再见。"

【06】

全球气温升高，莫斯科的初雪却一年比一年来得早。回到莫斯科的第三天，林周买了一束风信子去了墓园。

他也不知道自己为何会记得苏言弈的忌日，为何会带着他喜欢的风信子来看他。只是当莫斯科飘起雪花时，他不由自主地想到了沈岁，想到她在那个雪夜里悲伤哭泣的样子。

墓碑前已经放了不少白色的花，他一眼就看见了其中紫色的风信子。

沈岁来过了。

应该是三天前来到莫斯科的吧，他给她打电话的时候，她应该正在飞机上。有几束风信子已经枯萎，有几束却正盛放，她大概每天都会过来。

林周等在墓园，傍晚时分才看到她。

仍穿一身黑色卫衣，长发放下来时，整张脸看上去又小又瘦，只是眼神是平静的，不再像去年时，悲伤、绝望。

看见林周时她愣了一下，随后嘴角微微弯起来："林医生，你也来看他？"

"我在等你。"他并不避讳，"来了莫斯科，怎么不告诉我？短信没有收到吗？"

她垂眸没有回答，走近将风信子放在碑前，静静地看着墓碑上的黑白照片，好半天才开口："我高中的时候就喜欢苏言弈了。"

这是这么多年来，她第一次对一个人说出，她喜欢苏言弈。

"他是班上的学霸，不仅学习好，性格也好，就像小时候看的童话书里的王子一样，那个时候，没有几个女生不喜欢他的。"

她是俗人，也不例外。

可她学习不好，长相一般，还有一个看上去很糟糕的爱好——打游戏。总有同学给老师打报告，说看见她在网吧玩游戏，所以她总是被批评，还是当着全班同学的面。那个时候，苏言弈总会给偷偷抹眼泪的她递纸巾。

他笑着问她："你玩什么游戏啊？教我好不好？"

而她只能落荒而逃，不良少女的帽子扣下来，高中三年都没能摘掉，以至于连她自己都觉得，这样的自己有什么资格喜欢那么完美的苏言弈。

高中毕业她没有继续读书，而是坚持着游戏梦，顶着流言蜚语走下去。而苏言弈去了美国，考上了哈佛，和她天差地别。

每年唯一的联系，是过年的时候，假装是群发，给他发一句新年快乐，而他回一个笑脸，告诉她：沈岁，新的一年要继续加油哦。

她总觉得自己配不上他，连说喜欢的资格都没有。她不知道，苏言弈一直都有关注她的比赛，她顶着那样大的压力在游戏里走出一条荣耀之路，他其实很欣赏她。

后来，她听说苏言弈恋爱了，再后来，她听说他生病了，最后，就是在比赛的当晚，在同学群看见苏言弈去世的消息。

自始至终，她的喜欢都像见不了光的种子，深埋地底发不出芽。在游戏里叱咤风云的人，在感情里竟然如此谨慎卑微。

林周看着眼前的姑娘，她捂着眼睛，哭泣时肩膀轻轻耸动，像蜷缩起来的含羞草，让人忍不住心疼。

他走近两步，将她的手拿下来，定定地看着她的眼睛："沈岁，你跟我说这些，是猜到我喜欢你了吧？你告诉我这些，只是想让我死心，你觉得除了苏言弈，不会再喜欢别的人了对吗？"

她瞪着眼睛看他，像是不敢相信他将他的心思这样直白地说出来。她是个善良的姑娘，拒绝人时都用了最委婉的办法。

林周笑了笑："可我不是你，我不会像你一样喜欢一个人那么多年都不敢表白。你尽管去喜欢他，可在你喜欢他的时候，要记得，我也在像你喜欢他那样，喜欢着你。"

这是他的心意，满满的，含着真诚，不藏一丝一毫，完整交到她面前。她会不会要，他不知道，但他愿意等。

一辈子那么长，那么无聊，等一个人，也是乐趣。

眼前的姑娘忘记了哭泣，愣愣地看着他，也忘记了回答。

可他不着急，山和山不相遇，人与人总相逢，他相信，将来有一天，她总会来到他面前，接受他给的心意。

〔作者感言〕

以前我最爱看的电影是《史密斯夫妇》，我觉得那种彼此隐瞒身份又配合默契的恋人酷爆了。但其实电影也告诉我们，对立面从来都不是爱情的阻碍，只要你愿意，哪怕隔着天堑，我都会来到你身边。

CHENGMENG
NICHUXIAN

GOUWOXIHUAN
HENDUO
NIAN

【01】

七月盛夏，泰国曼谷。

天色蓝得没有一丝杂质，半空热浪之下，大华街生活气息正浓。水果摊的老板刚将杧果削皮切成小块递到游客手上，耳边突然一声巨响。

他偏头去看，接踵而来的冲击波瞬间掀翻了水果摊，目光所及，不远处的楼房轰然倒塌，黑色蘑菇云冲上天际，火光枪声弥漫，哭声四起。

突如其来的爆炸打破了这个平静的午后，不远处鸣起警笛，穿黑色衬衣的高大男子混在逃窜的人群中，经过服饰小摊时，他顺手拿了一顶鸭舌帽扣在头上，帽檐低低压下去，只露一双微抿的薄唇。

逃窜方向是中心公园，那里正举办一年一度的鲜花节，人多嘈杂，是甩开身后那群人最好的途径。

入口处用九千朵鲜花堆叠了欢迎牌，不少游客正围着照相，他拨开人群步履匆匆，但无奈身后人追得太紧，始终甩不掉。

穿公园而出，人群已经稀少，如果再想不到办法甩开他们，接下来估计凶多吉少。他将帽檐拨高一点，正抬眼张望，一辆机车突然甩到他面前。

机车上的人穿皮衣，戴黑色头盔，大拇指朝后一指：“上来。”

他回头看了眼已经冲到街口的对头，长腿一抬上了机车。发动机轰鸣，扬起漫空的尾烟，风一般疾驰掠出。

二十分钟后，车在海滨路停下，前面的人取下头盔，逆着海风拨了拨短发，冲他扬眉：“货呢？”

他早该发现她是个姑娘，毕竟皮衣衬出的腰身纤细，还有几分娉婷。

林清坐在车上没动，从裤兜里摸出一根烟点上，吐出一口烟圈才问：“什么货？”

眼眶深邃的短发姑娘一脸“你不是吧”的表情，压低有些愤怒的声音：“朱元璋戴过的玉扳指儿啊，钱我都带来了，你别说你没把货带来？”

林清将烟嘴拿开一些，眯眼看了她会儿，意味深长：“走私文物？明洪武年间的东西，起码十年起步……”

话没说完，她一把打掉他手中的烟，拽住了他的领口：“少说废话！到底带没带？”

林清垂眸，容色淡淡：“我不知道你说什么，刚才是你主动让我上车的。”

她愣了一下，秀致眉眼涌上疑惑，迟疑地问：“你不是阿Q？”

“不是。”

她猛地拿下他头上的鸭舌帽：“那你怎么会戴着这个绿帽子出现在我们约好的地方？”

林清这才发现自己刚才顺手在摊位上拿的鸭舌帽居然是绿色的……

还真是不算美丽的误会。

他跳下车："看来你认错人了。"

短发姑娘一脸茫然，见他要走，一把拽住他的胳膊，"不行，你不能走！"话落，感受到手指上的湿润血迹，又看看他紧蹙的眉头，"你受伤了？"

林清将手臂抽回来，按住被鲜血浸湿的位置："刚才谢谢你。现在回去，说不定还能找到你要等的人。"

她看看手表，气得跺脚："早过了约定时间，现在回去等个鬼啊！"见林清一副事不关己的模样，咬牙切齿地拽住他衣角，"我不管！都怪你坏了我的好事，你赔！"

林清笑："我又不走私文物。"

她气得不行，正要反击，空无一人的海滨路上突然冲出来几辆越野车，朝着他们的方向疾驰而来。林清面色一凝，抬腿跨上机车，见她还呆呆地站着，出声提醒："还不走？"

她才反应过来，刚刚坐上后座，车子已经飞驰而出，风似刀子划过脸颊，她只能紧紧搂住他的腰侧，将头埋在他后背。

呼吸间，有淡淡的血腥味和男性特有的荷尔蒙味道。

林清车技很好，经过高架桥时车子从侧方下弯上小道，越野车过不来，只能眼睁睁地看着他消失在小道尽头。

车子一直开到郊外某处废弃工厂才停下，她从车上跳下来，一脸警惕地瞪着他："你把我带到什么地方了？"

说话间，瞟到他手背上的血迹，大抵是伤口开裂，血顺着手臂一路滴到指尖。林清满不在乎地捂住伤口，打电话吩咐人来接。

挂了电话，看见她正从机箱里掏出一卷纱布，有些别扭地问："要不帮你包扎下？"

林清没说话，低头挽起袖口。古铜色的皮肤，手臂线条坚硬，握成拳时侧有青筋。这应该是一副常年锻炼风吹日晒的身躯，她用纱布将伤口缠起来，撇着嘴：“枪伤啊？刚才西边那场爆炸不会跟你有关吧？”

林清盯着她，冷不丁问：“你叫什么名字？”

她将纱布打结，放下他的袖口：“Judy。”

“中文名。”

“好多年没人问我中文名了。”她叹了口气，“姜敏之。”

“那么姜小姐，”林清环胸抱臂倚着机车，“请问你为什么要私下买卖中国文物？”

“你是警察啊？审犯人啊？”她不甘示弱地瞪回去，一把将他掀开骑上机车，戴好头盔后拨开护目镜看着他，“今天算我倒霉，有人来接你我就先走了，后会无期！”

她启动发动机，后轮胎一个帅气甩尾，尾烟喷了他一身后扬长而去。

林清望着她离开的方向，缓缓眯起眼睛。

【02】

再一次遇到姜敏之，是三天后的晚上。从酒楼出来正是夜市开场的时间，七月的曼谷游客纷涌，林清正弯腰上车，透过后视镜看见身后小吃街追逐的人群。

姜敏之背一个黑色双肩包一路奔逃，身后跟了一群手持刀棍的人，她慌不择路，扭头冲进身边小巷。林清记得，那是一个死胡同。

他收回已经踏入车里的半只脚，吩咐手下：“去帮忙。”

不多会儿，灰头土脸的姜敏之被手下领过来，看见他时眼睛亮了一下：“是你啊！还好还好。”

话音未落一头钻进他车里，扒着坐垫鬼鬼祟祟朝后看。林清笑了笑，弯腰上车坐在她身边，等车开动了才问："怎么得罪人了？"

"他们出老千，我就是掀了桌子而已！"

林清想起来，刚才带头追她的那个人的确是这一片赌场的打手，看来明天还要找人去疏通一下关系，毕竟他和对方还有生意上的往来。

他开了一瓶矿泉水给她："住哪里？送你回去。"

她咬牙切齿："住什么住，钱都输光了！"转头眼巴巴地望着他，"借我点钱呗。"

他笑了一声："买得起朱元璋戴过的玉扳指儿的人还会差钱？"

"这篇翻不过去了是吧？"她抱着双肩包缩回座位上，从包里摸出一瓶紫药水，唉声叹气，"我家老太爷后天大寿，没买到玉扳指儿我都没脸回去了。"

"你可以再联系出售人。"

"中国文物呀，你以为那么好联系的？"她脚踝被铁丝挂了道口子，敷了紫药水后贴上创可贴朝靠背一倒，"我发了消息过去到现在都没回复，肯定是不满我爽约，拒绝合作。"

林清若有所思地点头，吩咐司机："去医院。"

"去医院干吗？"

他看了眼她的脚踝："伤口上有铁锈，要打破伤风。"

姜敏之有点惊讶于他细致的观察力，别过头看着窗外的灯红酒绿，有些别扭地道了声谢。

到医院检查后才发现，脚上的伤口并不浅，只是因为铁丝太细没有造成大面积伤痕她才没什么感觉，铁丝差一点就刺中血管，内里带了锈，医生费了好一番功夫才将铁锈清理干净，出来的时候姜敏之已经疼得没法走路了。

林清看她单腿蹦蹦跳跳的样子有点想笑，俯身将她胳膊架到肩上，扶着她往外走，听见她嘟囔："还以为会有公主抱呢。"

他淡淡地瞟她一眼："想得还挺美。"

上车之后他吩咐司机送她去酒店，她扒着坐垫抗议："我不住酒店！我有酒店恐惧症。"

林清匪夷所思："什么东西？"

"酒店恐惧症。"她一板一眼地解释，"一进酒店就全身发热喘不上气。"见林清面无表情地望着她，俯身抱住脚踝"哎哟"了一声。

半晌，他跟司机道："回我家。"

到家的时候姜敏之已经在车上睡着了，抱着背包缩成一团，短发乱蓬蓬的，有点像毛茸茸的小熊玩偶，但她五官轮廓很深，睫毛长得难以置信，扑闪着垂在眼睑。

他叫醒她："到了。"

她揉着眼坐直身子朝外看，看了半天感叹："你家真大啊，你居然还是个不显山露水的富豪。"

家很大，但是没人，不开灯时黑得可怕，玄关处卧了一只斗牛犬，听见开门声撒腿扑到林清怀里。他脸上头一次露出欢快笑意，将它抱起来。

"你小子，又重了。"

听这话，大抵是很久没有回过家了。

客房在一楼，姜敏之挑了间挨着书房的，被林清搀扶着进屋，房间每天都有钟点工过来打扫，很干净，他站在门口淡声交代："没什么事就不要到处走动。"

“怎么？金屋藏娇了啊？”她冲他撇嘴，从包里拿了件睡衣出来，挥手，“知道了知道了，我要休息了，晚安。”

林清转身掩上了门。

屋内安静，只有吊灯暖黄的光，姜敏之脸上的笑缓缓消失，她轻手轻脚走到门口，耳朵贴上去听了听外面的动静，然后反锁房门。

手机轻微振动了一声，她走回床上看了眼消息，飞快回复：Inside（成功潜入）。

然后删掉了短信。

【03】

早晨的阳光还算温和，零零散散地照在花圃间，林清端着早茶，目光落在不远处那只蜜蜂上。

“老大，货船又被警察截了，已经是这个月第三次了。”

“人手没问题吗？”

“上个月清理卧底之后，现在绝对干净。”

他手指扣住额角，笑了一下：“有点意思。”

“人清理干净了，那人留下的东西清理干净了吗？”玻璃门被推开，姜敏之一瘸一拐地走近，短发乱得像鸡窝犹然不知，看见桌上的早餐时眼睛一亮，扑到他身边坐下抓了片吐司就吃。

林清慢悠悠地看着她：“什么意思？”

她一边嚼一边说话：“现在科技这么发达，他在谁身上留个追踪器也不是不可能。你知道英国最近出了一款新的贴片晶体追踪器吗？比纸片还轻，金属探测仪都扫不到。”

林清眯起眼睛像在沉思，好半天才淡声问她：“你能解决？”

她得意地冲他挑眼，拍拍手上的面包屑：“给我台电脑。”

两个小时后，姜敏之抱着笔记本电脑从卧室走出来，林清不在客厅，之前汇报的那个光头也不见踪影。她推开书房门，窗帘拉得严实，书桌前亮了一盏台灯，照着几份摊开的资料。

她缓步走过去，就要靠近书桌时听见林清的声音：“你在做什么？”

姜敏之转过身来，笑嘻嘻的：“找你呀。”冲他扬扬手中的电脑，“我破解了。”

他手里端着碟子：“先吃饭。”

饭桌上已经摆了三菜一汤，简单的家常菜，姜敏之走近瞅了瞅，抬头问：“你做的？”林清已经落座，夹了一块豆腐。

“中国菜啊？我好多年没吃过中国菜了。”她夹了一筷子，摇头晃脑地品尝，“嗯……久违的，妈妈的味道。”

林清抬头看了她一眼。

“我妈过世后我就没怎么吃过中国菜了，十几年没回过国，伦敦的中国餐馆都不正宗。”林清埋头吃饭，似乎对她的身世并不感兴趣，“你呢？你是中国人还是泰国人？”

“中国。”

“那你怎么会在这里定居？”

林清放下筷子看着她：“中国有句俗语，食不言寝不语。”

姜敏之“哦”了一声，终于安静下来，抱着碗埋下头去的小模样分外委屈，林清看她一眼，无声地笑了笑。

吃完饭姜敏之窝在沙发上给他解释这个远程控制晶体追踪器的原理，他听了半天没听懂，伸手打住：“直接说结果。”

“只要下一次他们启动远程追踪，我这边就会收到信号，就能定位到追踪器。”

“行。”林清点点头，起身拿起外套，一副要出门的架势。

她直起身子："你去哪儿？"

"回公司处理点事情。"

"带上我吧？家里好无聊。"

林清瞟了她一眼，哼笑一声，转身走了。

偌大的房间一下安静下来，只有斗牛犬吐着舌头坐在沙发对面望着她。姜敏之放下电脑走到窗边，林清正顺着青石板路离开，走到尽头上了那辆黑色的轿车。司机发动车子，很快消失在她的视线。

她缓步走向书房，扭了扭门把手，已经被反锁了。她摸了摸袖口，手上出现一根极细的铁丝，从钥匙孔穿进去，轻微旋转起来。

几分钟后，"啪嗒"一声，书房门打开了。

书房极暗，她打开壁灯走到书桌前，几份资料仍摊在桌面上。她匆匆翻阅一遍，是公司的一些账目，她拿出手机拍了照，目光锁定在那台电脑上。

不出意外，电脑有密码，她插上U盘输入指令，开始解锁。时间一分一秒过去，进度条到百分之八十时，屋外突然传来斗牛犬的叫声。

透过房门，看见它吐着舌头兴奋地跑向玄关。

姜敏之心里一惊，几乎没有犹豫拔出U盘关上电脑，飞快走出书房。就在她关上门的那一刻，身后的房门应声而开，林清走进来，眸色淡淡看着门口的她。

姜敏之手指搭在门把手上，转身挤出一个笑："你怎么回来啦？我想进去找点书看。"

"钥匙忘了拿。"他缓步走近，目光却定定落在她身上，半晌，掠了掠唇角："过来。"

姜敏之被他笑得心惊胆战，他却转身在壁柜里拿下药箱："伤口出血了。”

她低头，才看见脚踝的纱布已经被血浸湿，大概是刚才走得太急撕裂了伤口。姜敏之咧嘴讪笑一下，拨了拨短发。

他低头取出纱布和药酒，等她坐下后将她脚踝抬到自己腿上，一圈圈取下染血的纱布，重新上药包扎：“跟你说过不要乱动，是想截肢吗？”

他低着头，脸上没什么表情，动作却很轻。从她的角度看过去，脸部线条硬朗，犹如刀裁，一双薄唇抿着微微的弧度，分外好看。

她伸手戳了戳他的胳膊：“你的枪伤好了？”

他没抬眸：“小伤而已。”

她笑了一下：“林清，你是做什么的啊？枪伤都算小伤的话，我这个干脆让它自生自灭好了。”

她踢了踢脚，林清一把按住，嗓音低沉：“别动。”

这么一踢又出血了，他不厌其烦地重新包扎，姜敏之听话地不再动，定定看着垂眸的他。良久，他起身放好药箱走向书房：“想看什么书，我给你拿。”

“不看了，我看电视就行，你把电视打开。”

林清点点头，打开电视后拿起钥匙准备离开，走到玄关处又回来，从钥匙扣上取下一把钥匙：“这是书房的钥匙，我习惯反锁，一会儿想看书自己去拿。”顿了顿又交代一句，“走慢点。”

她盯着那把钥匙，片刻，抬头冲他笑笑：“行，早点回来。”

傍晚，姜敏之收到一条短信，她低头看完，缓缓打字：Nothing.（什么也没有。）

那头很快回复：Enter the company.（去公司。）

趴在地上的斗牛犬猛地抬头，随即吐着舌头跑向玄关，姜敏之抬头看了一眼，飞快回复一句“OK”，然后删了短信。

门口，林清提着袋子走进来：“晚上吃面行吗？”

她露出大大的笑容：“好啊。”

【04】

在林清家住了几天，脚踝的伤口终于愈合，但他也没有提出让姜敏之离开。他不提，她自然不会主动开口。

斗牛犬跟她熟起来，总喜欢卧在她脚上，她嫌弃它丑，蹲在沙发上鄙夷：“你拉低了这个家的平均颜值。”

林清端着盆子从卫生间走出来：“把大圣抱到后院来。”

姜敏之嫌弃地抱起它：“这么丑还叫大圣，简直是对我偶像的侮辱。”

林清回头笑：“你偶像是孙悟空啊？”

她瞪回去：“不行吗？！”

午后阳光炽烈，但好在头顶有遮阳棚，林清拿着花洒站在院子里准备给大圣洗澡。看见水时大圣四只腿都开始蹬，姜敏之差点没抱住。

林清解释：“它最讨厌洗澡。”

两人合力将它按到盆子里，它一边叫一边甩水，一阵鸡飞狗跳。泡泡甩到她脸上，她偏头在林清肩上蹭蹭，抬头时，额头触到他下巴，带着青色胡茬，微微刺疼。

姜敏之愣了一下，偷偷抬眼瞟他。不同往日的严肃，和大圣待在一起时，他脸上笑容清俊，像没长大的男孩，和那个受了枪伤却仍镇定自若的男人大相径庭。

这个男人，是她见过的所有男人里最好看，又最神秘莫测的。像罂粟，明知危险，仍忍不住靠近，这样的人，为什么偏偏……

她微不可察地叹了口气。

洗完澡给大圣吹干时它满屋子跑，林清跟在它后面满屋子追，姜敏之蹲在地上笑得肚子疼。阳光从落地窗洒进来，细细密密，光线中跳动着尘埃，像一幅暖色系的画。那一刻，她几乎忘记，她来到这里，是为了什么。

晚上吃完饭两人坐在沙发上看《西游记》，姜敏之推推他："拿包薯片。"

林清面不改色："你觉得我家会有这种东西？"

姜敏之看着他半晌无言，片刻，他拿出手机："买几包薯片过来。"按住听筒偏头问她，"要什么味的？"

吊灯投下橘黄的光，他就氤氲在这团光芒中，嗓音都温柔。

电视演到金角大王和银角大王时，卧室的电脑突然发出警报声。姜敏之从沙发上蹦起来："有动静了。"抱着电脑出来时，听见林清正对电话吩咐："货船先不要动，等我通知。"

姜敏之脸色微动，走到他身边坐下，开始定位追踪器。时间一分一秒过去，信号范围终于缓缓清晰，林清眯了眯眼，拨通电话："光头，你现在在什么位置？"

"中心港的雕塑后面。"

"往右走一百米。"

话落，屏幕上的信号源也开始移动，直至一百米后停止，林清冷冷笑了一声。那头有些紧张，问："老大，怎么了？"

"追踪器在你身上，你来我家一趟。"挂了电话，他撑着额头若有所思，"挺聪明，知道光头是我最信任的人，有什么重要业务都会交给他。"

一个小时后光头到达，将随身物品取下后，最后追踪器定位在手机上。潜伏进来的卧底不知何时将追踪器嵌入了他手机里，以便警方随时定位。

光头气得不行，一脚踩烂手机，找到了一个指甲盖大小的晶片，他愤愤地扯出来："就是这玩意儿害得我们损失了三批货。"

姜敏之本来若无其事地蹲在沙发上，晶片被扯出时，神色突然愣了一下，她皱起眉："手机给我看看。"

话落，身边突然传出倒计时的嘀嗒声。

三人同时安静，面面相觑，姜敏之吞了口口水，目光落在身边的林清身上："好像是……从你身上传出来的。"

她一把接过手机翻开晶片，顿了顿，脸色大变："晶片连有炸弹自爆装置，连线一断会自动爆炸。林清，你身上有炸弹。"

林清凝了神色，就要翻找，她按住他的手："不能动，这种远程控制的小型炸弹利用的是平衡定律，一动就会触发。"

她飞快抱起电脑，手指如飞敲击键盘，屏幕上滚过密密麻麻的他看不懂的数据，片刻，他淡淡地开口："光头，你先出去，记住我跟你说过的话。"

光头脸上青筋暴起但无可奈何，只能转头离开。

他轻轻偏头看向姜敏之："你也走。"

她头也不抬，目光死死锁住电脑屏幕："这种远程控制的小型炸弹虽然便携不易发现，但是因为容量小指令传输很慢，我可以赶在爆炸指令到达前将它阻拦。"

"姜敏之。"他淡淡地喊她的名字，"我不是你什么人，你没必要做到如此地步。"

她骤然拔高音调："你闭嘴！别打扰我！"

林清抿了抿唇，侧头看她。屋内开了空调，但她仍满头是汗，豆大的汗珠从鼻尖一路滑下，滴在键盘上，又很快被她抹去。

屋内静得可怕，只有键盘敲击声和倒计时的嘀嗒声，他目光看向脚边的大圣，无奈笑了一下："姜敏之，如果我们都死了，大圣谁照顾啊？"

"不会的，这种炸弹最多在你身上开个洞，炸不死我。"

话音落，手指也停住，嘀嗒声突然停止，她扭头冲他笑："成功了。"

他看着她，突然抬手擦了擦她额角的汗。下一刻，她扑到他怀里，手脚并用扒他的衣服："快找找炸弹藏在哪儿！我的天啊，这么久以来你居然随身携带了一颗炸弹，你这个危险分子！"

最终两人在他贴身携带的玉符里找到微型晶体炸弹，姜敏之小心翼翼接过来，研究半天感叹："就这小东西，能把你这栋大房子炸没了。"

林清在一旁冷冷开口："你不是说最多在我身上开个洞吗？"

她顿时哑口无言，拨了拨头发，转移话题："警察怎么可能用这种恐怖分子的办法对付你？"

林清眯了眯眼："不是警察。"他看向玉符，"这个玉符，是老大死前交给我的。"

这个信物，本该交给老大的养子奎龙，但最后得到一切的，是林清。所以奎龙设计在他身边安下追踪器和炸弹，将行踪泄露给警方，想要置他于死地，夺回一切。

"看来这内鬼，清得还不够彻底。"他顿了顿，卸下冷意，眉眼都是笑，"姜敏之，你救了我两次，我该怎么报答？"

她有点不好意思，东摸摸西摸摸："说什么报答，我是那种见钱眼开的人嘛，真是……"

林清没忍住笑出来，伸手揉了揉她毛茸茸的短发。

很早以前，他就想这么做了。

【05】

林清接连在公司处理了几天的事情，家里只剩下姜敏之和大圣。她抱着它窝在沙发上看《西游记》，手边是林清给她买的各类薯片。

她发短信抗议："我不想待在家里了，太无聊了！我要来找你玩儿。"

隔了很久才收到他的回复："过来公司，中午一起吃饭。"

姜敏之欢快地出门了。

公司在闹市区，楼下有一家环境雅致的泰式火锅，林清坐靠窗的位置，正翻一份报纸。窗外马路上人来人往，是红尘俗世，而一窗之隔，他如天堂。

看见她时愣了一下，无奈地笑笑："你还把它带来干什么？"

姜敏之把大圣放在脚边："带它出来见识一下啊，长这么胖，多活动活动。"

吃完饭林清带她去了公司，他下午有会，将她安排在他办公室。房间很大，从窗户望出去天高地远，视野不错，门口坐了个模样精致的秘书，时不时偷瞟她一眼。

办公室门是玻璃门，刷指纹进，楼道口还有一道安检门，刷卡进入。她就坐在平时林清坐的位置，办公用的电脑在她眼前，包里的U盘蠢蠢欲动，但门口那个时不时打量她的秘书像在提醒她不要轻举妄动。

最终姜敏之什么也没做，在办公室逛了一圈，看见了壁柜后的保险箱，又去办公区域逛了一圈，看了看安保，最后跟着开完会的林清一起离开。

开车回家的路上，一向不关心她身世的林清突然问她："你在这里待这么久，家人不担心？"

她抱着大圣偏头反问："你要赶我走？"林清还没回答，她叹了口气，"我跟你说过吧，我妈妈在我很小的时候就过世了，我爸另娶，那个阿姨生了个儿子。我们家族挺大的，就算在伦敦生活了那么多年，骨子里属于中国人的特性也没消失。我家老太爷，特喜欢我弟弟，我呢，从小就不听话，学习又不好，这次说要给他寿辰送的玉扳指儿也没买到，我回去干吗，找骂吗？"

她若无其事地说着这些，声音里没什么情绪。林清目不斜视地开车，右手却轻轻放下，握住了她紧紧绞在一起的手指。

她抬眸看他，他弯了弯唇角，"不赶你走。"顿了顿，"你把之前联系买卖文物的电话给我，我帮你把玉扳指儿买回来。"

"不用了……生日都过了，买回去了他也不会喜欢我的。"

林清笑了笑："我对那些东西也挺感兴趣的。"

姜敏之不露痕迹地皱了皱眉，轻声回答："行，一会儿回去找给你。"

回家之后姜敏之给了他一个电话号码，拨过去显示关机，他揉揉她的短发："别担心，我会找人联系的。"

她点点头，林清继续开口："明天我要去一趟台湾，后天回来，你一个人乖一点，别惹事。"

她瞪他："我能惹什么事？"

林清笑："比如去赌场掀人桌子这种事。"

第二天姜敏之起床时林清已经走了，桌上留了火腿吐司。她抱着大圣在周围晃了一圈，一直到下午确定没人，才终于返回卧室，从包里拿出取指纹的仪器，在他平时用的水杯上取下指纹凝固成蜡胶。

傍晚时分，姜敏之背着包出门，一副外出逛街的打扮。进入闹市后，先吃吃逛逛了一个小时，直到天色暗下来，终于拐入了公司后的那条小巷。

从包里拿出电脑，一番操作后控制了公司里的监控系统，再从洗手间位置进入，昨天她在窗口放了固体胶，能防止窗户关死。

包里有第一道安检处的门卡，是昨天她麻烦秘书小姐帮她倒咖啡时偷的备用卡，一路潜行进林清办公室，一切都轻车熟路。

U盘插入电脑破解密码，她戴上手套开始翻看文件资料，开保险柜她不在行，研究一番只能放弃，但桌柜里不少财务证明和贸易来往足够她拿到她想要的东西。

进度条缓缓行进，十分钟终于打开，开始将电脑文件传输到U盘里。等待令人心焦，可更令人紧张的是楼道口传来的脚步声。

这么晚，会是谁?

姜敏之焦急地看向电脑，百分之九十六、九十七、九十八……终于完成，她拔下U盘飞快撤离，但因走得太急，桌上的书架被撞落在地，她想回身去捡，但越来越近的脚步声已容不下她耽搁，只能咬咬牙飞快离开。

回到家是十一点，姜敏之将找到的东西全部发送出去，半个小时后收到让她继续跟进的回复。

她面容凝重：I’ve been exposed.（我已经露出马脚。）

“Believe in yourself.”（相信自己。）

她关上电脑，长长叹出一口气。

【06】

林清回来已经是晚上了，进屋时姜敏之窝在沙发上看新闻，有些萎靡不振。他走近笑问：“一天不见怎么就这样了？”

她有气无力地回答：“想你想的呗。”

林清耸耸肩：“受宠若惊。”脱下外套去洗买回来的水果，

“给你带了台湾美食，洗手来吃。”

她“哦”了一声，状似不经意：“怎么回来得这么晚啊？”

“早上就到了，一直在公司处理事情。”

姜敏之抹香皂的手一顿，故作镇定：“公司出什么事了吗？”

“没有，怎么这么问？”他端着洗好的水果走过来，“追踪器那件事算是彻底解决了，内外都不让人省心。”

她皱了皱眉，后面那句话没听进去。怎么会没什么事？她撞落了书架，现在回想起来，翻过的文件也没有归位，他们这些人事事精明，怎么会猜不到有人进去过？

林清在她眼前晃手：“怎么了？魂不守舍的？”

她回过神，低头笑了一下：“有点想家了。”

林清若有所思：“你给我的那个电话一直打不通，对方估计换号了，还有其他方法可以联系到他们吗？”

姜敏之摇头。

“你第一次是怎么联系上的？”

“朋友介绍的。”

“那再问问你朋友。”林清拿起苹果咬了一口，“我对这些古董瓷器，挺感兴趣的。”

晚上睡觉时姜敏之辗转难眠，纠结半夜还是爬起来打开手机，她让对方查一下公司人员名单和背景。

那边很快回复：What's going on?（怎么了？）

“I suspect there are other undercover operatives who are helping me.”（我怀疑公司里有其他卧底在帮我。）

那个掉落的书架，那些未曾归位的文件，一定有人帮她放了回去，收拾了残局，林清才会毫无察觉。

“Maybe from China?OK.”（可能是中国的卧底？好的。）

从台湾回来后林清变得比以前更忙，连着两天都没有回家，姜敏之也收到总部的指示，林清这几天会有一笔大型交易，让她随时准备跟进。

林清回来的那天晚上，她给他准备了一杯牛奶，加了三片安眠药。趁他陷入昏睡时，她拿出了他的手机，装上了那个她曾经说过的比纸片还薄的追踪器。

做完这一切，心里突然一下就空了。她走进他的卧室，他就平躺在床上，呼吸均匀。她没有开灯，只借窗外一缕月光，看他熟睡的容颜。

门口的大圣打了个哈欠，她将手机放回原位，俯身轻轻吻了吻他的唇角，转身离开。

林清一向不会打扰她睡懒觉，他不知道她其实一夜都没睡，站在房门背后听着他起床洗漱做早餐，打电话吩咐今晚的行动，最后掩门离开。

她靠着房门坐下来，面无表情地打开电脑。

屏幕上的追踪信号源，正缓缓移动。

交易地点在郊区废弃的车厂，连接上总部信号后，林清的位置已经暴露无遗。联络人打电话过来说，今晚的交易不仅涉及毒品，还有军火。

那个会抱着大圣陪她看《西游记》的男人，一直在做着这样犯法危险的事。那张对着她露出温柔笑意的脸孔背后，是多少支离破碎的家庭。

她不该同情他，更不该……喜欢上他。

姜敏之拨通联络人的电话："我要去现场。"她面无表情，"我要亲手抓他入狱。"

时间是晚上九点一刻，盛夏的夜里，下车时她仍感到一抹寒意。跟着同伴一步一步走近，周围的一切都坠入黑暗，她只看见前方一抹光，林清就站在那道光里，背影挺直。

周围埋伏的警察骤然冲出，现场顿时响起了枪鸣，她被身边冲出去的同伴撞得东倒西歪，差点摔倒在地。等一切都控制下来，她才终于缓过神来。

林清就在最前面，单腿跪在地上，头上顶着两把枪，望向她时，唇角有笑。她掏出证件，举到他面前，一字一句："我是Carry，国际刑警。"

林清抬头看她，没什么表情，既不愤怒，也不惊讶："很早以前妈妈就过世了？"

"骗你的。"

"爸爸另娶，家里重男轻女，你过得很不好。"

"骗你的。"

"爷爷生日，你来给他买玉扳指儿……"

"都是骗你的，第一次相遇救你也是早就设计好的。"她有些烦躁地打断他，"林清，你涉嫌走私毒品和军火，现在被拘捕，你有权保持沉默，但你的罪证我已经呈交国际法庭。"

她俯身替他戴上手铐，唇角擦过他耳畔，声音很轻："很抱歉骗了你，我很难过，但不后悔。"

姜敏之站起身来，像不敢看他的眼睛："带他走。"

两名同伴拷着他往外走，她背对着，不敢回头，听见他含笑的声音："姜敏之，大圣就交给你了。"

她闭了闭眼，潸然泪下。

【07】

姜敏之没有回伦敦，而是回了阔别已久的祖国。她听说，林清的老家在一个叫杭州的地方，她想去看看。

半途收到爸爸的电话："爷爷生日不回来就算了，这么久人都没影儿，还没你弟弟懂事！"

以前她会顶撞，现在只是笑笑了事。

她在断桥旁边租了一间小院，回来之后才知道这断桥还有一段传奇故事，讲的是人蛇恋，于是她迷上了这些中国的传说，每天都搬着小板凳带上大圣去听老人讲故事。

那一晚，断桥下了雨，就像白素贞初遇许仙那天。

她窝在沙发上看《西游记》，趴在她脚边的大圣突然抬头，随即兴奋地奔向窗边。姜敏之抬头看向轻轻飘扬的窗帘，借着电视光，窗帘后的人影若隐若现。

她一把握住了茶几上的水果刀，片刻，那头传来轻笑。

拨开窗帘，高大人影一步一步走近，她看清他深邃的眼，高挺的鼻，还有微微含笑的薄唇。他就站在她面前，披着雨和月光。

良久，她先开口："林清，你越狱了？"

他低头看她，缓缓从衣袋里掏出证件，举到她面前："我是林清，中国刑警。"他笑起来，"听说你在找公司里另一个暗中帮你的卧底？"

姜敏之觉得自己很淡定："卧底坐到公司老大的位置，电视剧都不敢这么演。所以你一开始把我留在身边，是为了调查我私下买卖中国文物的事？"

他点了点头："阴差阳错，我也很无奈。要不是为了引出另一伙走私军火的犯罪分子，我早就带领全公司人员自首了……"

话没说完，她瞬间扑到他怀里，力气大得几乎将他撞了一个踉跄。

他听见她在哭，小小的啜泣，含着委屈：“对不起啊，林清，真的对不起啊……”

他笑起来，紧紧将她抱住：“你做得很对。”

〔作者感言〕

这些年我东南西北大大小小跑了许多地方，见过很多很特别的人。在路上从来都不乏缘分机遇，有时候坐下来听一听，每个人都是一个故事。你不知道你将会遇到什么，也不知道他曾经遇到过什么，这就是路上最大的快乐所在。路上的故事，献给你们。

CHENGMENG
NICHUXIAN

GOUWOXIHUAN
HENDUO
NIAN

【01】

唐瑧见过徒步走川藏线的、自驾游穿越川藏线的、骑自行车游川藏线的……开拖拉机跑这条路的，他还是第一次见。

彼时夜色已深，他早已偏离了攻略上的路线，不知道走到了哪个犄角旮旯。风吹过来，在空旷的草地上打着旋儿地响，让人有一种被全世界抛弃的恐惧感。

纪晨曦就是这个时候开着拖拉机出现在了他的视线里。

她穿了件黑色的羽绒服，打底的白T恤塞进牛仔裤里，脚下蹬了双马丁靴，坐姿十分嚣张，唐瑧感觉她随时可能从腰间掏把枪出来。

她抬着眼皮，懒懒地将他从头到脚打量一遍，问："迷路了啊？"

唐瑧点点头。

她大拇指朝后一指："上来，我带你出去。"

唐瑧连连道谢，先把登山包扔上去，正手脚并用往上爬呢，她继续开口："一千块。"

唐瑧目瞪口呆地看着她："你抢劫啊？"

她懒洋洋地望着夜幕："距这里最近的镇子也要五公里，你要愿意走也行。不过我提醒你，这片草地下面是一座墓葬群，你要是胆子大，可以边走夜路边欣赏磷火。蓝色的，挺漂亮。”

远光灯打出一束白光，光线中的草叶在夜风中摇摆，像无数只鬼爪伸出地面。唐臻从小想象力就丰富，被她这么一吓，再这么一联想，二话不说爬了上去。

纪晨曦发动拖拉机，在突突声中问：“支付宝还是付现啊？”

唐臻咬牙切齿：“刷卡！”

纪晨曦回头，细长的眼挑了个要笑不笑的弧度，然后唐臻就看见她从坐垫底下掏出了一台pos机。

到达丹巴小镇时，四周漆黑，路灯都没一个。纪晨曦解释：“这地方去年才通上电，电压弱，暂时拉不起路灯。”

陌生又漆黑的镇子，他上哪儿去找地儿过夜？纪晨曦将拖拉机停在一间小院前：“我在这儿租了个院子，有空屋，住不？”

唐臻点头，前脚刚踏进去，就听见她说：“七百一晚。”

他怒不可遏：“你怎么不去抢银行啊？”

纪晨曦拉开壁灯，回头奇怪地看他一眼：“要没有我，你今晚就得在野外过夜，有没有狼不好说，蛇虫鼠蚁肯定是有的。看你穿的……”瞟了眼他身上的始祖鸟，“……这么奢侈，不缺这点钱吧？”

唐臻心想，我有钱你也不能宰我啊！但这黑灯瞎火的，也实在没有别的去处，只能咬牙忍了。

纪晨曦收了钱，带他去了过夜的房间，房里只有一张床加两个破旧的床头柜，厕所还是院外公共的。躺在床上越想越气愤，要他七百，凭什么啊！

环境不好加之心中有气，唐臻整晚都没睡好，早上背着包出门时，纪晨曦端了碗面蹲在门槛上吃，眉眼笼着晨光，乍一看像画儿里的人。

她瞧见唐瑧，打招呼："吃早饭吗？"

唐瑧冷笑："几百一碗啊？"

纪晨曦也不恼："不要钱，送你的。"

唐瑧继续呛她："会员福利？"

纪晨曦将面碗往地上一放，掸掸袖子站起身来："朋友，说话别这么冲，我做的就是这个生意。你落难，我帮忙，当然不可能白帮。你要觉得钱给得不值，行，我把钱退你，不过今晚十点，我还把你送到昨晚你上车的地方，都不带偏两米的。"

纪晨曦常年在路上跑，形形色色的人见得多，讲道理的耍流氓的都打过交道，岂是唐瑧能与之相比的，两三句话就呛得他语塞，只能狠狠地瞪她一眼，头也不回地冲出了院子。

纪晨曦在门槛坐下来，端起面继续吃。十分钟之后，唐瑧怒气冲冲地转回来："你到底把我拉到了什么地方？一个会说汉语的都没有！"

丹巴小镇是藏民聚居地，地儿偏，一直没怎么开发过。纪晨曦吃完面，收拾一下出门坐上拖拉机："上来。"

唐瑧冷哼："又要多少钱啊？"

她回过头，长发散在唇角，说话半讥半讽："面不是没吃吗，就当会员福利。"

唐瑧一个清俊的少年，顿时被她气成了关公。

拖拉机一路过来突突冒黑烟，唐瑧不知在多少目光的注视下终于上了大道。纪晨曦将他在路边放下来，扔给他一张名片："有事找我。老顾客，打九折。"

唐瑧一把将名片捏成团扔进路边的水坑："鬼才找你！"

纪晨曦勾了勾唇角："话别说太满，当心被打脸。"

拖拉机喷了他一身尾烟，懒洋洋地离开了。唐瑧真是气不打一处来，找了个地方给手机充上电，一同出行的哥们电话立马打了过来。

昨天他跟队里的领队起了冲突，他非要下行走白野滩，领队认为不安全拒绝了，午饭时他就脱离队伍独自一人走了。

晚上手机没电关机，队里联系不上他，都以为出了事，急得不行。没多会儿领队带人赶过来，将他劈头盖脸一顿骂。

“虽然我们这次打的旗号是不走寻常路，专挑别人没走过的路线走，但像你这么乱来绝对不行。你说的那几个点我们商量过了，不可能去。”

唐瑧将启程时发的标志胸章取下来：“那我就不跟你们一起了。”

“你这人怎么说都不听呢？你知道每年川藏线上死多少人吗？都是你这样不听劝的！”

唐瑧不说话，背着背包往外走，被领队一把拽住，真动了怒：“你是我带出来的，你要是半道上出了什么事，就是在坏我的名声！”

唐瑧不懂路上的规矩，加之脾气倔，挣扎了两下没挣脱，差点动起手来。领队反倒被气笑了，点了根烟平静地道：“你要自己走也行，我找人把你送回双流机场。有始有终对不对？你自己从头开始，残在路上还是死在路上，都跟老子没关系了。”

一群人劝架拉架，闹哄哄一团，唐瑧正心烦意乱，突然听见路边传来突突声。他心头一动，抬眼望去，冒着黑烟的拖拉机正从旁边经过，纪晨曦头上扣了个黑色的鸭舌帽，长发在身后飘，帅气非凡。

他大喊起来：“纪晨曦！纪晨曦！”

她看过来，远远的，看不清表情，但是看样子并没有停下来的迹象。唐瑧挥手大叫："纪晨曦，我雇你！钱你随便开！"

突突声消失，纪晨曦跳下拖拉机朝他走过来。鸭舌帽遮住她的眼睛，被风吹散的长发在空中飞舞，她步子走得慢而稳，唐瑧觉得，此情此景，她肩上要再扛把AK，活脱脱就是一部美国大片。

领队的语气立马不一样："这不是纪姐吗？原来你雇了纪姐啊，那你早说啊，这条线纪姐比我熟。"纪晨曦走近，抬了抬帽檐，露出一双光影迷离的眼，"那纪姐，我就把他转到你手上了，今后如果出什么事，也跟我无关了哈。"

纪晨曦说："跟着我出了事，那我还有脸混？"转头看唐瑧，突然笑了，"朋友，话别说太满，现在明白这个道理了吧？"

【02】

纪晨曦带唐瑧去了镇上一家馆子吃涮羊肉，唐瑧闻不惯羊肉味儿，皱眉将单子上标记的点指给纪晨曦看。

"我要去这些地方。"

纪晨曦左脚蹬着椅子，斜过身瞟了眼："地儿挺偏啊，你第一次走川藏线，怎么知道这些地方的？"

"我哥告诉我的，他是背包客，大江南北跑过很多地方。"

"那怎么不让你哥带你去？"

唐瑧将单子折起来塞进包里："你问题怎么这么多，去还是不去？"

纪晨曦笑了笑，掏出一张手绘的地图，山脉河流公路小道都标得一清二楚，将唐瑧说的几个点用红笔圈出来。

"去啊，有钱不赚不是傻子吗？不过你说的这几个地方可不好走，你看看，上山蹚河爬峭壁……"

话没说完，唐瑧打断她："多少钱，你随便开。"

纪晨曦收起地图，笑了："我就喜欢爽快人。"

黄昏光景，两人找了个农家小院休整一夜。晚饭唐瑧没怎么吃，坐在院子里心事重重。纪晨曦拿了两串烤馒头塞到他手里："明天要走很多路，你是打算饿晕自己让我背着你走？"

唐瑧不说话，纪晨曦觉得没趣，转身回屋，唐瑧叫住她："你在这条线上跑多久了？"

她掰着指头算了一下："得有六七年了吧。"

唐瑧有些迟疑，好半天才开口："那我跟你打听个人。"

纪晨曦抄手靠着树干："寻人得另算钱的。"

唐瑧恨得牙痒痒又无可奈何，一边掏钱包一边说："四年前，是个男生，二十五六岁的样子，个子一米八往上。"

他望着夜幕，嗓音都不自觉变轻："高高瘦瘦，长得很帅，他的眼睛，像大海一样清。"

纪晨曦接过他递过来的百元大钞："高、瘦、帅，眼睛像大海？"顿了顿，答非所问，"你大学学的什么专业？"

"建筑学，怎么了？"

纪晨曦将钞票塞进裤兜："你没去写诗真是可惜了。"

有些人，说一句话就能在你身上戳个血窟窿，唐瑧还没从心塞中缓过神来，纪晨曦又问："你活在古代啊？古代找人还有画像呢，你就不能拿张照片？"

树影月光下，唐瑧的脸像覆了霜，霎时苍白。他垂着眼不知看向何处，好半天，声音浅淡："没有照片，一张都没有。"

纪晨曦说："那不太好办，我跑了这么多年，见过的人没一万也有九千，长得帅的见过不少，眼睛像海的还真没有。"

唐瑧已经起身，双手插着裤袋从她身边经过："那算了。"

纪晨曦扭头去看他的背影，被皎洁月光拉扯得长而细，投在起了壳的地皮上，轻轻摇晃。

天不亮唐瑧就起床洗漱，纪晨曦比他起得还早，蹲在树下刷牙，她没看见唐瑧，含了口漱口水鼓着腮，总是眯起的细长眼睛瞪得圆圆的，像一只金鱼，然后猛地将漱口水远远喷出去，抹了嘴角的水，恶作剧一般笑了笑。

晨曦正好，细碎金光洒在她发间，发丝根根分明，像个妖精。和他印象中嚣张的纪晨曦、别人口中的纪姐都相去甚远。

唐瑧耳根莫名发烫，默不作声回了屋，没多会纪晨曦来敲他的门："吃早饭，吃完了上路。"

她收了钱倒是负责，一切都安排得妥当，吃饭的时候还拿了张纸描描画画，唐瑧凑过去看，是个年轻男人的画像，五官清俊，只是少了一双眼睛。

铅笔停在眼睛处，顿了一个黑点，她抬头看着唐瑧："我画了一晚上，也不知道像海的眼睛长什么样，以后别用比喻句了。"

唐瑧接过来看了看，捏成纸团扔进垃圾袋："画得挺帅，但是不像。你学过画画？"

纪晨曦端着碗："以前喜欢，学过几笔，后来学费太贵就没学了。"

唐瑧想起今早看见她恶作剧时童真的模样，其实她比他大不了几岁，大约是常年在路上跑，无论气质还是言语都透着不属于她这个年龄的老成。路上的领队称她一声纪姐，称的不是年纪，而是资历。

吃完饭两人出发，第一个目的地是白野滩，偏离国道走盘山小路，尽是荒无人烟的地带。

纪晨曦将拖拉机扔在山口，开始带着唐瑧徒步。她秉承着向导的责任，走两步就给唐瑧讲讲风景地貌，他没什么兴趣，反而问她：“你是哪里人？”

“应该是四川人吧。”她用应该这个词，像是明白唐瑧所疑，解释道，“进孤儿院之前的事不记得了，孤儿院在凉山，家也应该在川内吧。”

唐瑧本还想问她的父母怎么会放心她一个女孩在路上跑，听到“孤儿院”三个字也就明白了。揭别人的伤疤不太道德，他决定按下好奇，纪晨曦却像是被他打开了回忆的匣子，也可能是两人干走着实在无聊，她倒主动提起。

“你们一听孤儿院，就觉得真可怜，其实挺好的。有吃有住，院长对孩子也好，还可以画画读书。”

她抽出短刀砍去挡路的荆棘，说话有些费力：“但那个时候我不懂啊，觉得孤儿院不好，偷跑出来了。”荆棘似乎扎了指头，她放在嘴里吮了一下，“在孤儿院还有馒头吃，出来后，就只能啃树皮了。”

唐瑧跟着她穿过劈出来的小道，半人高的杂草在身后远去，视野逐渐开阔，不远处浅溪流过，地面铺满了白色的鹅卵石，阳光落下来，晶莹一片。

“白野滩到了。”

回头看唐瑧，他眉眼微皱，额头有汗，面色复杂地扫过眼前景象。纪晨曦发现他的右腿微微发抖，整个人的重心偏在左脚。

她伸手扶住他，问：“你右腿是不是受伤了？”

唐瑧神色一滞，眼眸像骤然熄灯的夜晚，又黑又沉，好半天才轻声道：“以前受过伤，走多了路会痛。”

纪晨曦皱眉：“接下来的路可比刚才难走多了，你到底行不行？别半路给我撂挑子，我还得把你背回去。”

唐瑧垂着眼，看不清表情：“爬也会爬完的。”

【03】

白野滩有水，两人就地扎营，纪晨曦还想让唐瑧帮忙来着，看他连帐篷气垫都分不清，一脸嫌弃地赶他走了。他坐在一边看她搭帐篷，娴熟又干练，长发松垮绾在头顶，几缕发丝垂在脖边，像黑绸衬着雪。

唐瑧心想，这人在路上跑这么多年怎么还这么白呢？让那些有高原红的姑娘怎么想？简直太不利于民族团结了。

纪晨曦搭完一顶帐篷回头一看他悠闲得跟什么似的，出声道："你要没事干就去溪里抓几条鱼，晚饭就不用吃罐头和压缩饼干了。"

有点野炊的意思，唐瑧突然就来了兴致，挽了裤腿下河，抓鱼抓得好不开心。

纪晨曦一边搭帐篷一边指点他："别顺着水往下，你快还是鱼快啊？拼接钢叉都不会用？你干脆脱了衣服兜吧。"最后特认真问他，"你这么笨，到底是怎么考上大学的啊？"

等唐瑧好不容易抓了两条鱼上岸时，纪晨曦已经在背风口烧了火堆，天色暗得快，两人围着火堆烤鱼，撒上孜然和调味盐，香味儿引得人直吞口水。

隔着火光，她眉眼胜霞，唐瑧一边吃鱼一边看她，觉得这世上大概没有纪晨曦不会的事情。一天前还看不顺眼的面孔，现在真是越看越顺眼。

和他认识的所有姑娘都不一样，特别与众不同。

她吃着鱼，突然问他："你要找的那个人和你是什么关系？"见他愣住不答话，眉梢挑了一下，"秘密是要分享的，白天你问了我那么多事情，作为等价交换你总得跟我讲讲你的事情吧？"

他还是沉默，连鱼都不吃了，纪晨曦等了半天失去兴致，正要回帐篷休息，他却开口，声音很轻，仔细去听，还在颤抖：“是我哥。”

纪晨曦脚步顿住，回头：“就是那个走遍大江南北的背包客？”

唐瑧点头，缓缓道：“你之前问过我为什么要走这条路，这些点又偏又危险。”他抬头看着她，火光映照下，像是苦笑了一下，“因为这是我哥走过的路线，也是他走过的最后一条线。四年前，他在这条路上失踪了。”

家里请了无数搜救队，连尸体都没找到，至今几乎已经放弃。只有他，念念不忘哥哥打电话时告诉他的路线。

纪晨曦觉得奇怪：“既然是你哥，你怎么会没有他的照片？给我看看照片，说不定我真见过。”

唐瑧垂眸起身：“我困了，你也早点睡吧。”

纪晨曦看着他落荒而逃的背影，眉头皱了一下。

夜半落雨，打在帐篷上滴答作响，纪晨曦睡眠很浅，帐篷拉链被拉响时，她飞快翻身坐起：“谁？”

唐瑧尴尬的声音伴着雨声传进来：“我的帐篷漏雨了……”

纪晨曦买的是双层防水帐篷，估计是遇到不良商家，她暗骂了一句，开口：“进来吧。”

唐瑧抱着睡袋钻进来，轻手轻脚在她身边躺下，隔着一人的距离，闻见淡淡发香。心跳开始加速，在寂静又黑暗的空间，像是要跳出喉咙。

他担心纪晨曦听见他剧烈的心跳声，出声掩饰：“我还是第一次和女生睡一起，你呢？”

等了好半天，纪晨曦才淡淡开口：“以前在路上跑，桥洞车站不知道睡过多少男人。”

唐瑧：“……”

纪晨曦翻了个身：“睡吧，下了雨明天的路不好走，养好精神。”

发丝散开，扫过他的鼻尖，从他耳廓滑过，最后落在他的脖颈，像细小的电流爬满全身。雨声仍在继续，滴滴如落玉，这一晚，唐瑧难以安眠。

山路难行，下过雨后更加泥泞。林空鸟稀，天穹高远，这是一条赏心悦目却望不见头的路，就像人生，你不知道前方有什么样的风景，同样也不知道有什么危险在等你。

羊抬头是临于崖边的山坡，因形似山羊抬头而得名。临近羊抬头的时候纪晨曦似乎有所察觉，交代：“下过雨地质不稳，当心滑土。”

没想到一语成谶，登山杖落过去时陷了半寸，纪晨曦想要后退已经来不及，脚下土坡骤然坍塌，她猛地下坠，一切都是眨眼之间，反应过来的时候，已经被扑过来的唐瑧紧紧搂在怀里，顺着坍塌的泥土滚了下去。

他的手掌护着她的脑袋，将她紧紧按在胸口，心跳声透过冰凉的登山服传进她的耳朵。

纪晨曦滚得头昏脑涨，听见“砰”的一声，是唐瑧的后背撞上树桩，两人终于停下来。泥土簌簌滑落，唐瑧保持搂住她的姿势，没动静。

她等了半天，头一次有些慌：“你还活着吗？”

唐瑧咬牙切齿：“关心人不该这么问吧？”

纪晨曦松了口气，从他怀里爬起来去翻急救箱。好在地势缓没伤到骨头，只是红肿一片。冰凉的指尖划过肌肤，唐瑧打了个寒战。纪晨曦抹着药，状似漫不经心："扑过来干吗啊，你站的地方又没塌。"

"但凡我还是个男人，就不能看着你一个女生有危险而见死不救。"

纪晨曦用手指戳了一下他的背脊，疼得他一个激灵："男人？我认识的男人没一个会让自己受这种伤的。"

把唐瑧给气的："我这都是为了谁啊？你就这样对你的救命恩人？"

纪晨曦收起急救箱，要笑不笑地看他："怎么，还得我以身相许啊？"

唐瑧耳根泛红，面上若无其事："你要乐意，我也没意见啊。"

纪晨曦眼睫毛动了一下，难得没回呛，转身收拾背包，头发滑下来，她往耳后别了别。

出了意外不能再继续朝前，纪晨曦找了避风口搭帐篷，担心晚上落雨，干脆只搭了一个。晚上睡觉的时候，仍是一人宽的距离，淡淡的发香，伴着呼吸。

纪晨曦突然开口，浅淡的声音，轻轻响在夜晚的风中。

她说："唐瑧，谢谢你啊，第一次有人将我当作女生。"

唐瑧想起她曾漫不经心提起的那些过往，那些啃过树皮，睡过车站桥洞的岁月。那些年，一个女孩子，一定过得很辛苦吧。

【04】

第二天一早，纪晨曦仔细跟他分析继续走的可行性。腿伤加腰伤，唐瑧的情况已经完全不适合翻山越岭。

晨风拂过脚下花草，夹着泥土芳香，唐瑧突然握住了她的手腕。他的手指凉得刺骨，微微发抖，他低着头，声音都缥缈："纪晨曦，我有没有跟你说过，我哥失踪前的最后一个电话，是打给我的……"

他一只手捂住脸，哭声从指缝中飘出来："而我却用很恶毒的话骂了他。我怎么这么坏啊纪晨曦，死的为什么不是我啊？"

从亲密到仇恨，只需一个意外。高三那年，他被哥哥失手推下楼梯摔断了右腿，而他最大的梦想就是成为一名篮球运动员。

一切改变就是从那时候开始的，恶言相向，仇恨疏离，不愿再和这个毁了自己人生的人同处一个屋檐之下，曾经的宅男哥哥变成了徒步爱好者，常年不归家。

他变得自闭、易怒，拒绝看到和哥哥有关的一切东西，于是父母烧光了哥哥的照片，连哥哥的卧室都锁了起来。

这些年，无论哥哥如何弥补，他从未给过原谅的机会。

直到失踪前的那一通电话，手机响了很多遍他才不耐烦地接起，哥哥在那头一如既往对他笑。他说："我这次去了川藏线，白野滩的石头像钻石一样亮，我拍了照片发给你啊。对了，我还遇到个很特别的姑娘，下次回来说不定你就有嫂子了。"

而唐瑧只是粗暴地打断他，他说："我希望你永远别回来。"

哥哥果然没有再回来，他不知道死在哪个地方，连尸骨都无人收敛。而他从曾经的受害者，变成了如今的凶手。

他没有一日不悔恨。哪怕一分钟，一秒钟，说一句我原谅你怎么就那么难呢？

他身负罪恶，怎能半途而废。

太阳从半山绿林后露出红边，纪晨曦轻轻牵住他的手："走吧，争取太阳落山前赶到野子岭。"

唐瑧抬头，眼睛红红的，映着晨起的初阳，像发光的宝石。

纪晨曦将他包里较重的东西转移到自己背上，唐臻再一次表现了他的倔强，麻利地将东西抢回来："怎么能让你一个女孩子做这种事。"

纪晨曦愣了几秒，他已经拄着登山杖起身，他走路的时候右腿仍有些轻微颤抖，背影却高大又坚定，任山海无可阻挡。

互道秘密永远是两个人交心最快的途径，几天前纪晨曦还只是唐臻雇来的满身匪气的向导，如今却成了他眼中无所不能的姑娘。

爬山的时候唐臻气喘吁吁，纪晨曦爬在前面，递出登山杖的一头让他抓住，半拖半拽地往上走，边走边损："我好像拖了一头猪在爬坡，你肚子上的赘肉是不是得有三圈啊？"

唐臻咬牙切齿："纪晨曦你那张嘴不损人会烂是不是？"

纪晨曦回头，长发掠在唇角，笑得风情万种："我就这个德行，让您见笑了。"

坡度渐缓，登上平台，向远处望去郁郁葱葱，远处的国道像天空用手指在大地上拉了一条线，湛蓝的天幕云层滚滚，染着炫金光芒，似黄金镶着白玉。

川藏线被称作心灵净化之途，不是没有道理。

纪晨曦以为富有诗人气质的唐臻面对此情此景应该要作诗一首，没想到他居然和她讨论起算命……

他说："我们那儿的风俗，出门前要找大仙算一卦吉凶。"

纪晨曦眼角有点抽。

他看着她："大仙说我红鸾星动，途中将有情劫。"他一本正经地问她，"纪晨曦，这情劫是不是应在你身上了啊？"

纪晨曦一指头戳过去："你是假冒的大学生吧？哪有你这么迷信的大学生啊？"

却被他握住了手，轻轻的力道，其实她稍微用力就能挣脱，但她没有，她等着他下一步动作。

唐瑧低头看着相握的两只手，像在打量稀世珍宝，好半天，抬头特别认真地问她："纪晨曦，今儿早上你是不是趁我伤心偷牵我的手了？"

纪晨曦差点气笑了："以前还没发现呢唐瑧，你无耻的神韵真的跟我挺像。"

他笑了一下。他的上唇很薄，微微挑起的时候很像电视剧里的坏小子，眼睛却生得好，极深的双眼皮，裹着黑宝石一样的珠子，像光芒都落在眼底。

他牵着她的手继续向前，他说："纪晨曦，等找到哥哥，我带你回家啊。"

那手很大，掌心细腻，不像她，有细微的茧。

【05】

唐逸走的这条线的确偏僻，但要说有致命危险也不见得。近年来川藏线持续火热，许多安全隐患都被解决。纪晨曦一路行来细心留意可能会发生危险的地方，并无发现。

离开野子岭后线路重新回到国道，要开车走一段盘山公路，纪晨曦在山脚的镇上租了车，准备明早出发。

住的地方是一间青旅，种了藏区少见的竹子，竹门竹窗，有几分曲径通幽的禅意。这家青旅在网上很火，纪晨曦和老板也熟，要了临窗赏竹的房间。

傍晚老板在竹园内架起烧烤架，热情招呼他们。唐瑧啃着羊肉串，坐在一旁听纪晨曦和老板谈天说地。

她曾和老板下塞北过沙漠，就着烧烤喝马奶酒，躺在沙地看大漠的星星。赚过钱也惹过事，交过朋友也得罪不少人，最后"定居”川藏，只因这里尚有一丝家的眷念。

唐瑧这才知道，原来她赚了那么多钱，一半都捐给了孤儿院。那个让她有馒头吃的地方。

她说：“以前我只能吃馒头，希望现在他们能吃上肉。”

一句话说得，差点没把唐瑧给心疼死。

他揉了揉她的头发，特认真地对她说：“以后我会让你每顿都吃上肉的。”

结果纪晨曦瞪了他一眼：“你再摸我头试试？”

老板在一旁哈哈大笑，在唐瑧哀怨的目光中开口：“看来晨曦是真喜欢你。以前在内蒙古，有个练摔跤的大汉不小心摸了她的头发，她摔断了人家一只胳膊。”

唐瑧目瞪口呆，纪晨曦在一旁“羞涩”地挥手：“好汉不提当年勇，喝酒喝酒。”

翌日一早老板送行，依依不舍：“你上一次过来还是四年前吧？这次走了可别又隔这么久，常联系啊。”

纪晨曦点头，开门上车，这一次租了辆模样霸道的悍马，深得唐瑧心。他看着驾驶座的纪晨曦，心说，我准女朋友真是帅翻了。

纪晨曦却迟迟没有发动，偏着头像是在回想什么。好半天，突然问唐瑧：“你哥跟你说，在川藏线上遇到个姑娘，想带回家给你当嫂子是吗？”

唐瑧愣了一下，点头。

她思绪飘远：“也就是说，他在失踪前，接触的最后一个人应该就是这个姑娘。如果找到这个姑娘，会不会知道一些当时的情况？”

唐瑧瞳孔缩了一下，握紧拳头：“当时怎么没想到……”

纪晨曦发动车子，缓缓驶入国道：“但是要找这个姑娘的难度不亚于找你哥。你仔细想一下，当时你哥是怎么跟你形容她的？有没有说到名字？还是其他什么特征？”

唐瑧皱着眉，努力回想。

——阿瑧，快递说寄给你的东西被你拒收了？那是我在成都买的熊猫纪念品，你如果不喜欢我先让快递送回家了啊。

——你那边有点吵，是刚下课吗？我这边挺安静的，我在川藏线呢，这条路走几公里都看不见人影。

——我听你室友说最近有个学妹在追你，我们阿瑧挺抢手嘛。说起来，我最近也遇到个很特别的姑娘，和其他所有人都不一样，长得也好看，就像早上的晨曦。

车子一个急刹，是纪晨曦踩住了刹车。唐瑧的回忆被打断，不解地看她。她却看着前方道路，目光飘远。

——我叫唐逸，你叫什么？

——纪晨曦，早上的那个晨曦。

唐瑧意识到什么，脸色蓦地变白，纪晨曦收回目光，平静地看他：“唐瑧，你哥哥说的那个姑娘，应该是我。”

他们初次见面在康定，唐逸半路遇到抢劫，恰逢途经的纪晨曦心情好，出手相助。纪晨曦这样的性格，不吸引人不容易。

唐逸记住了她，于是在这家种满竹子的青旅再见时，他一眼就认出她，并开玩笑说这是康定延续的缘分。

他问她：“晨曦？是哪两个字？城东城西？”

她回答：“纪晨曦，早上的那个晨曦。”

她在这间青旅待了三天，唐逸也更改行程留了三天。可她对他口中的缘分并无兴趣，且厌恶纠缠，然后……

回忆到此处，纪晨曦面色煞白，握住方向盘的手，在发抖。

唐瑧察觉到她的异样，尽量压下急迫，牵住她的手语声温柔：

“不要急慢慢想。离开前呢，他跟你说他要去哪儿了吗？”

纪晨曦扭头，这样看他，轮廓果然和他哥哥有几分相似。她猛地甩开他的手，发动车子疾驰而出。

唐瑧被甩了一个趔趄，急急问：“去哪儿？”

她没回答，只是掉转车头，加快速度。

车子急速行驶一个小时来到一座山头，弃车徒步，山顶望不见头。唐瑧喊了她几声她都没有回答，只能咬牙跟上。他的体力不及纪晨曦，等他气喘吁吁爬到山顶时，视野骤然开阔。

纪晨曦站在崖边，崖上倒着一棵老树，根须外露长满青苔。

唐瑧走近去牵她的手，这才发现她手指凉得刺骨。他将她往后拉一些，捧着她的手在嘴边哈气，她终于抬眼看他，嗓音平静。

“唐瑧，你看这里的地形，以前应该有过一场规模不小的滑坡。”

崖边缺了个口，根须翻出的老树就倒在口子上，的确是坍塌所致。他将她的手捂在手心，眨眼示意她继续。

“你问我你哥哥离开青旅后去了哪里？他来了这里，因为我在前一晚告诉他，这座山叫仙女山，山顶有仙女花，摘下仙女花许愿，愿望就能成真。”

纪晨曦感到握住自己的那双手僵了僵。

“找到仙女花带给我，我就和他在一起。”

双手骤然失去庇护，空荡荡垂下。失去那双温暖细腻的手掌的呵护，冷风再次贴上肌肤，纪晨曦打了个寒战。

抬眼再看唐瑧，他双目已红，难以置信又悲恸难挡。她居然还能对着他笑：“你说，他是不是在这里遇到了滑坡？”

今日天晴，若是赶路，风景正好。

唐逸的相机是在草丛中找到的，被泥土掩了大半，只露出脱漆的一角。唐瑧赤手去挖，一下一下使着狠劲，眼泪却无声滴下来，像在挖哥哥的尸体。

纪晨曦就站在他身后，轻声说："对不起啊，唐瑧。"

他将沾满泥土的相机捧在怀里，猛地回头看她，一字一顿："你为什么要这么做？纪晨曦，你知不知道你一句玩笑话害死了一条人命！"

她垂下眼："我没想到他真的会来，对不起啊。"

他目眦欲裂，终究没有再说什么，抱着相机踉踉跄跄下山。山下是一条盘山公路，若唐逸是在这里遭遇滑坡，那他的尸体一定被泥土掩埋在山脚。

纪晨曦不敢跟得太近，看他徒手在公路旁挖，赶紧跑回车里取了铲子。他抬头深深看她一眼，接过铲子没有说话。

下午时分，纪晨曦通知的挖掘队终于赶了过来，领队安排好挖掘范围后，像是想起了什么对唐瑧道："你说的那场滑坡我记得，当时也是我们处理的。但是前一天这条路塌方了，滑坡的泥土刚好填补了凹陷的地方，当时也没想到土里会有人，直接填土铺平了。"

所以这么多年，他都没能找到哥哥的尸体。他一个人冷冰冰地躺在地下，连副像样的棺材都没有。

而罪魁祸首——

他回头看纪晨曦，她就站在车边，总是嚣张的脸上面无表情，静静地看着他。

唐瑧一步步走向她，终于站定。

"纪晨曦，谢谢你帮我找到哥哥。我不怪你，但后会无期。"

那一天的阳光照进她的眼里，闪着光，像是哭了。他回过身，没有再看她一眼。

【06】

损坏的相机是三个月后送回家的，机身已经坏死，但朋友尽力修复了内存卡，他将卡插入电脑，记录哥哥笑容的照片一张张跳出来，最后一页，是一段视频。

先是风声，视野开阔，景色眼熟。唐瑧点了暂停，认出那是仙女山。画面翻了几下，以仰视的角度定格在哥哥身上，应该是他将相机固定在了地面，穿着登山服的哥哥出现在屏幕中。

他对着镜头笑，手里拿着一朵红色的花。

“阿瑧，有人告诉我，这座山叫仙女山，山上有朵仙女花，对着仙女花许愿，愿望就能成真。”他看着手中的花，笑容温暖，“希望阿瑧能原谅我曾经的过错，走出阴影。”

眼泪不可抑制地落下，唐瑧猛地捂住嘴。

哥哥看向镜头：“希望这辈子，还能再听阿瑧叫我一声哥哥。”

罪魁祸首，原来是他，一直都只是他。他先是弄丢了哥哥，最后连纪晨曦也弄丢了。他明明承诺，等找到哥哥就带她回家，却半道抛下了她。

灰暗的屋子，高大的男孩捂住脸，泣不成声，说：“纪晨曦，我怎么这么坏啊。”

世界寂静，没有谁再回应他。

很久之后，唐瑧成为了一名背包客。他曾跨过山和大海，也走过人山人海，却再也没有一条平凡之路，能让他遇到她。

而他只能一直走下去，期待将来无可预计的相遇。

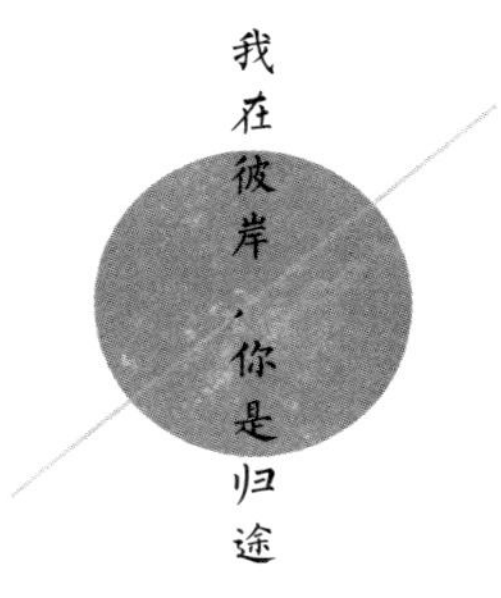

作者感言

我年少时的梦想是当一个战地记者，我从小就是一个不甘于平凡的人，总想给生活找点刺激。当然，这个梦想后来被家人掐灭在摇篮里，我按部就班地平凡到现在。但我有时候会幻想，如果我坚持梦想，真的成为一名战地记者，那会是什么光景？战火纷飞的年头已经离我们相去甚远，但在这个世界，它从未消失。它或许会带走我的生命，也可能还我一份爱情。

CHENGMENG
NICHUXIAN

GOUWOXIHUAN
HENDUO
NIAN

【01】

从展览馆出来已是深夜，国外不比国内，街上行人寥寥，连霓虹灯都有几分荒凉。纪亭亭抱着相机坐上回家的最后一辆巴士，昏昏欲睡。

母亲总是叮嘱她晚上一个人不要出门，大抵是看多了国外夜晚抢劫的新闻，但她从不放在心上。比起前些时日的烽烟战火和满目疮痍，眼前夜色哪怕再荒凉，也是乐土。

她是一个战地记者，上周刚从阿富汗回来，带回令人心惊的悲惨照片，在今天的摄影展上引起轩然大波，再次引发反战群体的热议。

大巴摇摇晃晃，在转角处的站牌停下，片刻，上来一个穿黑色连帽衫的男子。纪亭亭之所以会注意到他，是因为在这样月色都迷蒙的深夜，他居然戴了一副墨镜。

车内只有三位乘客，空位很多，他打量一番，径直走向最后排的纪亭亭。

她不由得绷直身子，握住了口袋里的电击棒。男子在她身边坐下，薄唇挑了抹笑，标准的英文："Korean?Japanese?"

纪亭亭语气僵硬："Chinese。"

那一瞬间，似乎感受到他放松的气息。下一刻，他的手臂出其不意地环过她的腰，猛地将她揽入怀里。纪亭亭正要尖叫，含笑的声音在耳边响起。

“同胞，帮个忙。”

话落，取下了墨镜。是少见的一双好看的眼，眼角微挑，像今夜的月色，薄雾迷了半分光芒。

纪亭亭得承认，她被美色迷惑了。尖叫声吞下喉咙，她试探着开口：“什么忙？”

男子笑了笑，唇角贴上她耳畔：“就这样靠在我怀里，自然点，过了前面的路障我就下车。”

纪亭亭抬眼去看，车子已经驶入大路，前方不远处警察设了路障，警笛闪烁，正在挨个排查来往车辆。

她从美色中挣扎出来，有点紧张：“你是逃犯？”

男子耸耸肩：“我只是一个被冤枉的好人，正在想办法洗刷冤屈。要是被抓回去，就得含冤而死。作为同胞，你不忍心看见这样的事情发生吧？”

说话间，巴士已经停下，警察正从前门上车。男子将她的头按到怀里，仍是带笑的声音，幽幽含了威胁：“嘘，别说话。”

纪亭亭绷着身子，半个字都不敢说。刚从战场上回来，深知生存不易，她可不想就这么莫名其妙交待在一个陌生人手上。

警察巡视一番，从他们身边经过时只以为是一对情侣，车子很快通行，警笛声在身后远去，男子终于将她放开，又戴上了墨镜。

“多谢。”

巴士停站，他从后门下车，回头朝纪亭亭比了个“胜利”的手势，唇角还微微挑起。鬼使神差，她拿起相机按下了快门。

回家之后纪亭亭将照片洗出来，因为光线不好，并没有照清他的面容，只是唇角笑意分明。她举着照片看了会儿，夹在了拉线上，之后就是一天一夜的昏睡。

在战地时她几乎没有睡过好觉，耳边总有枪鸣炮响，令她总有生在革命年代的错觉。一觉睡醒已是隔天凌晨，她打算出门觅食，房门刚打开，一片暗影投下来。

她警觉掩门，对方却已握住把手，幽幽含笑的声音传来："纪小姐，让我好等。"

是巴士上的那个男子。他仍穿黑色连帽衫，那双如月罩雾的眼睛布满了红血丝，神情却悠闲。纪亭亭吞了口口水，话都说不利索了。

"你……你怎么在这儿？你想做什么？"

"想请纪小姐帮个忙，放心，我没有恶意。"他举手做投降状，大拇指朝后指了指监控，"让我进屋怎么样？我在你家门口等了一天一夜，要是心怀叵测，早就破门而入了。"

他朝纪亭亭微笑，笑容人畜无害，美得心惊肉跳。纪亭亭一边提醒自己不要犯花痴，一边不自觉地挪动身子让出了道。

他道了声谢，进屋掩门。纪亭亭后背抵着房门，一副随时准备逃离的姿态。他笑了笑，扯出饭桌旁的椅子坐下。

"先自我介绍一下，我叫季繁，美国华裔，这次贸然上门，是想麻烦纪小姐帮我一个忙。"

纪亭亭仍然戒备："什么忙？"

"我打听到纪小姐是一名战地记者，时常出入阿富汗战争区域。你也知道，最近恐怖活动频繁，要进入阿富汗地区需要严密的身份审查。希望纪小姐能给我一个身份，带我进入。"

他话说得轻松，但仅花一天的时间就"打听"到她的身份住址，目的地还直指阿富汗，这个人必定来头不小，且具有危险性。

纪亭亭绷紧了唇："要是我说不呢？你是不是打算一枪崩了我？"

季繁失笑："怎么会，我从来不对美女下手。何况，你都不问我原因，怎么知道自己一定会拒绝？"

他语气笃定，似乎坚信纪亭亭一定不会拒绝，这让她不由得好奇，只能顺着他的话问下去："什么原因？"

他撑着头，却没有立即回答，而是反问："纪小姐为什么会选择成为一名战地记者呢？"

纪亭亭想起大学时的梦想，想起学校里的交换生讲述他们被战火波及的家园，和她住在一间宿舍的室友掏出仅存的一张照片，那是她不过五岁的弟弟被流弹击中时的画面。她记得毕业那一天，她对着镜头宣誓：如果我不能阻止战争，那就把战争的真相告诉世界。

虽然如今说出来有些中二，甚至道貌岸然，但她仍说出那个答案："为了正义。"

季繁笑起来："我要纪小姐帮我，也是为了正义。你常年出入战争地区，想必听说过AS吧？"

AS，反恐特军部，纪亭亭当然知道。

"我曾是AS的一员，说'曾'是因为就在前天我被除名通缉了。原因是我的接头人弄丢了AS打入恐怖分子内部的名单，接头人失踪，我没有拿到名单，组织怀疑是我出卖。现在唯一能洗刷我冤屈的办法就是前往阿富汗地区，赶在恐怖分子得到名单前将其找回。若是名单曝光，我的同伴就会陷入危险。如此正义之事，纪小姐是帮还是不帮呢？"

他弯着唇角，笃定又自信，纪亭亭内心一阵哀号。

【02】

晨光穿过窗户，在蒙了灰尘的地面投下斑驳光影。纪亭亭常年在外，房间鲜有人打扫。季繁已经室内室外参观了一遍，出来的时候手上拿着前夜纪亭亭拍他的那张照片。

“角度找得不错，下次有机会多拍几张。考虑得怎么样了？”

若他说的是真话，这份名单的重要性不言而喻，无论是出于人道还是正义纪亭亭都不该袖手旁观，何况她还是AS的超级迷妹。

可她也早不是当年那个一腔热血的中二少女，无论是家人的担心还是她自身的安危都值得顾虑。这件事的危险程度远超她想象，AS既然通缉他，照片必然已传达各个关口，将他带在身边穿越重重盘查，不亚于在身上绑个定时炸弹。

看着纪亭亭犹豫不决的神色，季繁笑了笑：“看来是我高估了纪小姐的正义感。”

纪亭亭被他一句话臊得脸红，捏着袖子问：“带你进入严查地区之后呢？”

“之后的事我自有打算，届时必不会牵连纪小姐。”

又是一阵沉默，纪亭亭下定决心，定定地看着他：“我可以帮你，但你怎么证明你说的都是真的？”

季繁无赖一般摊手：“无法证明，我现在就是一个逃犯。纪小姐若是信，就帮我，若是不信，我现在就走。”

这个人哪里像特工了？分明就是个擅长耍赖的流氓啊。纪亭亭被他吃得死死的，担心因为自己的迟疑导致名单曝光，届时必然又是一场混战。她自诩为反战人士，怎能眼睁睁让这种事发生。

无论如何，只能赌一把了。

“好，我帮你。”

季繁笑起来，日月星辰般的眸子笑意流转：“当然不会让纪小姐白帮忙。听说你一直很想加入ICIJ（国际记者协会），这次事情办成，我会上报你的功劳。”

这个人简直将她调查了个底朝天，纪亭亭有种被耍的感觉：“有好处你怎么不早说！”

他摊手：“先说了，怎么测试纪小姐的正义感够不够呢？”

AS教出来的人都这么无耻吗？纪亭亭决定从今日，哦不，从此刻起，抛弃AS迷妹的身份，以表达她对季繁的愤怒！

翌日纪亭亭回到报社，申请招个助手，特别声明要男生。

“有时候太累，相机都举不起，需要一位绅士为我代劳。”她这么对上司说，上司欣然接受，下午时分季繁就来应聘。纪亭亭坐在格子间看着走进来的季繁，一口咖啡喷出来。

他脸上抹了硅胶，下颌粘了络腮胡，身材也胖了一圈，活脱脱一个中年发福版的季繁。

他的神通广大纪亭亭早有体会，递上来的材料没有任何纰漏，上司将纪亭亭叫到办公室询问：“纪，这个面试者你恐怕不会喜欢，你们这些年轻小姑娘都希望帅哥相伴，我明天再帮你筛选。”

纪亭亭一把抢过季繁的资料，装模作样：“工作又不是谈恋爱，我觉得这个就挺好，就他吧。”

找回名单一事刻不容缓，纪亭亭当天就递交了申请。最近恐怖事件频发，流程走得很快，下班的时候便收到答复，明日即可前往。

傍晚时分，纪亭亭和季繁面对面坐在一家中餐厅内，桌上摆了几道中国特色菜，她却味同嚼蜡。这些年她在战争地区频繁来往，从无畏惧，此时却因明日的行程紧张起来。

季繁却怡然自得，各色菜式尝了一遍，中肯评价：“不及我的手艺，有机会做给你吃。”见纪亭亭还是闷闷不乐的样子，笑了笑，“不用一副上战场捐躯的表情，相信我，不会有事的。”

他那样笃定，连自信仿佛都与生俱来。

一夜无话，翌日一早两人前往机场，季繁没什么行李，拿着纪亭亭的摄影设备有模有样。模仿也是特工的一项技能，若不是认识他，纪亭亭大概真的会认为他是一个资深摄影师。

取票的时候身后传来一阵欢呼声，纪亭亭还没回头，已经被人一个熊抱。来者金发碧眼，一脸兴奋。

纪亭亭费了好大劲才将他推开：“吉米？你怎么在这儿？”

“我刚从中东回来就听说你要去阿富汗的消息，所以我就申请和你一起过去啦。纪，想我吗？”顿了顿，看向身边的季繁，“这就是你新招的助手，来自中国的大叔？”

纪亭亭眼角抽了抽，用中文跟季繁讲：“他脑子有点问题，你别在意。”

季繁耸肩，吉米扯着她的袖子大叫：“不许你们用我听不懂的中文聊天，这是歧视！”

有了这个活宝，纪亭亭紧张的心情终于有所缓解。接近安检口时才发现除了平日里的安检员，每个安检口都多了两名穿黑色制服的高大男子。

纪亭亭心里“咯噔”一下，慌忙去看季繁。他却直视前方，甚至唇角含笑，只是不露痕迹地握住她的手，轻轻捏了捏，示意她自然一些。

一步步接近关口，纪亭亭手心全是冷汗，季繁无奈地低下头，凑近她耳边：“你这个样子，不用别人盘问，自己就先招了。”

吉米的脑袋从身后挤过来，怒视季繁：“大叔，不允许你挨纪这么近，你这是骚扰。”

季繁撇嘴，伸手在纪亭亭脸上捏了一把。吉米哇哇大叫，纪亭亭哭笑不得，就这么打打闹闹，安检口已近在眼前。

纪亭亭先过，其次是吉米，季繁留在最后。慢条斯理，不慌不忙，甚至朝审视他的黑衣人点头微笑。纪亭亭的心提到嗓子眼，待季繁走过安检口，终于狠狠沉下。

吉米在一旁奇怪地看她：“纪，你很热吗？怎么流了这么多汗？”

季繁走近，掏出一块手帕替她拭去额头的汗，含笑的声音轻轻响在耳边：“别怕，不会有事的。”

走向登机口时，纪亭亭回头看了一眼。安检处，身材高大的黑衣人正望着他们，而那抹视线……她没看错，是落在身边的季繁身上。

纪亭亭突然有个大胆的猜想，拽了拽季繁的袖子：“那个人，其实认识你吧？他是故意放水？”

季繁笑起来：“还算聪明。”

纪亭亭目瞪口呆，反应过来后恨不得咬他两口：“那你为什么不提前告诉我！”

“提前告诉你，你会信吗？”他挑着唇角，似乎对一切都了如指掌，“若没有倚仗，单凭一个你绝无可能安全离开。我只做有把握的事，现在纪小姐放心了吗？”

“放心个球！”纪亭亭终于忍不住爆粗话，狠狠瞪他一眼后甩手走开。

季繁愣了愣，失笑摇头。

【03】

从起飞到降落，纪亭亭没和季繁说一句话，有了战地记者的身份证明，海关过得轻而易举。再登这片战火纷飞的土地，纪亭亭心无波澜，拿了行李直奔住处。季繁没有同他们一起，问清吉米住址后便独自离开了。

临近傍晚，纪亭亭的房门被敲响。恢复本来面貌的季繁挑着唇角站在门口，手上拿着一个快化了的冰淇淋：“我为早上的事向你道歉。”

纪亭亭斜他一眼就要关门，被他用脚抵住，笑意盈盈：“纪小姐，我不是有意骗你的。”

纪亭亭忍无可忍，一巴掌拍掉冰淇淋：“季繁！我知道你们AS特工厉害，但麻烦你不要总是一副将一切都玩弄于股掌的表情，我是人不是猴子！”

季繁愣了愣，收了笑意，嗓音沉沉：“纪小姐，很抱歉之前给了你这样不好的印象。只是我做事习惯留后招，但我绝无耍你的意思，我为之前的行为郑重向你道歉，希望你能原谅。”

如此一本正经，前一刻还声嘶力竭的纪亭亭突然尴尬。片刻沉默，她戳着手指开口：“那个……冰淇淋，你在哪儿买的啊？”

季繁“扑哧”一声笑出来。

她吐舌头，侧身放他进屋。季繁左右环视一番，目光落在摊在床上的行李箱上，眸色闪了一下，问她：“有礼服吗？”

纪亭亭不明所以：“我是来工作的，带什么礼服啊？”顿了顿，翻出一条白色连衣裙，“只有这个，打算做现场连线的时候穿。”

“不错，你穿上应该很好看，去换吧。”见纪亭亭满脸茫然，笑了笑，“楼下办了舞宴，想邀你跳一曲舞，不知纪小姐是否赏脸？”

这个时候，这种地方，居然会有舞宴。纪亭亭一边觉得不可思议，一边又期待好奇。

天色将沉，楼下已起歌声，纪亭亭挽着季繁踏入大堂时，有一种不真实感。她偏头去看身边的男子，他有足够令女人疯狂的容貌，笑起来的时候唇角微弯，几分痞意轻佻。灯光落在他眼眸发间，几乎让她迷乱。

侧身搂腰，季繁将她的思绪拉回，腰间酥麻感传入大脑，她打了个寒战。季繁更紧地搂住她，唇角贴住她的耳畔。

“纪小姐，很高兴认识你。若有缘分，我们来日再见。”

纪亭亭一愣，踏错舞步：“你要走了？”

曲子已近末尾，他的手也已离开她的腰：“我该走了。”

这个男人来得猝不及防，走得风轻云淡，她想挽留，既无立场，也无理由，只能望着他高大背影消失在迷蒙灯光间。耳边奏起陌生的舞曲，纪亭亭兴味索然，打道回府。

走廊里头灯光闪烁，她踏着阴影一步一顿，满脑子都是方才季繁搂着她跳舞的场景。低头，抬眸，侧脸，每个方位他都充满她的视线。

纪亭亭猛地拍了一下自己的脸，握拳警告：“纪亭亭！别花痴了！你们根本不是一个世界的人，说不定以后再也不会见到了！”

话落，房间门后突然传来一声惊叫，转瞬又沉寂下去。她掏房卡的手顿了一下，有些紧张，小心翼翼打开房门，一寸寸推开。

房间内点了床头灯，她的行李箱依旧摊在床上，而窗前，站着季繁和吉米。

吉米双手举过头顶，面对门口，看见她进来，顿时五官生动：“纪！快跑！报警！赶紧报警！”

吉米的对面，季繁正拿枪指着他。听见声音，他回过头来，在纪亭亭愕然的神情下开口：“记者证落在你这里了，回来取的时候遇到了吉米先生。纪小姐，你来得正好，帮我把他绑起来。”

说这句话的时候，仍旧在笑。纪亭亭望着那把手枪，声音都在发抖：“季繁，你先把枪放下，吉米是我朋友，你别这样。”

他摇了摇头："我已经试过讲理，但他不听。我的身份不能暴露，纪小姐，你知道这件事意味着什么。"

吉米观察两人神色，顿时有点崩溃："纪，你们在聊什么？你认识他对不对？你一开始就知道他伪装身份进入阿富汗？你为什么要这样做？他很有可能是恐怖分子，是个超级危险的人物！"

季繁眯起眼睛，唇角仍有笑，嗓音已经冷下来："把他绑起来。"

纪亭亭几乎快哭了："季繁，求求你别这样。我保证吉米什么都不会做，我们绝对不会泄露你的身份。"

他手指扣着扳机，一字一顿："把他绑起来。"

纪亭亭紧咬下唇，看着眼前这个和方才完全不一样的男人，只能照做。那把上了膛的手枪对着他们，几乎让她流下泪来。

明明前一刻，她还在遗憾不能再与他相见。

做完这一切，她转身看着面无表情的季繁，声音冷硬："接下来呢？"

季繁偏头看着她，片刻，突然弯起唇角。他收起手枪缓步走近，在纪亭亭有些紧张的神情中抱住了她。

从头兜下的一个拥抱，几乎将她整个人都圈入怀里。他的怀抱宽阔温暖，她贴着他的心口，能清晰听见热烈的心跳。

"对不起，刚才吓到你了，可除了你，我谁也不信。纪小姐，这次是真的再见了。"

【04】

纪亭亭一直在床上坐到天亮，吉米打着哈欠醒来时，全身酸痛，很无语地看着她。

"纪，现在可以放开我了吗？"

她摇头，语气抱歉："对不起啊，吉米，季繁不是坏人，他来这里是有很重要的事情，我不能让你泄露他的身份。"

吉米神色复杂地看了她半天："你相信的人，我也相信，可是纪，你现在这个模样，该不会是爱上他了吧？"

纪亭亭吓了一跳，从床上蹦起来："胡说什么！我们认识还不到一周！"

吉米笑起来："我对你也是一见钟情，纪，我太熟悉你脸上的神情了。"他调整了坐姿，叹了口气，"可是纪，那个男人一看就很危险，战地记者已经是很危险的职业了，你最好不要冒险。"

纪亭亭撑头闭眼，嘴上仍在反驳，心里却微微颤抖起来，像昨夜，季繁搂着她的腰跳舞，那细密的酥麻。

在吉米一再保证下，纪亭亭总算相信他不会报警，解开了他的绳子。毕竟两人还有工作在身，下午就将前往南部地区。为了补偿吉米，纪亭亭请他到酒店的VIP餐厅吃豪华大餐。今日天气晴朗，阳光有几分刺眼，纪亭亭吃得心不在焉，目光扫过落地窗外的大树时，顿了一下。

斑驳树影之后，她仿佛看见了季繁，只是一瞬，复又消失。自己魔怔了吧？她埋头吃饭，决心一会儿回房间好好睡一觉。

午后静寂，纪亭亭是被撞门声吵醒的。她猛地翻身坐起，房门已经被撞开，有人走进来。

鸭舌帽加墨镜，整张脸都看不清晰，但她仍然一眼就认出来，那是季繁。原来方才吃饭时，她没有看错。

她还没说话，季繁已经快步走近将她从床上拽起来："收拾东西，马上跟我走。"

"你怎么在这儿啊？发生什么事了？"

季繁没说话，将她的行李两三下收拾好，牵起她的手走出去。

走到门口时顿了一下，从腰间掏出一把枪塞到她手上：“知道怎么用吗？”

纪亭亭手抖得不行，话都说不利索：“不……不会啊！到底发生什么事了啊，季繁？”

他放柔了语调：“别紧张。来，握住枪，这样，上膛，瞄准。有我在，你不一定会用到它，但以防万一。”

看着纪亭亭因紧张而泛红的脸，他伸手揉了揉她的头，那力道又轻又软，像春日的风：“若我猜得没错，这里将会有一场武装袭击。不过不用怕，有我在。”

纪亭亭被他牵着从消防通道离开，恍在梦中：“你怎么知道？你是专程回来接我的吗？”

他没有回头，只是牵着她的手大而有力，让她心安：“纪小姐，你要相信我作为AS特工的嗅觉。”

纪亭亭定定地看着他，看他衣角和鞋帮沾的泥尘，看他风尘仆仆略显疲倦的面容。一定是的，他一定是为了她专程返回来。那一刻，心似蜜饯，竟不觉得怕了。

后门停了一辆车，纪亭亭上车后拽住正准备打火的季繁：“吉米！还有吉米！”

季繁偏头看她，半晌，无奈笑了笑：“也只有你的请求我会答应，待在车上等我。”

话落，下车疾步走回酒店。

天空湛蓝，风都清新，真不敢想象，这样宁静的下午，会有一场蓄谋已久的武装袭击。吉米出来的时候是被季繁押着的，边走边骂，看见车上的纪亭亭时才终于闭嘴。

季繁发动车子飞速驶离，酒店在身后远去，纪亭亭终于从方才的仓促中回过神来。她相信他作为特工的嗅觉，他一定是发现了异常，可她……真的要这样独自离开吗？

“季繁……其他人怎么办？”

他透过后视镜望过来，嗓音沉静：“纪小姐，我有比阻止这场武装袭击更重要的任务。”

“那我们就眼睁睁看着那些无辜的人惨死吗？”

季繁看着她，突然笑了一下：“纪小姐，我是人，一己之力有限，推迟自己的事连夜返回，能救的，只有你。”瞟了眼吉米，“还有你的同事。”

纪亭亭还想说什么，车子突然狠狠晃动一下，紧接而来的就是巨大的爆炸声。她被震得耳鸣，世界一下无声。车子又是一阵晃，是季繁踩死了油门冲了出去。她慌张回头，身后蘑菇云冲入天际，火光浓烟将一切都淹没。

直到车子停下来，纪亭亭依旧听不到声音，只是整个身子抖得厉害，眼泪不停流下来。季繁下车开门，将她拉出来，下一刻，紧紧拥入怀中。

她听不到他在说什么，但喷在耳边的气息，那应该是：别怕，有我在。

【05】

这场爆炸发生得很迅速，直接打乱了纪亭亭所有的工作计划，她不能离开，必须回到爆炸现场报道事件的真相。季繁倚着车门点燃一根烟，嗓音沉沉。

“爆炸不是结束，这场武装袭击肯定还有后续，你回去会有危险，而我不可能每次都出现。”

这一次，他原本也可以不出现。纪亭亭看着眼前的男人，吉米说她对季繁一见钟情，如今，她有点信了。在她单身的二十六年里，第一次有季繁这样的人出现。他帅气绅士，又危险神秘，全身上下每一个点都将她吸引。花痴也好，肤浅也罢，她对他的喜欢，藏不住了。

“怕危险，我就不会来这里了。”她朝他笑笑，解开手腕的红绳递过去，“季繁，这是我妈妈在国内求的平安绳。这么多年，我一次事也没出过，很灵的。你拿去，等你把你的事情解决好了，再还给我，这样我们就有理由再见了。”

季繁偏头看他，半晌，接过红绳：“纪小姐，期待下次与你见面。”

爆炸将酒店夷为平地，初步统计，三十七人受伤，十六人死亡，五人失踪。虽早已见惯流血战场，但每一次仍会心有颤抖，感恩生命。做完报道和采访后，纪亭亭加入紧急医护队帮忙，翌日，吉米带来两方武装势力将会在东北一带火拼的消息。纪亭亭当即决定前往现场，拍摄第一手照片，将冲突的真相公之于众。

她和吉米选择了藏身的位置，但并不算万无一失的安全。周围人群混乱，枪声在耳边炸响时，纪亭亭举起了相机。

火拼结束得很快，回到紧急医护队，已送来不少受伤的童子军。明明还是花一样的年纪，却已被仇恨和暴力填满。纪亭亭心情沉重地帮助医生处理完伤员，回到暂居的住所将白日拍的照片洗出来。

灯泡闪了一下，她的眸子也闪了一下，看着其中一张照片上熟悉的身影，半晌沉默。

季繁从未告诉过她来到这里之后的计划，凭他一人之力就想找回遗失的名单有多大的可能？从遇到季繁开始，一切都是从他口中听说，她从来没有怀疑过真假。

哪怕他在爆炸的前一刻赶回酒店将她救出来，她也相信那是他作为特工的精准判断。

可为什么，她这么相信的一个人，会出现在其中一方武装势力的火拼中？或许这场爆炸他早就知道，甚至参与其中？

她爱他的神秘危险，也怕他的神秘危险。

五日之后，纪亭亭按照原定工作计划前往南部地区。南部的情况也不乐观，这片战火纷飞的土地从未消停。她时常会想到季繁。

想他是否安全，是否已找到遗失的名单，偶尔也会猜想一直以来他是否都在欺骗她，转瞬又摇头否定。

吉米忧伤地叹气：“我觉得自己彻底失去机会了，纪，你的眼神出卖了你的心。”

她天生就爱冒险，无论是选择工作，还是喜欢的男子。

再一次见到季繁，是在纪亭亭完全没有想到的情况下。一小时前，刚发生了一场恐怖袭击，现场一片混乱，纪亭亭一边拍照一边被吉米拖着寻找藏身的地方以防流弹。转入拐角时，她被墙后伸出来的手拽住，扯离了原先的方向。

天色已暗，线路被毁，四下黑暗。她被那只手带着不停地朝前奔跑，直到四周寂静，才终于停下来。

纪亭亭掏出手枪，对准前方人影。

夜色中传来嗤笑，“啪嗒”一声，是他打燃了打火机，摇晃的火光照出他的面容，含笑的熟悉面容：“你现在是在用我送你的枪指着我？”

纪亭亭深呼吸，语气平静：“我知道是你。季繁，我希望你能解释一下你为什么会出现在这里，出现在恐怖袭击发生后的时间。还有之前那场武装火拼，为什么你会参与？”

哪怕自我安慰，仍在见到他的那一刻忍不住怀疑。纪亭亭有点讨厌自己。

季繁走近两步，微挑眼角："你在怀疑我？"没等她回答，笑了一声，"真令我伤心。"

她扣着扳机："季繁！我在问你话！"

他看着那把枪，看她握着枪发抖的手，轻轻叹了口气："纪小姐，我担心我回答了你，你也不会信。"

纪亭亭咬了咬唇："只要你说，理由充足我就信。"

他勾起唇角："因为我想见你。"

一时静默，他笑了笑："看吧，说了真话你却不信。早知如此，我何必因为恐怖袭击担心你的安危而冒着身份泄露的危险来找你。"

纪亭亭咬着牙，心脏几乎要跳出喉咙。下一刻，季繁欺身而上，劈手夺下她的枪，将她圈入怀里。

"纪小姐，下次用枪，千万不要分心，否则就会像这样。"

纪亭亭跺脚，咬牙切齿："季繁！"

他轻笑出声，揉了揉她的头："没有骗你，真的很想你，很想见你。纪小姐，请问你的迷魂药是在哪家药店买的？"

纪亭亭没忍住，"扑哧"笑出声。原来并不是一厢情愿的单相思，在她思念这个人的时候，他也在想她。

"参与那场武装火拼，是为了赢得头目的信任，我需要他的势力调查一些东西。"他看了下手表，将之前的事情简单解释一遍，"时间不多，我得走了。"

纪亭亭扯住他的衣角："季繁，其实我可以帮你的。你接下来打算怎么做，去哪里，你告诉我，我可以帮忙的。"

他回头看她，含笑的眸子满是温柔："你在担心我？纪小姐，你可以怀疑我的身份，但不能怀疑我的能力。相信我，我可以解决好。"

她抿了抿唇，不再勉强，只轻轻点了点头。季繁笑了笑，转身离开，走了两步又回过头："明天晚上，郊区的化工厂，我曾经的战友会带给我名单的线索。"

她弯起唇角，嗓音轻快："知道了，小心点，我等你回来。"

【06】

纪亭亭回到基地时，吉米已经急得快哭了，见她平安回来将上帝、真主、释迦牟尼都感谢了一遍。两人准备一番便投入工作，目前当地政府已经开始调查这次恐怖袭击的组织成员，纪亭亭实时转播报道。

翌日傍晚时分，吉米带回来几张打印的照片作为纪亭亭新闻稿的插图。这是政府不久前刚调查出来的恐怖分子画像，和此次恐怖袭击有关。

纪亭亭一张张拍摄记录，吉米在一边解释："这个是当地人，从小就被恐怖组织收养，早就是政府的黑名单了。这张是个新面貌，以前没出现过，据刚才的调查说，这个人曾经是AS的反恐特工，叫艾文。"

纪亭亭一愣，心脏狠狠跳了一下。

"你说这人怎么想的啊？当了几年反恐特工，现在又成了恐怖分子，体验人生也不能这么个体验法啊。纪，你怎么了？"

她捏住那张照片，嗓子发干："你说这个人，第一次被当地政府发现调查是吗？以前的恐怖名单里，没有他？"

"是，是新面貌。"

她猛地起身，抓起桌上的车钥匙："我要出去下。"

如果这是他第一次被曝光，在这之前必定无人知晓他恐怖分子的身份。而昨夜季繁说的那名将要与他接头的战友……

她不敢再想，将油门踩到底，冲向百里之外的化工厂。

落日褪去光芒，天色一点点沉下来，这座耸立在荒原上的工厂投下巨大的阴影。而破旧的房间内，季繁正持枪与对方对峙。

他没有愤怒，没有紧张，仍是含笑的模样，连语气都轻松：“果然除了自己，谁都不能信。”顿了顿，笑了一下，“不，还有另一个人。”

对面的男人眼神阴戾，声音喑哑：“季，以前我处处不如你，如今，我们终于有机会一决高下。”

季繁笑了笑：“那恐怕要让你失望了。我的枪法一向快于你，除非你带了人埋伏，否则，你依旧会输给我。”

艾文咧开嘴角：“你们中国人真是狡猾，死到临头还想诈出我有没有带帮手。季，实话告诉你，我一个帮手都没有带。我要堂堂正正地打败你，用恐怖分子的身份打败你，这样，你会很屈辱吧？”

季繁撇嘴耸肩：“并不。曾经的反恐特工成为恐怖分子，感到屈辱的是你才对。那份名单也是你从中做了手脚吧？为了拉我下水，你还真是不遗余力。”

三年前，艾文因为犯错被反恐部队开除。这些年他同季繁一直保持联系，毕竟两人曾是亲密无间的战友，可人心难测，原来他心里一直都仇视他。他要季繁也像他一样，被开除，甚至被通缉。人一旦嫉妒起来，无论男女，都如魔鬼可怕。

日光西沉，四周缓缓暗下来，季繁缓缓抬手，而艾文也扣动扳机，千钧一发之际，突然一声枪响。

季繁猛地倒地滚动，抬头去看时，艾文捂住心口正缓缓倒下。而他身后……逆光中，纪亭亭双手握枪，发丝飞扬。

真是个……莽撞又大胆的姑娘，不过，他很喜欢。

第一次开枪，纪亭亭虎口震得生疼，她却顾不上，朝着倒在地上的季繁飞奔过来。他弯着唇角，在她跑到面前的一刹那张开双臂。这个姑娘，遇到她，真的很幸运。

纪亭亭全身上下检查一遍，声音焦急："没受伤吧？"

季繁眨眨眼："纪小姐，我全身都被你摸了，这不太好吧？你不负责，恐怕是要担责的。"

纪亭亭哭笑不得，一巴掌打在他心口，扶着他站起来。那红绳荡在她眼角，他的声音又轻又柔："纪小姐，我真是越来越喜欢你了，你呢？"

她正要回答，身后突然传来嘀嗒的响声。

纪亭亭茫然回头，季繁已经一掌将她推出去。目光所过之处，是他因惊恐而扭曲的面容。他朝她扑过来，整个身体将她护在身下，下一刻，爆炸声响破天际。

火光在眼前铺开，世界像进入真空，一丝声音也听不见，可她独独听见季繁撕心裂肺的声音，他在喊她：纪亭亭。

那是季繁第一次叫她的名字，不是纪小姐，而是纪亭亭。

这三个字从他嘴里说出来，原来这样好听。

【07】

纪亭亭醒来已是一周后，她全身多处擦伤，内脏也受到损害，但所幸性命无忧。清醒的那一刻，脑中回响的，仍是季繁那声"纪亭亭"。

不顾吉米阻拦，她驱车前往化工厂，而那座工厂如今已被夷为平地。她没有痛哭出声，只是眼泪一滴一滴流下来，怎么也止不住。她一遍遍去挖那断壁残垣，到最后，只挖出一根断开的红绳。

都是假的，什么保平安的红绳，根本保不了平安。

三日之后，纪亭亭回国，辞去战地记者的工作，再也没有踏入过阿富汗。危险无法阻挡她的勇气，可当那片土地染上她心爱之人的鲜血，便成了她的地狱。

回国之后，纪亭亭成为了一名娱记。每天像个狗仔偷拍明星的行程，有时候在机场蹲守无聊时，她会给同事聊起曾经作为战地记者的经历，总能引起大片惊叹。

新入行的小妹妹视她为偶像，扯着她的袖子问："亭亭姐，那你为什么辞职呢？我觉得你就该在那样的地方，这里太委屈你了。"

她笑了笑："可能因为我怕死吧。唉，你看那是不是杨帅哥，快拍快拍。"

小妹妹赶紧举起相机，顿了一下，回头看纪亭亭："亭亭姐，杨帅哥旁边那是谁啊？长得那么帅，应该也是明星吧？我怎么不认识啊，新人吗？"

纪亭亭朝她的方向看过去。含笑的唇，上挑的眼，那是她多少次午夜梦回的身影，正朝着她的方向，一步步走来。

是下雨了吗？她抬头看了看，原来是她哭了。

作者感言

九月深秋，我和朋友去了中国北方一座以胡杨林闻名的小镇。我看着黄沙中大片金黄的胡杨，觉得这么美的地方，一定要有一个美丽的故事与之匹配。当我看见在沙漠中翻越的越野车时，季末的形象开始在我脑中缓缓成形，他不但潇洒不羁，而且情深义重。我的理想型男友，送给你们。

CHENGMENG
NICHUXIAN

GOUWOXIHUAN
HENDUO
NIAN

【01】

货车司机把车停在了路边，车灯照出夜幕下淅淅沥沥的小雨。

季安安跳下车，司机从座位下掏出一把黑雨伞，用并不标准的普通话提醒："顺着这条路再走五公里就到镇上了，我这趟货急着送，实在不好意思。"

季安安赶紧笑："你免费载我一程我已经很感激了，谢谢师傅。"

司机摆摆手，发动车子从另一个路口走了。季安安看了看手表，傍晚七点，这个临近祖国边疆的北方小镇却已经夜色深深。她勒紧背包，撑开黑伞，朝着五公里外落脚的小镇出发。

路程比她想象的要辛苦很多，路面被雨水打得泥泞不堪，半只脚都陷进泥里。

她有点后悔今天下午送迷路的小孩去派出所，导致错过了一天一趟前往小镇的大巴车。约定的时间是明天上午十点，她不能迟到。

身后传来摩托车引擎声时，她并没有在意。直到车子停在她身边，高大的男人面色不善地盯着她的背包。

夜路难走偏遇贼，季安安都要哭了，哆哆嗦嗦掏出钱包主动递过去："钱给你，包里只有衣服。"

歹徒不信，作势要来抢包，季安安死命抓着背包往后跑，被男人一脚踹进了泥坑，泥水呛进嘴鼻。

雨越下越大，冰冷又绝望，漆黑的路上突然打起一束刺眼的灯光。

车声由远及近，远光灯直直打在季安安身上，身边男人咒骂一句，抬脚狠狠踩在季安安手背上，孰料她手指都被踩出了血，仍紧拽着背包不放。

车门打开，两个穿着冲锋衣的人大喊着冲过来，歹徒赶紧骑着摩托逃跑。季安安躺在泥坑里，爬起来的力气都没有了。

一直到被搀扶上车，旁边的男生脱下冲锋衣给她裹上，她才后知后觉地哭出声。

坐在驾驶位的人扔了一包抽纸过来，嗓音冷冰冰的："给她擦干净，别把我车弄脏了。"

身边男生赶紧抽出纸巾塞到季安安手里，温声提醒："别怕，先擦擦脸。你叫什么名字啊，是来这里旅游的吗？"

季安安一边哭一边回答，嘴里全是泥水，驾驶位的男生又扔了一瓶矿泉水过来，冰冷的声音含着讥笑："现在这些背包客，只想着怎么走出来，没想过能不能走回去。"

"季末，你少说两句。"

寂寞？季安安抬头看了他一眼，真是奇怪的名字。

车子很快到了小镇，路灯打出暖色调的光。身边一直安慰她的男生叫陈树，正对季末说："去十字街的诊所，安安的手需要包扎。"

季末头也不回："这么晚哪还有诊所开门，我房里有急救箱。"

于是季安安就被带到了季末和陈树住的农家小院。

洗了澡换了干净的衣服出来时，提着急救箱的陈树愣了一愣，随即打趣："还好是晚上，要不刚才他不仅劫财，还得劫色了。"

房内的白炽灯照着手指触目惊心的伤口，季安安疼得直吸气，陈树都不知道该怎么下手了。季末洗完头经过时瞟了一眼，径直走进来拿过陈树手中的碘酒，对着季安安的手就倒了下去。

季安安疼得一抖，眼泪都出来了，他埋着头替她上好药裹上纱布，带着沐浴清香的碎发扫过她的鼻尖："下次再遇到这种事，舍财免灾，他要什么就给他什么，保命要紧。"

她揉了揉酥痒的鼻头，轻轻"嗯"了一声。

半夜睡不着走到阳台，看见院内季末点燃一根烟，一点星火映出朦胧的脸孔，正对陈树说："现在这些城市里的女孩儿，以为背个背包独自一人到处走走就是净化心灵了。最后心没净化，命搭上了，整天脑子里也不知道在想什么。"

季安安回头看了一眼立在墙角裹满泥水的背包，轻轻笑了笑。

小镇黑得早，亮得也早，阳光洒进来时，指针才走到6。陈树招呼她下来吃饭，冲着厨房喊："季末，再给安安煮一碗面。"

季末冷冷的声音飘出来："我是你们谁请的私厨吗？"

季安安赶紧下楼，跑到厨房的时候，季末已经将面丢进滚烫的水里。季安安凑过去："我自己来吧。"

他看了眼她被包成粽子一样的右手，皱了皱眉："出去。"

于是季安安乖乖地跑到院子里等他煮好了面端出来，吃饭的时候又为难了。举着粽子手看了半天，有些委屈道："我不吃了。"

陈树说："季末你真是，安安的手这样怎么拿筷子，你就不能熬点粥让她用勺子吃吗？"

季末气得拿脚踹他，再回头时，季安安正用左手拿着筷子笨拙又认真地一根根夹着面往嘴里送。

北方清晨的阳光带着霜雾，穿过院中金黄的胡杨树，细细密密落在她雪白的肌肤上。她的嘴角沾上汤汁儿，眼睛却弯起满足的笑。

陈树在一边问她："安安你今天什么安排？是先去看胡杨林还是去月亮湖？"

她用粽子手撑着下巴，轻轻摇头："我不是来旅游的。"笑了笑，"我是来赴约的。"

【02】

季安安收拾好出门时，季末正在门外的大路上洗车，是辆模样霸道的悍马，一看就是翻山越岭的家伙。季安安看着昨晚被自己满身泥水弄脏的后排座位，赶紧跑过去帮忙。

她在和陈树的交谈中得知，有些游客会联系车队翻越沙漠寻找刺激，季末就是这支车队的领头。他们只有在这个季节才到这个小镇来，九月深秋，胡杨林泛黄，游客也多。

季安安第一次听说这样的工作，问陈树："那其他时间呢？"

陈树笑笑："全国各地跑呗。都是一群兴趣爱好者，不为赚钱，自在嘛。"

季安安看了眼在阳光下闪闪发光的悍马，觉得这工作还挺赚钱的。她掏出地图问陈树："我要去这儿，塔子山，你知道怎么走吗？"

季末回头看了她一眼，陈树已经开口："就在我们要去的沙丘旁边，上车一起吧。那也不是什么山，就是个小土坡，以前有座石塔，早些年陷进流沙里，只剩个塔尖儿了。"

季安安想了想后说："我这样蹭车不太好吧？"

驾驶座的季末回头挑了挑唇角："觉得不好意思啊？那给钱

呗，我们这车三百块一个人，办个会员，九折。”

“去去去。”陈树关上车门，“安安你别听他胡说，安心坐。待会你办完事来找我，带你免费体验一下翻越沙漠的快感。”

季安安笑了笑，抱着背包看向车外飞驰的景色。远处日光融沙，金黄的胡杨林像熟透的颜彩在湛蓝天空下缓缓铺开，真是美到了人心尖上。

约定的时间是十点，季安安八点就到了塔子山。阳光渐烈，耀得她眼都睁不开，季末摇下车窗扔了副墨镜下来，什么都没说，开车走了。

季安安弯腰将墨镜从柔软的沙子里捡起来，鼓着嘴吹了吹，突然就笑出声。

这个人看上去冷冰冰的，其实还蛮善良的嘛。

不多时，另外三辆越野车呼啸着闯入视线，游客分批上车，陈树像在交代什么，季末环胸抱臂倚着车门，微微不耐。

等所有人都上车，四辆越野车像在金黄色沙丘上蠕动的蜗牛，缓缓爬上陡峭的沙丘。季末的车打头，车子一点点朝上，几乎与笔直的沙丘成九十度直角。季安安捂着嘴看得胆战心惊，生怕车子就这么朝后栽下来。

所幸这种事没有发生，下一刻，车子上到顶点，呼啸着俯冲而下，掠起四溢的黄沙，隔着这么远的距离都能听见车内游客的尖叫声。

车子平稳落在地面，金黄沙地碾压出道道深邃的车辙，游客意犹未尽还想再试一次，季末下车点了根烟，陈树在车上商量价格。

北方独具特色的风沙吹得人睁不开眼，远处的季安安就站在一棵胡杨树下，踮着脚朝他们眺望。

季末好整以暇地看了一会儿，掐了烟正要上车，看见季安安突然蹲了下去，娇小的身影缩成小小一团，顷刻倒在地上。

他愣了一下，转身跳上车朝她疾驰过去。后排陈树“哎”了半天，车子已经一个急刹停在晕倒的季安安身边。季末下车抱人上车，一气呵成，对着车内的三名乘客开口：“下车。”

陈树在一旁打圆场：“人命关天！我们要送朋友去医院，麻烦大家体谅下。”

去医院的路上，陈树抱着季安安喊得撕心裂肺：“啊啊啊脸色变青了！啊啊啊没气儿了！啊啊啊她在发抖！”

季末车开得跟QQ飞车似的，刚到医院车还没停稳，陈树已经抱着季安安大喊大叫着冲下去。很快有医生围过来，簇拥着进了急诊室。

季末停好车疾步走近，问等在外面的陈树：“什么情况？”

“好像是食物中毒。”他一脸惊恐地瞪着季末，“你不会是今早在安安面里下毒了吧？”

被季末一巴掌打了个趔趄。

没多久医生出来解释：“食物过敏，好在送医及时，没什么大碍了。”

两人均松了口气，陈树坐在病床边看着脸色苍白得几乎透明的季安安，掰着指头算：“面过敏？鸡精过敏？盐过敏？还是什么啊？”

季末脸色沉沉，半天吐出两个字：“杏仁。”

今早的面里他放了杏仁末，面和调料均属于平常食物，过敏的概率很小，但对花生杏仁过敏的人却不少，大概季安安恰在其内。

季末抬手看了下时间，已近十点，淡声交代：“等她醒了你买点白粥，吃的方面问下她还要注意什么。”

话落推门而出，陈树在身后喊：“你去哪儿啊？”

季末没有回答。

季安安醒来已是下午时分，午后炽烈的阳光透过百叶窗零零散散落在雪白的病床上。她睫毛颤了一下，随即猛地睁眼。对面墙壁上的挂钟已走到两点十分，她轻轻眨了眨眼，像是自语："完了。"

一边玩手机的陈树嗓音惊喜："安安你醒了？还有哪里不舒服吗？"

她动了动嘴唇，嗓音发干，一个字都说不出来。

季末打电话过来的时候，陈树买了白粥正在爬楼："有点奇怪，醒了之后也不说话，就盯着时间看。哎，对了，安安不是说她是来赴约的吗，她是不是错过约会了啊？"

那头季末沉默一下，挂了电话。

输完液后，季安安执意出院。陈树拗不过她，只能依了。趁着他办手续的时间，季安安在他包里塞了住院费，独自一人打车走了。

季末赶到医院时，陈树正在门口跳脚大骂季安安没良心。

"估计不想再麻烦我们。"骂完又为她辩解，有点担心，"你说她会去哪儿啊？"

季末看了眼胡杨林的方向，沐浴在落日光芒中的眼睛轻轻闪了一下。

天色很快暗下来，只剩红彤彤的晚霞铺满天际，落下一天最后的余晖。季末驾车到沙漠时，只剩下一方塔尖儿的沙丘上，蹲着一个小小的身影。

脚下的沙子柔软得不像话，每走一步都留下一个深深的脚印，又被随即而来的风沙填平。直到他站在她面前，投下一片暗影，她才后知后觉发现有人来了。

目光扫过他白色的板鞋，沾了几粒黄沙的裤脚，再到微俯的胸膛，最后触不及防撞进他探究的视线。

她惊得朝后一仰，被他手疾眼快地拽住，嗓音仍是冷冷的，眼底却含了揶揄："约定时间早就过了，还在这里等狼来吗？"

看她蓦然睁大的眼睛，季末突然就笑了笑："我有没有跟你说过，夜晚的沙漠，有狼的？"

比起他的话，季安安更加惊讶他的笑。这是她第一次看见他笑，薄薄的嘴唇挑起恰到好处的弧度，眼角却盈满温暖，像最后的晚霞，破碎地亮丽。

"约定今天十点在塔子山见，信物是这几年彼此的信件？"

他在季安安难以置信的神色中一把将她拽了起来。

"早知道是你，早上我就不来这儿等了。三个小时，都快中暑了。"

【03】

季末收到第一封信是三年前，仍是九月胡杨黄叶的季节。樱花粉的信封，只有地址没有收信人，出现在他暂居的农院信箱里。

农院常年不住人，他也只有在九十月份才会过来，会寄信到这里的人令他好奇。于是打开信封，看见了纸上略显稚嫩的笔迹。

抬头是："有缘的陌生人，你好"。

季末自打成年就在路上跑，爬雪山过沙漠，五湖四海志同道合的朋友交得不少，讲究的就是一个"缘"字。这封信寄到他手里，大约是老天给的缘分。

写信的是个叫落叶的小姑娘。落叶身体不好，很少出门，连学校都去得少，信中说，她特别羡慕那些在外面大跑大叫的孩子。

那一年的圣诞节，邻居家的男孩送了一张明信片给她，是胡杨林的美景。成片金黄的胡杨树倒映在碧蓝湖泊里，落叶用“美得像童话里的仙境”来形容也不为过。

想去那个连落叶都带着梦幻色彩的地方，想看连绵沙漠中屹立不倒的金色胡杨，想在月亮湖边照照自己的模样。

可她病得很重，不能出门，去过最远的地方就是市里的医院。于是她怀着试试看的想法，写了这封信，寄到了小镇的107号。

想象中应该是个长马尾皮肤雪白的姑娘，坐在铺满午后阳光的书桌前，咬着笔头，写下这串连自己都不知道是否存在的地址。

她说，10月7日是她的生日，希望在那个像童话一样美丽的仙境，有这样一个地方存在。希望远方陌生的朋友，收到她的信，回寄她一张胡杨的照片。

那一天，季末拿着单反，开车去了塔子山，在落日光芒中拍下了第一张照片，寄给了这个怀揣美好梦想的姑娘。

之后便是频繁通信，每去一个地方，季末都会拍照寄给落叶，她虽然去不了那些地方，却毫无遗憾地领略了那些美景。

季末提出过去看她，被她拒绝了。

她说，我头发都掉光了，可难看啦。等我的病好起来，头发长出来了，再漂漂亮亮来见你。

季末同意了，三年通信，未见其人，只是信上的字迹从稚嫩变为娟秀。直到一个月前，约在了令他们结识的胡杨林。

只是没想到，想象中那个单纯可爱的小姑娘，会在半道上就和他相遇。果真是缘分吧。

季末垂眸看季安安，她和自己想象中有点不一样，没有那么孱弱，气色看上去也好，这令他不那么担心她的身体。

早上还以为她未曾赴约，如今看来，她比他更在乎这个约定。哪怕半夜徒步赶路，也要按时到达这个小镇。

季安安低头站在他面前没说话，像是被吓到了，手足无措。他弯下腰去翻她的背包，包里装着一个粉色的盒子，还带着淡淡的清香。一摞摞信件叠得整整齐齐，安静地躺在盒子里。

他看了眼她垂在身侧包成粽子一样的手：“还疼吗？”

她茫然抬头：“啊？”

他笑了笑：“手被踩成这样也不让歹徒抢走背包，是因为这些信？”

她抿了抿唇，眼角微微泛红，却没有回答。他背着包站起身，高大的身影挡住刺入她眼睛的光芒。

“回去吧。肚子有点饿了，晚上想吃什么？”

抬脚走了两步，季安安仍愣在原地。他回头看她傻傻的模样，突地笑出声。

“还不走，等着喂狼啊？”

季安安眨了眨眼睛，跟上他的脚步。她仍垂着头，盯着他的白色板鞋，一步一步踩在他留下的脚印上。

她想，原来季末也会笑，原来他笑起来，这么好看。

回到107号农家小院时，月色正缭乱，接了季末电话的陈树已经在院内的胡杨树下架起了篝火，一旁的木桌上备好了半只腌好的羊肉，烧烤架上串了几串季安安爱吃的蔬菜。

不远处的广场上响起北方小镇特有的歌谣，烧烤的香味窜进鼻腔，陈树将烤好的羊肉递到她面前，一副求夸奖的模样。

季安安咬了一口，朝他竖起大拇指：“米其林级别的。”

陈树高兴得不行，颠颠儿继续烤肉去了。季安安抱着羊肉小口小口啃着，消失半天的季末突然从身后冒出来。

“我答应你的。”

他端了碗热气腾腾的芝麻糊，手里的白瓷勺子轻轻搅拌着黏稠的糊："户外烧烤，野外露营，篝火晚会，这些我答应你的，不会食言。"

季安安看着他手里的芝麻糊没说话。

他挑了挑眉梢："这么想吃啊？"温度恰好的瓷碗递到她手上，"不是担心掉光的头发重新长出来会不好看吗，我问过当地的老人，他们说吃芝麻对头发好。"

他手指拂过她垂在肩头的黑发，笑了笑："不过我看你头发长得蛮好的。"

季安安紧紧捧着那碗芝麻糊，垂着眼睛，笑声有些干："是挺好的。"

吃完烧烤已是月上中天，三人商量好明天带季安安去月亮湖周围几个景点转转就各自回房睡觉了。四周安静下来，季安安关上灯，抱着粉色的盒子钻进被窝。手机打出微弱的光，她将信一封封摊开，不多不少，十七封。

她的目光落在第一封信上，落款时间是一年前的圣诞节。

黑暗中一丝声音也无，只有她的心跳声越来越响，扑通、扑通、扑通。良久，她轻轻叹了口气，将信一封一封放进盒子，塞到了背包最里面。

一大早季安安就被楼下陈树大喊大叫的声音吵醒了，推开窗户往下看，厨房门口站着正在淘米的季末，米白色的水珠溅在半空被初阳折射出五彩的光。哪怕是淘米这样一件家务事，落到季末手上都十分显气质。

陈树在一旁拣黄豆，嘟囔着抱怨："我不想喝粥，我想吃麻辣小面，配昨晚剩下的烤羊肉。"

季末没理他，转身进厨房了。

季安安收拾好下楼时，黄豆粥的香味已经飘出来。树下的木桌上冰了几个咸蛋，陈树正站在桌前剥蛋壳。

季末将黏稠的黄豆粥端过来，又洗了勺子给她，左手拿着勺子吃饭终于不那么麻烦。

陈树说："你怎么突然对安安这么好了？你不会是看上她了吧？"

季安安正小口喝粥，差点咬到舌头。季末挑眼看他，冷笑了一声，一脚踹翻了他坐的凳子，吓得陈树端着碗一溜烟跑远了。

季安安"扑哧"就笑出声："这样的生活真好。"

季末看过来，她小小的下巴缩在红色围脖里，晨起的薄雾打湿了她额前刘海。那双像大漠星辰的眼睛正对着他笑，雪白脸颊染着绯红，比九月的胡杨林还要美丽。

【04】

陪季安安去月亮湖玩之前，季末照常要先和车队会合，带游客翻越沙丘。这是他们在这个季节来钱最快的法子，早有游客预订了日程。

陈树力邀季安安上车体验一次，季安安还没出声，季末已经出声拒绝："不行，安安心脏不好，受不了高强度刺激。"

季安安愣了一下，随即点头："我不去了，我就在这儿等你们。"

季末替她将围脖拉高一些，揉揉她的头，开车走了。

这个地方不是观赏胡杨林的最佳地点，游客也不多，季安安百无聊赖地拿着手机四处拍照，从沙丘向下看，一个骑摩托的黑衣人闯入画面。

脑子反应过来时，她已经朝人冲了过去，都快冲到跟前了才突然意识到，自己跑过来有什么用？打得过他吗？能制服他交给警察吗？

黑衣人也很快发现了季安安，认出眼前这个气势汹汹的姑娘就是前两晚半道被抢的人，瞧着四下无人，也不急着逃，竟朝她挑衅一笑。

季安安起先还考虑这样做是否得当，此刻被他一激哪里还有理智，大吼一声就朝他扑过去，心想着法制社会我还能让你讨了好去。

黑衣人也没想到季安安突然拼命，一时没注意被她连人带车扑倒在地，反手就是一拳打在她脸上，瞬间就见了血。

季安安被打急了，抱着他的腿不撒手，黑衣人蹬了两下没甩掉，三三两两的游客已经看过来。季末的车刚走了三分之二，透过后视镜随意瞟了眼季安安的方向，瞬间就变了脸色。

十分钟之后，陈树押着黑衣人去派出所，季末沉着脸带季安安去医院。

脸颊肿得老高，嘴角青黑一片，护士给她上药时她疼得直吸气，季末在一旁冷笑："你多厉害啊！赤手空拳与歹徒搏斗，死都不怕，还怕这点疼啊？"

季安安小声嘟囔："那我也不能眼睁睁看他逃走。"

季末差点气笑了，一指头戳在她后脑勺："还得让公安局给你颁个见义勇为奖是吧？"

护士上完了药，在季末的强烈要求下，医生又开了两瓶注射液。细长的针管刺进手背，季安安打了个寒战，回头看着季末道："我保证再也没有下次了。"

季末挑了挑眉梢。

她继续说："再有下次，我就跟你姓。"

季末点了点头，甚觉满意，下一刻才觉出不对劲，对着她乱糟糟的头顶揉了一把："你可不就跟我姓吗？"

季安安咯咯地笑。

折腾了几个小时，季末大概也累了，坐在沙发上偏着头睡着了。季安安输完液已是午后，拉了窗帘的病房内倒十分暗，她拿着毛毯轻手轻脚走过去，刚给他盖上，他已经睁眼捏住了她的手腕。

季安安没站稳，摔在他怀里。头就枕着他的心口，暖暖的，像穿过胡杨林的阳光，带着金黄的芳香。

四下沉默，季末突然开口："我真挺怕你出事的。"

季安安愣了一愣，季末已经坐起来："每次和你通信，都担心是最后一次。安安，我没跟你说过，我爸也是死于癌症，收到你的信时，我还想，这怎么能行，你还是个小女孩。"他替她理顺长发，笑了笑，"所幸老天还是长了眼，你现在健健康康地站在我面前，还能对我笑，真挺好的。"

季安安抿着唇，也不知道看着什么地方，好半天，才轻飘飘地喊他的名字："季末……"

"嗯？"

她闭了闭眼，唇角攒起一个笑："你放心，我会一直健健康康的。"

从医院出来后季安安又去了派出所做笔录，看着被自己亲手抓到的歹徒，内心还真是有几分自豪，正得意呢，陈树在一旁问她："这地方是不是克你啊？又是抢劫又是过敏，来了几天进了几次医院，你看看你这手，再看看你这脸。"

季安安听后一笑了之，走在前面的季末却突然停住，皱着眉打量了她一会儿，点点头："他说得对，这地方不能待了。"

于是第二天一早，季安安就被连人带包扔进了那辆霸道的越野车内。季末透过车窗跟陈树交代："车队接下来几天的行程你负责。"

陈树后悔地想抽自己几巴掌，扒着车门问："你带安安去哪儿啊？"

季末看了眼后视镜里正在喝水的季安安，挑了挑唇角："私奔。"

"噗……"果不其然，季安安喷水了。

车子最终驶出了小镇，看着镇口硕大的广告牌，季安安想起第一天夜里来到这里时，狼狈又恐惧。被踹到水坑时还痛骂老天，如今看来，老天大概是以那种方式将季末送到她身边。

计划的行程是取道内蒙古前往新疆，季末说这个季节正是葡萄丰收的时候，大颗饱满晶莹的奶油葡萄坠在枝头，像一颗颗碧绿的玉坠儿。

"最近一次去新疆还是两年前，当时我还给你寄了……"

话说到此处，突然顿住，偏头看向季安安。她正听得兴致勃勃，一脸的向往，见他停下来，也偏头疑惑地看着他。

"怎么了？"

车子的速度慢下来，他握着方向盘的手有些发紧，嗓音却放得平静："安安，你是什么时候开始对杏仁过敏的？"

她不明白他这么问的原因，老实回答："从小就是。"

季末没有再说话，一直到车子上了高速，两边都是飞驰的秋景，他才在沉默的空气中轻声笑了笑："安安，两年前我从新疆寄了一箱杏仁给你，你回信说很好吃。其实你一个都没吃是吗？"

季安安的脸瞬间苍白。

他看了她一眼："安安，你在发抖。你在怕什么？就算没吃我也不会怪你的。"

前方路口出现一个名字陌生的县城，季末打方向盘下了高速，偏离了原来的路程。车子停在收费站旁边，他终于缓缓转过身，面上仍有笑，静静地看着她。

“安安，你在怕什么？”

她手指握得紧紧的，不敢抬头看他。

空气像被冰冻住，季末笑了笑：“你不是落叶吧。”

终于还是走到这一步，虽然早有准备，眼泪仍旧以控制不了的速度涌上来，她嘴唇嗫嚅了几下，嗓音轻轻的：“不是。”

季末又笑了笑，手肘撑着靠背坐直了身子。季安安听见“啪嗒”一声，是季末点了一根烟。她一点一点偏过去看他，手指紧紧绞在一起，正想说什么，季末突然开口。

是疲惫的语气，像是不愿再和她多说一句：“季安安，你走吧。”

她保持偏头的姿势没动，那一刻，她庆幸自己的镇定。

“季末，谢谢你，再见。”

开门下车，一气呵成，季末的车没有停留半分，掉头上了高速。她面无表情地看着车子消失在视线里，眼泪终于不可抑制地流了满脸。

一辆大货车从收费站开出来，心善的司机将车停在她身边：“小姑娘是不是错过班车了啊？怎么在这儿哭呢？”

季安安哭得越发汹涌：“司机师傅，麻烦你带上我吧，去哪儿都行。”

去哪儿都行，只要不留在季末将她扔下的这个人生地不熟的地方。

货车开上高速时，季安安正捏着司机递给她的纸巾擦眼泪，泪眼蒙眬间，似乎看见季末那辆霸道的越野车和她擦肩而过，朝着相反的反向飞驰而去。

【05】

南方的小镇总爱下雨，淅淅沥沥的小雨，缠绵不绝，于是连人带景都带了烟雨味，雅到骨子里。

季末将车停在了落叶寄信的地址。

是一间墙面斑驳的小院，铁门上还贴着去年斑驳的年画儿。和落叶在信中形容得一样，门口有一棵巨大的合欢树，在雨雾中开出绒球似的花。

他将抽了一半的烟扔在脚下，雨水打湿一点火星嗞嗞地响。铁门"吱呀"一声打开，端着半盆水的中年妇女疑惑地望着季末。

他上前两步："阿姨你好，我是落叶的朋友，我来看看她。"

妇女疑心自己听错了，待季末又说了一次，缓缓红了眼眶："是经常和落叶通信的那个男孩子吧？"

季末点头。

她朝他笑了笑："落叶走之前跟我说，你一定会来看她的。我还想，怎么可能呢，连面都没见过，隔着十万八千里的，怎么会来看她。没想到你真的来了。"

季末皱起眉头："走？落叶去哪里了？"

"她病逝了。"

哪怕早有预料，但真正站在落叶的墓碑前，巨大的悲伤仍如倾盆之雨，将他浑身都浇透，冷到骨子里。照片上的小姑娘模样清秀，齐耳的短发，比他想象中的样子还要小。落叶妈妈说，落叶从小头发就很少，后来住院治疗，本就不多的头发大把大把地掉，第一次出院那天，她一个人去美发店剪了照片上这个发型，又去照相馆拍下了这张照片。

是否那个时候，她已经预料到将来这张照片会成为她的遗照？

季末突然想起了季安安，想起她及腰的长发，泼墨般的黑，在风沙中飞扬。落叶是一年前病逝的，而他和落叶的通信，一直持续到今年约定见面之前。

这个时间点邮局已经快要下班，季末赶过去的时候，工作人员正在锁门。

“下班了，明天再来吧。”

他一把握住门把手：“五分钟，很快，我找信。有十多封，都是同一个地址，很好找。”

工作人员微微不耐烦：“那你快点啊。”

季末却没有下一步动作，愣愣地看着墙上的员工照片。

他看见了季安安。

梳着俏皮的马尾，穿着绿色的工作制服，冲着镜头笑得很甜。

那些信去了哪里，他想他知道了。

是怀着什么样的心情代替落叶回了他的信？又是带着什么样的期望不远千里赴了他的约？那个时候，他将她赶下车的时候，她到底有多难受呢？

虽然五分钟之后他就后悔了，开车返回去找她，可她已经不在原地了。

他想亲口问问她。

看见季末打听起墙上的员工，工作人员有些惊讶，不过还是回答：“安安啊，请长假了。听说在外面旅游来着，前段时间在新疆呢，最近好像去了梅里雪山。”

“等你的病完全好起来，我带你去梅里雪山滑雪，你喜欢哈士奇吗？坐在哈士奇拉的雪橇上，雪花飞进嘴里，都带着冰凉的甜。”

“好啊，那我们说好了，谁都不准食言。”

季末抹了一把滴在鼻尖的雨水，转身上车。

上天带走了落叶，却给了他一个像雪一样的姑娘。他在半道弄丢了她，他很后悔。可为时不晚，他相信他还能找到她。

是了，他还能找到她，共赴那些带着落叶芬芳的约。